Sérgio Chimatti

um amor de sete vidas

Academia

Preparação: Gleisa Martins
Revisão: Laura Folgueira e Sil Gomes
Diagramação: C. Carreiro
Capa: Rafael Brum
Imagens de capa: Joanna Jankowska / Arcangel

DADOS INTERNACIONAIS DE CATALOGAÇÃO NA PUBLICAÇÃO (CIP)
ANGÉLICA ILACQUA CRB-8/7057

Chimatti, Sérgio
Um amor de sete vidas / Sérgio Chimatti. -- São Paulo : Planeta do Brasil, 2018.
320 p.

ISBN: 978-85-422-1261-7

1. Ficção espírita I. Título

18-0096 CDD 133.93

2018
Todos os direitos desta edição reservados à
EDITORA PLANETA DO BRASIL LTDA.
Rua Padre João Manuel, 100 — 21º andar
Ed. Horsa II — Cerqueira César
01411-000 — São Paulo-SP
www.planetadelivros.com.br
atendimento@editoraplaneta.com.br

Capítulo 1

Cinco jovens lanchavam sentados sobre uma grande lápide de granito no cemitério, observando Cristiana terminar de declamar alguns versos de pé em frente ao ossuário:

— Quando tudo explodir na revolta desconhecida...
Gritos de terror sem alívio à dor desguarnecida,
Mães chorando ao ver a carne dos filhos desgraçados,
Ranger de dentes no delírio em olhos devassados...
Estarei brindando a solidão na paz de um cemitério,
Rindo feliz com o nada do nada contido num eremitério,
Refestelando-se no vazio em que já nada se sente,
Onde todos os delírios se farão simultaneamente...

Todos aplaudiram:

— Uh-uh! Irado! — gritou Regina.

— Essa ganharia o festival do inferno — emendou Ozzi.

— Estou ouvindo a morte sair dos túmulos para aplaudir! — declarou Luana.

— Se eu fosse um vampiro, não sobraria uma gota sequer... — disse Lucão.

— Só achei que o final ficou "moscoso" — arrematou Edgar, causando visível descontentamento nos amigos e fazendo Cristiana intervir:

— Calma, meus vampiros, nada de arrancar pedaços do Edgar, porque vou estranhar o dia em que ele achar alguma coisa legal, não é, Edgar?

Edgar pulou da lápide, retirando-se:

— Não sou obrigado a achar lindas todas as merdas que você fala.

Ozzi se levantou da lápide para tirar satisfação com o amigo rebelde, mas foi impedido por Cristiana:

— Deixa pra lá, Ozzi. O Edgar tem problema. Ele já foi embora.

— Ele que se cuide! — disse Lucão. — Se nada está bom pra ele, que saia da tribo!

— Só porque o Edgar é caso perdido, não significa que não pode participar com a gente. Afinal, o que somos? — Cristiana apaziguou o grupo. — Regina, coloque uma música pra gente relaxar.

Enquanto o grupo ouvia música no gravador, ignorava que era observado por dezenas de criaturas invisíveis que compartilhavam aquele momento.

Duas entidades conversavam:

— O que esses jovens pensam que estão fazendo?

— Aparecem por aqui duas vezes por mês para cultuar a morte, declamam poemas góticos, sociabilizam e depois vão embora.

— Eu já tinha ouvido falar em pessoas assim quando era vivo... Apesar de cultuarem a morte, elas não fazem ideia de que estão rodeadas de tantos mortos, não é?

— Não, nem suspeitam. Apesar de cultuarem a morte, dizendo que acreditam em muitas coisas, inclusive na presença de almas desencarnadas como nós, no fundo, a maioria não acredita realmente que isso possa acontecer.

— É para rir... Eles vêm aqui para se divertir com a morte e nem suspeitam da diversão que oferecem para os mortos.

— Não digo diversão, mas quase todos apreciam muito a presença deles. Alguns esperam ansiosamente e ficam tristes quando demoram a aparecer.

— Confesso que também fiquei feliz por conhecê-los.

— Por que permanece aqui em vez de seguir seu caminho?

— Não quero falar sobre isso, se não se importa. Mas e você, por que não seguiu seu caminho e preferiu ficar aqui?

— Na verdade, não fico aqui. Venho porque escolhi ajudar um amigo e tenho esperança de que ele possa sair, mas é difícil porque está impedido.

— Existe algum impedimento para quem queira sair? Não encontrei nada que me prenda.

— Não encontrou porque se prendeu voluntariamente.

— O que você quer dizer com isso?

— Estar aqui não tem a ver com apego a coisas como corpo físico, bens materiais ou vícios, tem a ver com sua dificuldade de desprender-se da família. Mas chegará o momento que você vai perceber que não há nada mais a fazer na Terra, que para tudo existe um propósito e que, inclusive, era o momento de você deixar sua família.

— Como pode saber sobre mim e, se sabe, por que fingiu que não sabia?

— Porque não quero que se sinta obrigado a me contar nada. Também sei de seu trauma, de seu medo de morrer.

— Foi muito de repente... Não deveria ser naquele momento... Minhas filhas e minha esposa precisam muito de mim...

— E o que você acredita que pode fazer por elas permanecendo aqui?

— Sinceramente, não sei, mas tenho esperanças de vê-las novamente quando visitarem meu túmulo.

— Você sabe que não há mais nada a fazer por elas, mas não consegue aceitar a ideia de não participar da vida delas.

O homem baixou a cabeça, pedindo:

— Por favor, me deixe ficar aqui... Não quero sair.

— Fique tranquilo, Isaías... Se não quiser, eu não vou obrigá-lo, mas pense que existe uma vida a ser vivida, mesmo depois da morte. Ficar aqui representa não querer continuar vivendo.

— Continuar vivendo sem minha família é a própria morte para mim. Prefiro esperar aqui, sentindo que ainda faço parte da vida delas — Isaías confessou. — Quem é você e como sabe meu nome?

— Você não se lembrará de mim agora, mas sou alguém que lhe quer bem. Pode me chamar de Miro.

— Por que não consigo me lembrar de muitas coisas?

— Por que o seu medo de morrer é tanto que o pânico ainda obstrui suas lembranças, mas, com o tempo, se permitirá lembrar, fique sossegado...

— Não consigo lembrar o que provocou minha morte, mas consigo sentir a angústia dos últimos dias...

— A sua angústia não era uma dor física, era a dor de deixar sua família.

— Isso é só o que consigo lembrar, como uma cena que se repete indefinidamente... Não recordo de nada... Tento, mas não consigo. Por que não consigo?

— Porque você continua com o pensamento focado no medo do futuro.

— O que devo fazer para me lembrar de tudo?

— De momento, acalme-se e pare de criar ilusões, pare de sonhar com a vida que não existe mais junto de suas filhas e sua esposa.

— É como se eu acordasse todos os dias repetindo as mesmas coisas que fazia desde que me levantava da cama: tomava o café da manhã, ia ao trabalho, chegava em casa, jantava com elas e ia dormir. É só isso que se repete...

— Eu sei, Isaías. De hoje em diante, cada vez que esses pensamentos povoarem sua mente, procure despertar para a realidade de onde está, neste cenário de lápides e corredores sombrios. Só assim desejará a continuidade de si mesmo.

— Mas quando faço isso, dou de encontro com todas essas pessoas vagando mortas como eu, olhando para o nada. Isso quando não vêm pessoas para enterrar seus mortos, e agora esses jovens enaltecendo a morte...

— Sei disso, mas tente manter o foco na sua situação, sem se acomodar aos pensamentos que lhe trazem um falso consolo, acreditando ainda ser possível evitar a morte.

— Vou tentar...

O vigia do cemitério se aproximou para chamar atenção da tribo:

— Se continuarem com o som nesta altura, terei que expulsar vocês.

— Calma, Azeitona! Tá baixado, não precisa ameaçar — respondeu Cristiana depois de baixar o volume. — Luana, você trouxe o bagulho do Azeitona?

Luana tirou uma garrafa de pinga da bolsa e entregou para o vigia, que a segurou disfarçando a alegria:

— É sempre assim, mas vocês não colaboram! Chegam de mansinho, colocam som baixinho e quando vai ver parece batidão de defuntos infernais! Custa deixarem no volume baixo, galera?

— Aqui, no meio do cemitério, o som não chega até as casas da vizinhança, Azeitona! Para você, ter a gente aqui é uma bênção para os ladrões de túmulos não fazerem a festa — respondeu Lucão.

— Ainda quer ter razão, rapaz? Depois da calçada do ossuário tem casas. Se os moradores reclamarem, a polícia não vai querer saber se vocês são góticos metidos a vampiros ou ladrões. Para eles, é tudo igual e, outro dia, se não fosse eu explicar a diferença, vocês teriam levado um cacete! Além disso, sou vigia noturno, mas não sou obrigado ficar acordado. É pra deixar esta porcaria de som no volume baixo e fim de conversa! Entenderam?

— Tá bom, Azeitona. Não vamos mais tirar o sossego dos mortos, nem do "morto" do Azeitona. Prometo que não vai acontecer de novo — interviu Cristiana.

— Acho bom, menina! São três da matina. Já não está na hora de puxarem o carro?

— Mais meia horinha e vamos embora, "doutor" Azeitona — respondeu Ozzi observando o vigia caminhar de volta aos aposentos, dando um gole na garrafa de pinga.

— Sai, Zé Pelintra! Boca de litro do caramba... — sussurrou Regina. Mas Cristiana objetou:

— Pô, pessoal... O Azeitona tem razão... Além de o cara dar a maior força admitindo a gente aqui, precisamos respeitar, porque se começarem a reclamar teremos que procurar outro cemitério...

Passados alguns minutos, todos saíram juntos e cada um foi para sua casa. Lucão e Cristiana eram os últimos, e, antes da jovem entrar, Lucão não se contentou em apenas se despedir e puxou-a pelo braço:

— Dá um beijo!

Cristiana puxou o braço depressa:

— Para com isso, Lucão! Quantas vezes tenho que dizer que não quero saber de enrosco?

— Pô, mina... Um beijo não vai matar...

— Tá bom. — Cristiana deu um beijo rápido em Lucão e o dispensou: — Agora, tchau.

— Ei! Só isso? Você é esquisita, Cristiana!

— Obrigada! — respondeu ela, fechando o portão.

Capítulo 2

Ao entrar na cozinha, Cristiana deu de encontro com Hermelinda, sua mãe, que a esperava.

— De novo acordada me esperando, mãe?

— Não adianta ficar contrariada.

Após pegar um dos diversos gatos que perambulavam à sua volta, Cristiana se sentou e acariciou o animal no colo, dizendo à mãe:

— Não venha dar lição de moral de novo. Você já sabe que chego tarde quando saio com a tribo.

— Tribo... Essa é boa! Sou mãe de uma gótica, felizmente ou infelizmente, Cristiana?

— E ainda tenho que ouvir isso! Melhor do que ser surda, né, mãe?

— Surda ainda não é, mas, se continuar ouvindo aquelas músicas esquisitas que ouve o dia todo, vai ficar! Cristiana, quando você vai parar com isso?

— Já disse que não quero saber de lição de moral. Qual foi a parte que você não entendeu?

— Sou sua mãe e me preocupo com você. Qual foi a parte que *você* não entendeu?

— Mãe, você fez o que queria da sua vida. Eu tenho o mesmo direito.

— Andando de preto pra cima e pra baixo, com esse batom preto, unhas pretas, essa sombra nos olhos que faz você parecer uma defunta, e essa estrela enorme pendurada no pescoço... Não podia ser como as moças normais que procuram parecer bonitas e vão à balada em vez de ao cemitério?

— Gente... Pra começar, não é estrela, é pentagrama! Vou ao cemitério pouquíssimas vezes e, pra terminar, eu sou linda! Você só fala mal de mim! Não podia ser como as mães que respeitam as filhas em vez de por sempre no mesmo canal de *Todo mundo odeia a Cristiana*?

— Parece que, quanto mais a gente fala, mais você faz tudo errado só para contrariar!

— Diga o que faço de errado! Por acaso, estou me drogando, me prostituindo ou roubando? Pelo contrário, ainda tenho que ter paciência para ouvir suas críticas...

— Ah! Insolente desse jeito, se tivesse um pai como eu tive, ele quebraria sua cara.

Cristiana levantou-se repentinamente, colocando o gato no chão e, retirando-se, disse:

— Como felizmente, ou infelizmente, nunca tive pai e você não diz quem é ele, vou dormir, e você também deveria fazer o mesmo para acordar cedo!

Cristiana era uma jovem de 26 anos que morava em uma casa simples com a avó, a mãe e um primo da mesma idade. Com um grande terreno aos fundos, cuidava de 57 gatos, a maioria trazida por seu primo, alguns com o pretexto de ficar penalizado pelo abandono daqueles que ficavam muito tempo para adoção num *pet shop* perto do trabalho e outros que recolheu das ruas.

A avó era aposentada, a mãe trabalhava como segurança em uma tecelagem, Diego, o primo, como motorista na mesma empresa, e Cristiana tinha um site gótico, onde vendia artigos esotéricos, para somar à baixa renda da família — que contradizia com a casa, que, apesar de necessitar de reformas, estava localizada em um bairro valorizado, circundado de imóveis bem construídos.

Por esse motivo, a família era hostilizada pela vizinhança, especialmente pelo casal Suzana e Alan, que morava na casa ao lado:

— Querido, estou pensando em denunciar esses vizinhos esquisitos à vigilância sanitária ou à defesa dos animais, porque ali não é lugar de criar aquele monte de gatos.

— Não sei... Eles são esquisitos mesmo, de vez em quando ouvimos a casa quase cair com as brigas homéricas que acontecem, mas parecem ser gente boa — declarou Alan. — A gótica estranha cuida daquele monte de gato que vejo do andar de cima, e eles parecem ser bem cuidados... Por que denunciar, Suzana?

— Ah, por tantas coisas... Outro dia minha mãe perguntou se aquela casa era da Família Adams, com a frente caindo aos pedaços. A tal de Cristiana vive batendo pregos na nossa parede, fazendo uns bloqueios com telas plásticas para que os gatos dela não invadam nosso quintal, mas vez ou outra aqueles vira-latas pulam para cá para enfrentar a Valeska e a briga é feia.

Alan apanhou no colo a enorme gata Maine Coon e disse, rindo:

— Ah, Suzana... Nem temos do que reclamar, porque, se a Valeska pegar de jeito mesmo um daqueles gatinhos da Cristiana, ela o devora... Para dizer a verdade, sinto admiração por saber que a gótica cria gatos carentes. Fico com pena quando vejo os animaizinhos de rua sofrerem.

— Não é isso o que me incomoda...

— O que incomoda você, amor?

— Já pensou se eles não morassem ali? O visual da nossa casa seria mais valorizado. A dona Eugênia, vizinha do outro lado da casa deles, já me falou que isso a incomoda também. Deve ser enorme a nojeira que aquele monte de gatos faz.

— Ora, Suzana, desculpe, mas a dona Eugênia é uma tremenda fofoqueira. Outro dia, enquanto eu entrava na garagem, ela se aproximou de mim, que pouco paro para conversar com os vizinhos, para falar mal do outro vizinho, que estacionou o carro avançando só um pouco sobre a guia rebaixada dela e não estava atrapalhando em nada! Por educação, fingi que ouvia a reclamação, mas ela começou contando da guia rebaixada e logo já estava falando até da mulher do cara... Pense que se é assim com os outros, nós também podemos ser mal falados.

— É... Você tem razão, amor. Pensando bem, nem a gótica, nem ninguém da família dela nos incomoda. Melhor deixar pra lá, mas da próxima vez que outro gato invadir nosso quintal, vou pegar pesado com ela, porque isso me incomoda demais. Já pensou se a nossa leoazinha com pedigree cruzar com um desses vira-latas? Seria um desastre! O gatil de onde trouxemos a Valeska disse que a linhagem dela é de várias gerações de raça pura.

— É só deixar a Lídia avisada para ficar esperta, porque empregadas servem para isso também.

Rodeada de miados ansiosos, Cristiana se preparava para servir a ração dos gatos, anunciando com carinho:

— Meus bebês, venham todos! Mamãe trouxe o que vocês mais gostam!

Como sempre, Madalena observava da janela de seu quarto a alegria da neta – sentada com gatos –, participando daquele momento, rindo dos comentários dela:

— Deixa de ser guloso, Alemão! Deixa o Pretinho comer na sua cumbuca... Leonel, se ameaçar outra vez a Lindinha, vou colocar você de castigo na lavanderia por uma semana. Café, coma direitinho sem atormentar os outros!

Sua avó aproximou-se rindo:

— Sabe que aprendi a gostar da "gataiada" fazendo essa orquestra de miados com você?

— Ai, vó... Esses miados são realmente sinfonia para meus ouvidos... Adoro!

Madalena acariciou os cabelos longos de Cristiana.

— Oh, minha neta linda... Nem em casa você tira essa roupa preta... Coloque uma bermuda e uma camiseta, está calor...

— Vó, me sinto bem assim. Não comece a me criticar igual à minha mãe.

— Não, querida... Claro que não... Por falar em sua mãe, vocês precisam parar de discutir tanto.

— A senhora já reparou que eu fico na minha, e ela só me dirige a palavra para criticar, falar mal do meu site, das minhas companhias, da minha roupa e de tudo que se refere a mim? Eu não a perturbo questionando com quem ela anda e respeito o fato de ela ser lésbica — Cristiana desabafa. — Do Diego, ela não fala nada, né? Ele pode até chegar bêbado como sempre faz que ela não reclama. Por que tem que ser só comigo?

— Ela morre de pena do Diego, por isso, nunca fala nada, Cristiana...

— Eu sei, vó. O pai dele foi embora, a mãe morreu jovem, mas e daí? Eu também não conheci meu pai, ela nunca falou sobre ele e mesmo assim não encho a cara nem me recolho em depressão! E por falar nisso, o que mais me intriga é o fato de ela ser lésbica e ter tido uma filha. Então, nem sempre ela foi lésbica, não é, vó?

— Querida, não me sinto à vontade em falar com você sobre esse assunto, porque isso me perturba demais...

— Tá bom, vó! É sempre assim: ninguém fala nada, todo mundo é cheio de segredos nesta casa. Enquanto isso, todo mundo tem dó do Diego e a Cristiana que se dane, não é mesmo? Às vezes, penso que sou adotada como esses gatos. Não posso perguntar do meu pai que ela surta e sai batendo a porta!

— Nem comigo ela fala sobre isso, Cristiana...

— Então a senhora podia vencer essa perturbação e me contar até onde sabe, né?

— Minha filha, eu já lhe disse que a Hermelinda apareceu contando do teste positivo e que dali em diante a vida seria muito difícil. Foi só o que ela falou. Não sei de mais nada.

— Ela já era lésbica naquela época?

— Já respondi isso a você centenas de vezes, Cristiana... Sim, já era, e eu também não entendi. Questionei e ela teve a mesma reação comigo: saiu batendo a porta e não respondeu.

— Vó, eu não sinto que fui rejeitada, porque, apesar de achá-la doida, minha mãe sempre cuidou de mim com carinho desde criança, mas queria que você fosse sincera comigo e me contasse: ela tentou me abortar?

— Ora, Cristiana! Isso não é pergunta que se faça!

— Vó, seja sincera!

— Isso é algo que diz respeito a vocês, não a mim. Pergunte para a Hermelinda!

— Vó, diga alguma coisa, por favor...

Envolvida pelas circunstâncias, Madalena respirou fundo e pediu:

— Pare de me pressionar, Cristiana... Não tenho mais idade para esse tipo de coisa.

— Vó, confio mais na senhora do que na minha mãe, pois a senhora é mais minha amiga do que ela... Por favor, prometo que jamais vou usar o que me contar contra a minha mãe. Estou esperando.

— Serei curta e grossa: sua mãe fez de tudo para interromper a gravidez, tomando remédios, chás... Bebeu álcool em excesso, mas no sexto mês parou porque se arrependeu, resolveu que queria você e até parir tremeu de medo de você nascer com problema... Chega, está bem, Cristiana?

Ao notar que Madalena estava ofegante pelas revelações, Cristiana agradeceu, e então a avó voltou para dentro.

Capítulo 3

Café, um dos gatos pretos preferidos de Cristiana, encontrou uma abertura na contenção montada com telhas plásticas e pulou o muro vizinho, entrando na casa de Suzana.

Após alguns minutos, ouviu-se uma tremenda briga entre Café e Valeska. Desesperada, Suzana conseguiu pegar a gata e a prendeu dentro de casa, voltando para expulsar o gato invasor:

— Xô, gato feio! — Suzana o fustigava Café com a vassoura, tentando fazer com que ele saísse pelo portão aberto, mas, assustado, o bicho correu para dentro do tanque na lavanderia, mostrando os dentes com ferocidade e ameaçando avançar na mulher.

— Ai, meu Deus! Não sei o que fazer... aliás, sei, sim! O que já devia ter feito faz tempo!

Suzana dirigiu-se à frente da casa vizinha batendo palmas, muito nervosa e, quando Cristiana surgiu, começou a gritar:

— Um dos seus gatos selvagens está na minha casa de novo, e não consigo tirá-lo porque está entocado no tanque, ameaçando avançar em mim!

Cristiana tentou acalmá-la, perguntando se podia entrar para pegar o gato, mas, transtornada, Suzana perdeu o senso de civilidade:

— Estou de saco cheio de ter que me preocupar com esses gatos vira-latas me atormentando! Da próxima vez, vou denunciá-la na delegacia!

— Calma, Suzana! Não é de propósito... Gatos são assim, mesmo. Deve ser o Café outra vez. É um gato preto?

— Sim, mas cada um que cuide do que é seu! Ninguém merece ter que suportar desleixo dos outros. Se eu tivesse coragem, daria veneno de rato para este gato invasor!

Sem conter a indignação, Cristiana respondeu aos gritos:

— Não precisa agir com ignorância! Gatos são inteligentes, mas são gatos, se encontrarem brechas pulam muros. mesmo. Você não sabe disso?

— A única coisa que sei é que não sou obrigada a ter que sair da minha casa porque você não cuida dos seus milhares de gatos. Um ou dois seriam mais fáceis de cuidar... A propósito, você tem licença da prefeitura para cuidar mal desse monte de animais em bairro residencial?

— Escute aqui, sua chata metida: tome conta da sua vida e não me ameace, senão vai se ver comigo!

— Ah, é? Você vai fazer o quê? Quem está ameaçando quem aqui?

A discussão se agravou, houve troca de ofensas e Madalena surgiu para apartar:

— Bom dia, Suzana. Por favor, vocês duas, que escândalo é esse?

— Vó, essa metidinha vem querer apontar o dedo no meu nariz e gritar feito louca só porque um dos bebês invadiu o "palácio" dela.

— Tenho direito de ser "metidinha" na minha casa, assim como você tem o direito de se vestir como um urubu na sua, mas temos que respeitar a privacidade dos outros! — revidou Suzana.

Cristiana quis avançar sobre a vizinha exaltada, mas Madalena se interpôs energicamente:

— Parem com esta briga agora mesmo! Suzana, posso ir à sua casa buscar o gato?

— Pode, sim, dona Madalena! A senhora pode.

— Vá para dentro, Cristiana. Vou trazer o gato.

Quando Madalena se aproximou de Café e tentou pegá-lo de dentro do tanque, ele ainda estava muito agressivo e a arranhou, preocupando Suzana:

— Nossa! Sua mão está sangrando... Pode infeccionar, dona Madalena, venha para dentro. Precisamos desinfetar com álcool.

Suzana limpou com uma gaze e colocou um curativo para estancar o sangramento, e Madalena se espantou ao ver a gata que roçava nas pernas da vizinha:

— Que gato enorme. Nunca vi deste tamanho.

Suzana pegou a gata no colo, mostrando para Madalena.

— É da raça Maine Coon, dona Madalena. O nome dela é Valeska.

Impressionada, Madalena acariciou a gata:

— Parece uma tigresa de três cores... Muito linda, Suzana.

— Obrigada, dona Madalena. Não é por nada, mas paguei sete mil reais na Valeska, porque é de raça pura, com pedigree. Já pensou se um dos seus gatos cruza com ela? Entende por que discuti com sua neta?

— Ah, filha, fique sossegada, porque a Cristiana levou todos os nossos gatos para serem castrados, senão, em vez de quase sessenta, já teríamos mais de quinhentos. E pode deixar que, nem que eu tenha que usar a minha aposentadoria, vou dar um jeito de os gatos não pularem mais no seu quintal — respondeu Madalena. — Mas, Suzana, o Café está muito bravo e só a Cristiana vai conseguir pegá-lo. Posso chamá-la?

— Café? Que nome engraçado! Não precisa sair, chame sua neta pelo meu telefone.

Depois de receber o telefonema, contrariada, Cristiana entrou na casa de Suzana, apanhou Café do tanque e saiu rapidamente.

Suzana comentou com Madalena:

— Tivemos tanta dificuldade em pegar o gato, mas com a Cristiana o Café agiu como se estivesse arrependido. Viu só a carinha de coitado que ele fez, dona Madalena?

— Cristiana tem um dom especial com animais. Descobrimos quando era pequena, porque um cão feroz ia avançar sobre ela e, de repente, ela o dominou como se fosse um filhote abanando o rabo.

— É mesmo? Impressionante. Já ouvi falar a respeito de pessoas que têm esse dom. O pessoal costuma chamar de "encantadores de animais".

— Mais que isso: testemunhei alguns gatos nossos que estavam desenganados pelos veterinários ressuscitarem após receberem os cuidados da Cristiana.

— Interessante... Uma "Francisca de Assis" na família! — Suzana riu.

— Mais ou menos isso — falou Madalena. — Vou indo. Desculpe o transtorno. Como eu disse, tomarei providências para que novas invasões dos nossos bichanos não aconteçam mais.

— Tudo bem. Obrigada, dona Madalena. Desculpe por ter me alterado com sua neta. É que fiquei contrariada e descambei na discussão — confessou Suzana. — A senhora aceita um cafezinho?

— Obrigada, mas preciso cuidar do jantar, porque minha filha e meu neto vão chegar logo. Não fique chateada pela discussão. Conversarei com a Cristiana e sei que ela vai compreender.

Logo que Madalena entrou, Cristiana observou o curativo na mão da avó e lamentou:

— Gato filho da mãe! Já tive uma conversinha com ele, que está murcho lá debaixo do caixote.

— Não se preocupe, Cristiana, foi só um arranhão superficial, mas, em pele de velha, sabe como é...

— A "fulaninha" metida a besta tratou bem a senhora, vó?

— Muito bem. Até me apresentou à Valeska, uma gata enorme, colorida. Fiquei muito impressionada. Você já viu que linda é a gata dela?

— Outro dia eu estava na escada arrumando as telhas e vi. É tricolor, da raça Maine Coon, vó. Entre os gatos, só as fêmeas têm três cores.

— É esse nome estranho, mesmo, a raça que ela falou. Disse que pagou sete mil reais na gata. Imagine uma coisa dessas! Disse também que o maior medo dela é que os nossos gatos cruzem com a gata dela, que tem pedigree. Mas eu a tranquilizei dizendo que você mandou castrar todos.

— Hum... — Cristiana franziu a testa, torcendo os lábios.

— Ué, por que fez essa cara? Falei alguma besteira?

— O dinheiro acabou justamente quando chegou a vez do Café, lembra, vó? Ele é o único que não é castrado, por isso, é tão atentado.

— Era só o que faltava, Cristiana! Será que o seu bebê fez bebê na Valeska?

— Acho que não deu tempo, vó... Seria muito azar. Além disso, se ela falou que eles brigaram, não deve ter acontecido nada.

— Tomara que não, mesmo... Se bem que os gatos fazem o maior escândalo quando namoram...

Cristiana deu uma longa risada antes de dizer:

— Vamos torcer para que não tenha acontecido, senão, a "metidinha" vai torcer meu pescoço e ainda é capaz de pedir na justiça que o Café pague pensão alimentícia para a prole de uns trinta filhotes, porque, daquele tamanho, a bichana deve ter um útero maior que o meu e o seu juntos.

Por causa do ocorrido, Cristiana ajudou Madalena a preparar o jantar e logo Hermelinda entrou com Diego, que seguiu direto para seu quarto sem cumprimentar ninguém, fazendo Cristiana comentar:

— Pelo visto, hoje foi outro dia de encrenca para o Diego na tecelagem, não é mãe?

— O chefe dos motoristas sentiu cheiro de álcool quando foi conversar com ele e disse aos berros que da próxima vez que sentisse aquele cheiro nele, o mandaria embora por justa causa, na frente de todo mundo. O Diego ficou arrasado.

— Não é para menos, mãe! Pô, o cara é motorista e fica bebendo na hora do expediente?

— Já aconselhei a procurar os Alcoólicos Anônimos, mas ele é teimoso e parece que não quer admitir...

— É sempre assim! Pinguços nunca admitem serem pés de cana e ainda acham que estão certos.

— Fale baixo, senão ele pode ouvir, Cristiana! Coitado do Diego...

— Mãe, coitadas de nós se ele ficar desempregado. Vamos ter que suportá-lo em uma depressão maior do que esta. Não vamos nem ter dinheiro para comprar a ração dos bebês, porque ele vai ser mandado embora sem direito a indenização.

— Já pedi para sua avó aconselhá-lo. Parece que ele ouve mais ela do que eu. Tomara que dê certo.

— Tomara, mesmo, porque mês passado não consegui vender nem uma blusinha no site.

Capítulo 4

Diego chegou do trabalho procurando por Cristiana, que cuidava dos gatos no quintal, e lhe entregou uma caixa: — Adivinhe!

Cristiana pegou a caixa com cuidado e assim que abriu apanhou um pequeno gato rajado cinza, acariciando-o.

— Não percebi o mesmo entusiasmo das outras vezes, ou é impressão minha? — perguntou Diego.

— Não é questão de entusiasmo, Diego... Claro que adoro essas criaturinhas, mas...

Diego não deixou Cristiana terminar:

— Naquele mesmo pet shop em que passo todos os dias na hora do almoço, tinha três meses que este bichano estava na gaiola para doação, então, resolvi trazê-lo.

— Eu sei, Diego... Isso aconteceu com a maioria dos bebês que temos aqui, mas o dinheiro que você dá para comprar a ração não é suficiente. Usei o dinheiro da única blusinha que vendi no site este mês para complementar o que você me deu, senão, faltaria ração.

— Não reclame! Você faria a mesma coisa se visse o bicho enclausurado; mas, se quiser, devolvo o gato ao pet shop hoje mesmo, me dê ele aqui! — irritou-se Diego, tentando arrancar à força o gato do colo de Cristiana, que se enfureceu:

— Vai começar com ignorância de novo? Tire suas patas do pobrezinho! Eu só quis dizer que você precisa dar mais dinheiro para a ração porque o que está dando não é suficiente!

Fora de controle, Diego começou a gritar:

— Pois você que vá trabalhar, como eu e a tia Hermelinda fazemos, em vez de ficar passeando em cemitérios, andando com esta roupa ridícula de "luto de faz de conta" pra cima e pra baixo!

Cristiana acomodou o pequeno gato em uma caixa no fundo do quintal e respondeu no mesmo tom, encarando Diego:

— Cale a boca, seu cretino! Está me chamando de desocupada? Se eu sair para procurar emprego, quem deixamos para cuidar dos gatos que você traz, a vó Madalena?

— Então, vamos mudar isso a partir de hoje, saia da minha frente!

Cristiana não permitiu que Diego chegasse perto do gato, colocando seu corpo à frente do primo, empurrando-o com violência:

— Não se atreva a tocar em nenhum dos meus bebês, senão, vou quebrar a sua cara!

Madalena e Hermelinda apareceram para acalmar os ânimos:

— Vocês estão brigando de novo? O que aconteceu desta vez? — interveio Hermelinda.

Diego riu sarcasticamente antes de responder:

— Tia, a "gótica do gatil" partiu pra cima de mim porque eu quis consertar o erro que cometi de trazer outro gato e não quer me deixar devolvê-lo.

Sentindo-se muito ofendida, Cristiana disse com revolta:

— Como você é ingrato, Diego! Não tem coragem de assumir o cretino que você é, sabe muito bem que eu não deixaria levar o bebê de volta, e ainda insinuou que sou desocupada!

— Parem com isso agora mesmo! — ordenou Hermelinda. — Diego, entre, por favor!

Diego foi embora lançando ofensas:

— É uma gótica louca mesmo!

Cristiana revidou aos gritos:

— E você, um bêbado! Suma da minha frente, seu cretino!

— Pare com isso, Cristiana!

— De novo, em vez de chamar atenção do "queridinho" sobrinho, você me ataca, não é mãe?

— Você sabe muito bem que esta gritaria só faz nos envergonhar para os vizinhos, não levará a lugar algum. Poderia evitar, não é, Cristiana?

— Claro que não! Faz meses que peço para o Diego castrar o Café, que é o primeiro gato que ele trouxe, e o folgado enrola dizendo que não tem dinheiro, não para de trazer mais gatos para eu cuidar e ainda me joga indiretas? Não é justo!

— Você não tem freio na língua, Cristiana. Pare de querer ter razão em tudo! — disse Hermelinda antes de sair.

Madalena ficou para consolar a neta, que começou a chorar.

— Calma, minha filha... Calma...

— Sou gótica louca, desocupada e ainda obrigada a ouvir que quero ter razão em tudo... Vó, juro que, se não fosse pelos meus bebês, eu sumiria e deixaria esses dois falando sozinhos...

— Oh, minha querida... Infelizmente, a vida é assim mesmo... Tem coisas que precisamos deixar entrar por um ouvido e sair pelo outro.

Próximo à janela, o vizinho Alan ouvia a esposa Suzana, que assistia à TV acariciando sua gata no sofá:

— O que faz aí, Alan? Assistindo outro UFC no ringue dos vizinhos barraqueiros? Pare de dar uma de dona Eugênia fuxiqueira e venha fazer companhia para seus dois amorzinhos aqui na sala.

Alan dirigiu-se à esposa rindo:

— Isso mesmo. E a luta acabou com a gótica estirada no tablado junto com o primo pé de cana, com nocaute técnico de ambos os lados. Veja se dá para acreditar!

— É sempre assim... Diga se não dá vontade de chamar a polícia para enquadrá-los por perturbarem o sossego alheio!

Sentando-se ao lado da esposa, Alan perguntou, intrigado:

— Suzana, por acaso não é Café o nome do gato que você vive dizendo que invade nosso quintal?

— O próprio.

— E a avó dela falou para você não se preocupar porque todos os gatos são castrados?

— Sim, por quê?

— Sei não... Ouvi a gótica reclamando que o tal Café é o único gato que o primo não deu dinheiro para castrar...

Suzana gritou com dedo em riste:

— Se minha pitucha Valeska aparecer embuchada daquele pedaço de carvão invasor, você e toda a rua vão ver a maior fera do MMA quando eu entrar naquela maloca. Vai ser avó, mãe, gótica, gnomos, diabretes e gatos vira-latas voando pelas janelas!

Alan riu da espontaneidade de Suzana e sugeriu:

— Amor, você não acha melhor acabarmos com esse tipo de preocupação aumentando a altura do nosso muro?

— Não sei por que não pensei nisso antes! Melhor do que ver aquelas telhas plásticas fazendo nossa divisão de terreno parecer extensão da maloca deles! A gente olha pela janela e essa contenção de gatos mais parece um poleiro improvisado de baias de zoológico.

— Então, vamos parar de sofrer por isso. Esta semana mesmo, peço para um pedreiro aumentar a altura do muro.

— Ótimo! Diga ao pedreiro para seguir o lema de que "o céu é o limite", já que os gatos daquela bruxa gótica devem ter asas para superarem a altura em que está... Se possível, coloque uma cerca elétrica em cima do muro com sensores detonadores de canhões a laser, caso a bruxa resolva fazer um passeio com sua vassoura sobre nossa casa.

Naquele mesmo dia, Diego saiu com alguns amigos e, quando chegou embriagado em casa, caiu e ficou pelo corredor.

Cristiana ainda estava acordada e desceu para ajudar o primo, fazendo muito esforço para levantá-lo:

— Diego, ajude, por favor... Não aguento carregar você sozinha.

Confuso e desnorteado, Diego respondeu:

— Me deixe aqui. Não consigo levantar.

— Ai, meu Deus, Diego... Quando você vai parar de beber?

Cristiana encontrou forças colocando o braço do primo sobre seu ombro e recebeu auxílio de Hermelinda, que havia despertado. Ambas colocaram sobre a cama Diego, que, delirando, relatou confusamente suas amarguras para Cristiana:

— Prima, você é menos infeliz, porque não conhece seu pai, mas tem mãe... E eu que não conheço meu pai nem sei como minha mãe morreu?

Hermelinda foi embora chorando em silêncio, enquanto Cristiana permaneceu no quarto tirando os sapatos de Diego, ajeitando-o na cama:

— Não diga bobagens, Diego... Você é o Lindo, sobrinho da tia Hermelinda e neto da vó Madalena... Nós somos vitoriosos e persistentes, somos uns pelos outros...

Esforçando-se para rir, Diego respondeu:

— É verdade... Lembro-me de você dizendo isso quando éramos crianças... Desculpe por ter falado aquelas coisas para você hoje. Não dei dinheiro para comprar mais ração porque tive que pagar uma grana que eu devia para o cara do bar...

Muito comovida com a situação deprimente do primo, Cristiana beijou-lhe o rosto e disse ao ouvido:

— Descanse, porque amanhã você não pode se atrasar no trabalho, senão, não terá dinheiro para comprar ração para os nossos bebês.

Diego não chegou a ouvir, porque adormeceu, e Cristiana saiu do quarto encontrando sua mãe arrasada no sofá, dizendo:

— Às vezes, me sinto culpada, mesmo sabendo que não sou...

— Mãe, se não pode dizer o que não sei, não comece com enigmas... Já é madrugada e você precisa descansar também. Vá dormir, porque cansei de lhe perguntar sobre os fatos que aconteceram, mas você insiste em esconder...

Hermelinda levantou-se e, antes de ir para o quarto, disse:

— Apenas tenha certeza de uma coisa: quem mais sabe aqui é quem mais sofre... Boa-noite.

— Então continue sofrendo sozinha. Boa-noite, mãe.

Pegando no sono, Cristiana se assustou com o vulto de uma mulher vestida de noiva passando pela porta e se levantou com o coração descompassado. Não vendo nada, perguntou:

— Quem é você?

De volta à cama, quando Cristiana atingiu sono profundo, a mulher vestida de noiva se aproximou, respondendo:

— Eu não sou ninguém, nunca fui, nem serei...

Cristiana saltou da cama assustada, foi tomar um copo d'água, se assustou ao ver novamente o vulto da mulher vestida de noiva e demorou para pegar no sono.

Capítulo 5

Com dificuldade, Cristiana despertou Diego e, logo que o primo saiu com Hermelinda para trabalhar, contou entusiasmada para Madalena:

— Vó, primeiro, acordada, vi o vulto de uma mulher vestida de noiva, procurei, mas não encontrei nada; perguntei quem era, e acredita que em sonho ela respondeu que não era ninguém, nunca foi nem nunca será? Acordei assustada e vi de novo o vulto quando fui à cozinha tomar água. Fiquei arrepiada, foi tão real que mesmo a senhora, que não tem medo de nada, teria corrido por três dias sem olhar para trás!

— Sem dúvida que correria, mas conseguiu ver como era o fantasma?

— Posso descrever para a senhora, porque vi com nitidez: os cabelos pretos sob o véu e a grinalda estavam esfarrapados, e o vestido todo rasgado; ela era uma mulher alta, magra, com nariz fino como o da minha mãe e um olhar triste, com os olhos fundos nos ossos da face.

Madalena não escondeu o assombro, e Cristiana perguntou:

— O que foi, vó? Alguma conhecida sua, ou só ficou com medo?

— Conseguiu ver mais alguma coisa no sonho?

Depois de ficar pensativa, Cristiana respondeu:

— Não tenho certeza, mas acho que a "noiva cadáver" tinha um broche no vestido.

Sem conseguir manter-se de pé, Madalena perdeu a cor, largando-se sentada na cadeira, preocupando Cristiana:

— Por que ficou branca igual a pastel cru, vó? Está se sentindo bem?

— É essa diabete que me mata... Com a hipoglicemia causada pelo remédio, às vezes minha pressão baixa. Por favor, me dê um copo de água com açúcar.

Depois de atender ao pedido de Madalena, a neta comentou:

— Nossa, vó! Ainda bem que agora você está parecendo um pastel frito e recobrou a cor... Cheguei a pensar que fosse por causa do sonho e tivesse se assustado, mas sei que a senhora é avessa a esse tipo de crença de vida após a morte...

— Isso é bobagem, Cristiana. Ninguém sabe o que vem depois que a gente morre... É que passei mal, mesmo, mas agora estou bem.

— Então, com licença, vou dar assistência aos meus bebês, antes que as ferinhas comam umas às outras.

Após o almoço, Cristiana recebeu a visita de sua amiga Luana, que depois de cumprimentar Madalena acompanhou Cristiana até o quarto, para escolher acessórios góticos:

— Esta pulseira e este colar são a sua cara, Luana!

— Acho que esta pulseira com aquele colar combina mais. — disse Luana. Depois de experimentar, exclamou: — Olha que maravilhosa ficou esta combinação! Posso pagar em três vezes?

— Tá pensando que sou banco pra fazer financiamento, Luana? Faz uma força e deixo você pagar em duas vezes, ou tudo em 30 dias.

— As coisas estão difíceis, Cristiana... Acho que vou deixar para o mês que vem.

— Está bem. O que a gente não faz por uma gótica pobre, não é mesmo?

Luana encantou-se com um dos gatos, gritando e pegando-o no colo:

— Que gato mais fofo! Qual o nome dele? Garfield?

— Está zoando que acha que eu daria um nome desses para o coitadinho, né, Luana? Este aí é o Cruel, sua escandalosa!

Roçando o gato no rosto e enchendo-o de beijos, Luana disse:

— E dá para resistir a uma coisa linda dessas? Meu fofo, gostosinho! Gatinho dos infernos!

— Se minha avó ouvir você dizer isso, põe você pra correr, sua doida.

— Eu sei, mas ela não está ouvindo... — Luana começou a espirrar e teve que colocar o gato no chão. — Não tem jeito... Não sei por que essa alergia de gatos...

— É que está no lugar errado, Luana... — brincou Cristiana.

— Lá vem você tirar sarro da minha cara... Acho legais todos estes gatos que dão vontade de comer, de tão gostosos, mas não sei como você aguenta ficar no meio de toda essa "gataiada"... É gato no sofá, gato na cama, gato no quintal, gato na cozinha... São tantos gatos que não sobra nem lugar para as visitas!

— Ah, minha filha... se eu não colocar um freio no Diego, não sobra lugar nem para minha mãe e minha vó! Se depender dele, acho que teríamos que dormir do lado de fora para caberem mais gatos aqui.

— E por falar nisso, o Diego parou de beber?

— Parou, nada! Volta e meia preciso ajudá-lo a subir as escadas quando chega caindo de bêbado. Vício dos infernos! O Diego deve ser filho do Azeitona — Cristiana disse. — Ele precisa arrumar uma namorada para ver se entra nos eixos. Você podia me ajudar a convencer a Regina a namorar com ele.

— E como a convenceríamos, se está na cara que o Diego é cheio de preconceito? Outro dia, pensei que ele me assassinaria com os olhos quando chegou e eu ainda estava aqui...

— Quem desdenha quer comprar, você não sabe disso?

— Sei lá... Vou jogar umas indiretas pra Regina, mentindo que vi o Diego olhando para ela no dia em que viemos juntas, e você me ajuda. Acha que cola?

— Ótimo! Obrigada. Não posso falar nada porque vai dar na cara que quero empurrá-lo para ela, mas, partindo de você, eu remato e vamos ver no que dá. Como você está com o Ozzi?

— Ai, ai, ai... Estou com problemas, Cristiana.

— O que foi? O Ozzi é delicado demais para você? — brincou Cristiana, fazendo gestos obscenos.

— Até parece... O problema é que ele pegou gosto de fazer amor no cemitério e em outro lugar simplesmente não funciona.

Depois de uma longa gargalhada, Cristiana emendou:

— Vai ser lindo, depois de casar, passarem a lua de mel numa catacumba!

— Isso mesmo! E com direito a ter você e o Lucão como padrinhos num velório qualquer — respondeu a amiga. — E o Lucão conseguiu o que queria de você?

— Que nada! Não estou a fim de me enrolar e vivo falando isso para ele. Damos uns beijos de vez em quando, mas o Lucão é muito grosseiro e não me apetece. "Dá um beijo aqui!" Não aguento o "romantismo" dele.

Depois que Luana foi embora, enquanto Cristiana lavava a louça do jantar, discretamente, Madalena chamou Hermelinda para conversar na sala:

— O que foi que a Cristiana ou o Diego aprontaram desta vez, mãe?

— Não aprontaram nada. Fale baixo porque não quero que escutem — disse Madalena. Depois de contar sobre o sonho de Cristiana, emendou: — Cheguei a pensar que você tivesse dito algo da Ruth para a Cristiana...

— Era só o que me faltava! Jamais falaria da Ruth para ninguém, e a senhora sabe muito bem, mãe. Está achando que ela virou alma penada e aparece para a Cristiana?

— Com a descrição que ela deu do vestido de noiva e do broche, quase desmaiei.

— E desde quando a senhora acredita nessas coisas? Que eu saiba, sempre repudiou qualquer tipo de crença fantasmagórica.

— Foi coincidência a Cristiana ter sonhado com alguém que ela não conhece ou foi uma lembrança remota de quando era bebê? Fiquei intrigada com o fato de ela ter visto vultos e depois sonhar com a mulher vestida de noiva respondendo que não era ninguém, nunca fora nem nunca seria...

— Não pode ser, mãe... o Diego e a Cristiana eram muito pequenos, então descarte o fato de ela lembrar, mesmo vagamente. Jamais ouvi dizer que bebês se lembram de alguma coisa.

— Estive pensando... Tanto a Cristiana como o Diego sofrem por não conhecerem o que aconteceu. Deve ser duro para alguém não saber de nada. Não acha que passou da hora de contar toda a verdade para eles?

— Está de brincadeira comigo, né, mãe? Acha que o Diego sofreria menos por saber a verdade e suas circunstâncias escabrosas? A senhora teria coragem de contar a eles? Se tiver, fique à vontade, mas responda pelas consequências psicológicas que essas revelações poderão acarretar.

— Não fui eu que aprontei o que você e sua irmã aprontaram, Hermelinda! Não fui responsável por nada do que aconteceu e, se alguém tem que arcar com qualquer tipo de responsabilidade, é você, que está viva para contar!

— Mãe, vou falar baixinho para que nenhum dos dois ouça, mas me imagine gritando no seu ouvido: a senhora sempre foi boa em colocar a culpa nos outros e se esquiva quando o assunto é falar de responsabilidade, mas não queira me culpar novamente de tudo, porque a senhora e o papai foram os culpados por eu e a Ruth sermos tão enrustidas e frustradas que precisamos...

— Cale a boca, Hermelinda! Lave a boca para falar de seu pai, principalmente, porque, se você e a Ruth tivessem valorizado a educação que lhe demos, hoje ele estaria aqui, sem ter passado pelas realidades catastróficas que você e sua irmã construíram!

— De que adianta a senhora jogar na minha cara tudo o que passou? Não preciso que continue me castigando com estas lembranças, porque elas já me consomem todos os dias, e a Cristiana e o Diego estão aí para não me deixar esquecer. Além disso, às vezes sinto inveja da Ruth, porque ela teve coragem de se livrar do fardo de viver, enquanto eu estou condenada até o fim dos meus dias!

Contrariada, Madalena ameaçou dar um tapa em Hermelinda, mas se conteve com muito esforço, fazendo a filha dizer, com mágoa:

— Vá em frente, mãe. Bata na minha cara. Pegue a vassoura e quebre-a na minha cabeça, como já fez, para lembrarmos os velhos tempos quando a resposta da senhora e do papai era bater em mim e na Ruth cada vez que não encontravam em nós a "moral elevada" que faziam questão de fingir para todo mundo.

— Saiba que às vezes eu também sinto vontade de fazer o que a sua irmã fez, mas não para fugir da minha realidade e, sim, para fugir do pesadelo em que vocês transformaram a nossa vida, principalmente a desses dois jovens que vocês pariram, do modo que pariram! Eu não ficaria surpresa se soubesse que a Ruth se transformou num fantasma que vaga sem destino, amarrada às inconsequências pelo que causou quando não resistiu às mesmas tentações que você!

Diante das duras palavras, Hermelinda foi para seu quarto e chorou até adormecer.

Capítulo 6

Era sexta-feira e, na volta do trabalho, Hermelinda aconselhava Diego, que dirigia o carro:

— Não sei como o seu Tenório ainda não mandou você embora. Se continuar bebendo em horário de expediente, ele disse que não vai se arriscar para manter seu emprego, portanto, pelo amor de Deus, pare, pois sabemos das consequências.

Diego deu um soco no volante:

— Não aguento mais tantas cobranças! A Cristiana me pedindo mais dinheiro para a ração dos gatos, minha namorada me cobrando para assumir um relacionamento sério e, agora, minha tia dando lição de moral... É muito para a minha cabeça!

— Não adianta ficar irritado, meu filho... Todo mundo sabe que não se pode beber em serviço, ainda mais sendo motorista; e, além disso, é preciso se controlar. Não pretendo fiscalizar sua vida, mas é para seu próprio bem; se continuar como está, o que será de você?

— Não me chame de filho, porque não sou seu filho! Segundo consta, minha mãe morreu de repente, meu pai é um desconhecido, a senhora sabe, mas nunca quis me contar!

— De novo com essa história, Diego? Não sei o que fiz para merecer isso...

— Nunca acreditei que minha mãe morreu de derrame! Diga a verdade, tia Hermelinda, como minha mãe morreu?

— Não vou repetir as mesmas coisas! Já disse que ela morreu de derrame e sua avó confirmou! O que mais você quer saber? Uma pessoa tem um derrame: fica com sequelas ou morre, e sua mãe morreu! Pare de me torturar com essas lembranças, Diego! Você não imagina o quanto isso me dói.

— Está bem, tia... desculpe.

— Filho... Não tenho culpa se sua mãe nos deixou tão cedo... E quanto à sua namorada, desculpe perguntar, mas por que não a leva em casa para conhecermos? Assim, ela pararia com a cobrança.

— Não levo porque não quero e fim de papo! Não estou a fim.

Diante da resposta grosseira de Diego, Hermelinda calou-se.

No dia seguinte, Cristiana perguntava a Madalena:

— Vó, minha mãe avisou aonde iria?

— Não, só disse que retornaria depois das 18 horas.

— Pelo visto, arrumou namorada nova. Sempre que sai de fininho é por isso. A senhora sempre foi assim, condescendente com o fato de a minha mãe ser lésbica?

— Não sou condescendente, Cristiana, apenas não meto o nariz onde não sou chamada.

— Por que eu só levo patadas e todo mundo nesta casa sai pela tangente quando pergunto qualquer coisa?

— Você sabe muito bem que esse assunto me aborrece profundamente.

— Meu avô sabia que minha mãe era lésbica?

— Cristiana...

— Está bem, vó! Não pergunto mais nada... A minha vida será sempre um mistério!

— Cristiana, é a vida da sua mãe, não a sua.

— Sim, claro, desculpe... A vida da minha mãe não me interessa, e o meu pai deve ter sido mulher, já que minha mãe sempre foi lésbica. Acho que vou experimentar arrumar uma namorada para ver se gosto, quem sabe assim não passo a compreender melhor o universo à minha volta? — ironizou a neta.

— Cristiana, nunca levantei a voz para você... Por favor, compreenda que existem coisas que machucam, e respeite.

— Claro, peço desculpas de novo, vó... Esqueci que respeito nesta casa é sinônimo de mistério e silêncio, então, não está mais aqui quem perguntou — disse Cristiana e saiu.

Tenório queixava-se para Hermelinda em um motel:

— Essa deve ter sido a cerca mais sem graça que pulei na vida.

— Do que está reclamando, se conseguiu o que queria, seu Tenório?

— Você ficou imóvel, só faltou perguntar se eu tinha terminado, e ainda questiona do que eu estou reclamando?

— Se o senhor queria uma atriz performática, não era comigo que deveria ter se deitado.

— Claro que eu não esperava uma ninfeta, mas também não imaginava uma boneca nua na cama... Não sei se valeu o risco de manter aquele "bebúncio" do seu sobrinho empregado.

— Seu Tenório, não seja mau-caráter! Sabe há quantos anos não me deito com alguém, para ser forçada a uma situação constrangedora como esta e ainda ter que ouvir esses comentários?

— Seja sincera, você não acha que eu merecia mais reciprocidade sua?

— Vou devolver a pergunta: o senhor não acha que eu merecia mais respeito por ter saído com um homem casado, pai de família, só com o propósito de satisfazer a sua vontade em troca de mais paciência com o Diego?

— Não vou discutir com você, Hermelinda! Acho melhor irmos embora, porque não sei o que viemos fazer aqui e não sei se vou manter nosso trato.

— É mesmo, seu Tenório? Diz isso porque está arrependido de trair sua mulher ou por ter me assediado, conseguido com muito custo terminar o serviço em troca de um favor?

— Onde você quer chegar, Hermelinda? Está querendo me chantagear? Se estiver pensando nisso, tenha certeza de que serão a tia e o sobrinho, os jogados no olho da rua sem direito sequer a se despedir dos outros funcionários!

Hermelinda vestiu-se com raiva e exclamou:

— Diante das circunstâncias, é melhor refletir quem chantageou quem nesta história, mas, de minha parte, fique tranquilo, porque eu sentiria vergonha de dizer o que aconteceu de verdade!

— E que vai acontecer quantas vezes eu quiser, sua safada!

— Reclamou dizendo que sou uma negação na cama e está falando de acontecer novamente? Qual é a sua, seu Tenório?

— A minha é você saber que deve fazer o que eu quero, não o que você quer.

— Acabou? Posso ir embora?

— Suma da minha frente, Hermelinda!

No caminho de volta para casa, Hermelinda parou num bar para tomar um café, e uma mulher sentou-se no banco ao lado, puxando conversa:

— Acho que vai chover...

— Tomara que venha um tsunami que arrase tudo que houver sobre a Terra! — respondeu Hermelinda com raiva, sem olhar para a pessoa.

— Se tivesse olhado para mim, talvez desejasse algo diferente...

Quando Hermelinda olhou para a mulher, deu um pulo e a abraçou calorosamente.

— Nilce! Não acredito que é você! Mas o que faz neste buraco de mundo?

— As coisas mudam, as pessoas mudam, e eu mudei.

— Você está linda, jovial e por que não dizer... atraente!

— Obrigada, querida. Ando meio pra baixo ultimamente, mas preciso manter a pose, senão acabo sem clientes.

— Nilce, não me diga que...

— Sim, querida... Se pensou que tive de voltar à ativa, está certa.

Hermelinda ficou pensativa, sem esconder a comoção, e continuou:

— Posso lhe dar um beijo?

— O seu beijo seria um prazer em meio à tormenta.

Ambas se beijaram com carinho, enquanto um grupo de jovens que passava na calçada gritou:

— Morte às sapatonas!

Preocupadas, elas interromperam o gesto de carinho, e Nilce perguntou:

— O que você faz neste lugar?

Depois de ouvir Hermelinda revelar os últimos acontecimentos, a amiga lamentou:

— Inacreditável ter que se submeter a isso para manter o emprego de seu sobrinho...

— Às vezes, sinto vontade de sumir do mapa... Mas navegar é preciso...

— Navegar num barco furado, você quer dizer, né, Linda? Como estão sua mãe e a Cristiana?

— Minha mãe finge que está bem, e a Cristiana virou gótica, fez tatuagens, costuma visitar cemitérios com os amigos e agora está vendendo apetrechos góticos pela internet.

— Ela é como você ou é heterossexual?

— Gosta de homens. Já a vi beijar um amigo chegando de madrugada.

— Você contou para ela como ela foi concebida?

— Não contei e nunca vou contar. Acredito que esse é um drama meu e ninguém, nem mesmo ela, precisa saber.

— Nossa! Que barra...

— E você, Nilce? Como consegue vender seu corpo para homens?

— Seria mais conveniente perguntar como eu sobreviveria se não fizesse isso. A vida me colocou numa situação em que eu não tive escolha, pois minha ex partiu sem deixar pistas de seu paradeiro. Desde aquela época em que nos vimos, quando minha mãe partiu desta vida, meu pai não quis mais saber de mim, então, por isso, voltei a fazer a mesma coisa que antes, mas atendo mulheres também.

— Preciso ir, porque disse à minha mãe que voltaria às 18 horas. Podemos combinar de nos encontrar novamente?

— Claro que sim.

Elas anotaram o telefone uma da outra e cada uma seguiu seu caminho.

Chegando em casa, Hermelinda perguntou a Cristiana:

— Onde está o Diego?

— Deve estar no boteco, bebendo como sempre.

Hermelinda baixou a cabeça e continuou:

— E sua avó?

— Disse que estava cansada e foi dormir mais cedo.

Capítulo 7

No cemitério, como de costume, Cristiana recitava versos para os amigos sentados sobre uma lápide, enquanto diversos espíritos, inclusive Isaías, ouviam atentos e admirados.

Isaías perguntou para uma entidade ao seu lado:

— O que esses jovens pensam que estão fazendo?

— Aparecem por aqui duas vezes por mês para cultuar a morte, declamam poemas góticos, sociabilizam e depois vão embora.

— Eu já tinha ouvido falar em pessoas assim quando era vivo... Apesar de cultuarem a morte, elas não fazem ideia de que estão rodeadas de tantos mortos, não é?

— Não... Nem suspeitam. Apesar de cultuarem a morte, dizendo que acreditam em muitas coisas, inclusive na presença de almas desencarnadas como nós, no fundo a maioria não acredita realmente que isso possa acontecer.

— É para rir... Eles vêm aqui para se divertir com a morte e nem suspeitam da diversão que oferecem para os mortos.

— Não digo diversão, mas quase todos apreciam muito a presença deles. Alguns esperam ansiosamente e ficam tristes quando demoram a aparecer.

— Confesso que também fiquei feliz por conhecê-los.

— Por que permanece por aqui em vez de seguir seu caminho?

— Não quero falar sobre isso, se não se importa. Mas e você, porque não seguiu seu caminho e preferiu ficar aqui?

— Na verdade, não fico por aqui. Venho porque escolhi ajudar um amigo e tenho esperança de que ele possa sair, mas é difícil porque está impedido.

— Existe algum impedimento para quem queira sair? Não encontrei ninguém que me prenda.

— Não encontrou porque se prendeu voluntariamente.

— O que quer dizer com isso?

— Estar aqui não tem a ver com apego a coisas como corpo físico, bens materiais ou vícios, tem a ver com sua dificuldade de desprender-se da família. Mas chegará o momento em que você vai perceber que não há nada mais a fazer na Terra e que para tudo existe um propósito, inclusive que era o momento de você deixar sua família.

— Como pode saber sobre mim e, se sabe, por que fingiu que não sabia?

— Porque não quero que se sinta obrigado a me contar nada. Também sei de seu trauma, de seu medo de morrer.

— Foi muito de repente... Não deveria ser naquele momento... Minhas filhas e minha esposa precisam muito de mim...

— E o que você acredita que pode fazer por elas permanecendo aqui?

— Sinceramente, não sei, mas tenho esperanças de vê-las novamente quando visitarem meu túmulo.

— Você sabe que não há mais nada a fazer por elas, mas não consegue aceitar a ideia de não participar da vida delas.

O homem baixou a cabeça, pedindo:

— Por favor, me deixe ficar aqui... Não quero sair.

— Fique tranquilo, Isaías... Se não quiser, eu não o obrigarei, mas pense que existe uma vida a ser vivida, mesmo depois da morte. Ficar aqui representa não querer continuar vivendo.

— Continuar vivendo sem minha família é a própria morte para mim. Prefiro esperar aqui, sentindo que ainda faço parte da vida delas — Isaías confessou. — Quem é você e como sabe meu nome?

— Você não se lembrará de mim agora, mas sou alguém que lhe quer bem. Pode me chamar de Miro.

— Por que não consigo me lembrar de muitas coisas?

— Por que o seu medo de morrer é tanto que o pânico ainda obstrui suas lembranças, mas, com o tempo, se permitirá lembrar, fique sossegado...

— Não consigo lembrar o que provocou minha morte, mas consigo sentir a angústia dos últimos dias...

— A sua angústia não era uma dor física, era a dor de deixar sua família.

— Isso é tudo de que consigo lembrar, como uma cena que se repete indefinidamente... Não me lembro de nada... Tento me lembrar, mas não consigo. Por que não consigo?

— Porque você continua com o pensamento focado no medo do futuro.

— Não consigo me lembrar de muitas coisas, mas aquela moça recitando aqueles versos... De onde a conheço? Não sei explicar por que sinto tanto carinho...

— Está dizendo que se lembra daquela moça?

— Sim, Miro... Eu me lembro... E estou me lembrando de já termos conversado sobre essas mesmas coisas... Dá uma estranha sensação de que minha memória se abrirá como um estopim. Sabe quem é essa moça?

— Sim. O nome dela é Cristiana.

— Por que tenho quase certeza de conhecê-la?

— Cristiana tem atributos energéticos. Entenda como um magnetismo que envolve espíritos como nós e produz alguns efeitos para alguns objetivos.

Uma turbulenta discussão envolvendo os jovens Ozzi e Edgar agitou as entidades que permaneciam ao redor, prendendo a atenção de Isaías.

— Cara, já falei que, se não estiver a fim de acompanhar a gente, que siga seu rumo, mas respeite a Cristiana, poxa! — disse Ozzi a Edgar.

— Se está a fim de encarar uma briga, vamos nessa, meu chapa! — provocou Edgar, fazendo os demais intervirem, desta vez, sem a manifestação de Cristiana, que apenas observava. Mas quando a discussão inflamou, quase partindo para agressões físicas, ela gritou:

— Parem todos vocês, agora mesmo!

Admirado, Isaías observava a liderança exercida por Cristiana, que silenciou a todos, inclusive assustando outras entidades próximas e continuou:

— Meu negócio é só com você, Edgar! Siga-me! E todos vocês, fiquem aqui — disse Cristiana, afastando-se dos demais. — Qual é a sua, Edgar? Comece a falar!

— E quem você pensa que é para colocar o dedo no meu nariz, mina?

— Meus dedos estão bem onde deveriam estar. Você sempre chega quieto e sai calado, mas toda vez invoca comigo. Abre o jogo e diz por que, Edgar. Fiz algo de que você não gostou?

Notando que Edgar estava com dificuldade de falar, sufocado pelo questionamento, Cristiana pousou as mãos sobre os braços cruzados dele, perguntando com voz carinhosa:

— Vamos, Edgar... Vomite tudo que está entalado, conte para mim.

Edgar tentou abraçar e beijar Cristiana, mas ela rejeitou, desvencilhando-se em rapidamente.

— Então, é isso! Está enrustido! Cara, é dessa maneira que você quer dizer que está gostando de alguém? Maltratando a pessoa?

— Você só tem olhos para o Lucão e só me enxerga quando dou porrada!

— Calma aí, Edgar... Não era mais fácil ter me chamado para conversar, em vez de me agredir sempre que nos encontramos aqui, ou em qualquer outro lugar?

— Você nunca dá chance! Está sempre com alguém, se achando a última bolacha do pacote!

— Não tente me culpar por você agir desse jeito! Se quiser, podemos ser amigos, desde que pare de me agredir só para se mostrar.

— Não quero ser só seu amigo!

— Edgar, pare de agir como criança. Não sou um brinquedo e não estou a fim de me enroscar com ninguém, só isso!

— O Lucão é ninguém?

— Por acaso, você me viu namorando o Lucão?

— Já vi vocês se amassando.

— Então, quer dizer que já me seguiu! Não vou tolerar perseguição, Edgar. Ou você se emenda, ou cai fora!

— Acha que é a chefa, a toda-poderosa, né, Cris?

— Já disse que odeio que me chamem de Cris. Está querendo me provocar de novo e, se não parar, não quero mais saber de falar com você.

— Quer saber? Que se dane!

Cristiana tentou chamar Edgar para continuar a conversa e uma legião de entidades o seguiu, despertando a atenção de Isaías:

— Miro, por que aquelas entidades sombrias seguiram o rapaz? Quem são elas?

— São vampiros. Eles o seguiram porque perceberam o que ele quer fazer.

— O que ele quer fazer?

— Se drogar.

— Que coisa horrível! Só porque ficou despeitado em não conseguir o que queria com a moça?

— O Edgar é viciado em cocaína. Você não se lembra de que outras vezes ele também foi acompanhado pelas mesmas entidades?

— Estranho...

— O que é estranho, Isaías?

— Estou lembrando vagamente...

Isaías permaneceu circunspecto e Miro afastou-se, procurando outra entidade, a quem revelou contente:

— Isaías teve lampejos de memória! Finalmente, nosso plano está dando certo!

— Está vendo como a paciência é o melhor caminho para se alcançar o que deseja, Miro? Eu estava ao lado de vocês e vi que Isaías vai dar prosseguimento à nova fase de nosso plano.

— Honestamente, Simeão... Já não aguentava repetir as mesmas frases decoradas para as mesmas perguntas de Isaías. Consegue entender a alegria que sinto?

— Sim, claro, Miro. Também estou feliz. Da próxima vez, tentaremos convencer Isaías a sair daqui, mas, por enquanto, siga seus passos como tem feito, com paciência.

Logo em seguida, Simeão dirigiu-se ao cruzeiro do cemitério, onde se encontrava a entidade de uma mulher sentada sobre um trono envolvido por crânios humanos fluídicos:

— Saudações, dona Rosa Caveira.

— Saudações, anjo da guarda Simeão. A que devo a honra de sua presença? É sobre seu morto-vivo protegido?

— Vim lhe avisar que o Miro está autorizado a levar o Isaías quando for oportuno. É possível que os vampiros queiram acompanhá-los e, por isso, precisamos de sua colaboração para que não sejam seguidos.

— Esse seu protegido é realmente digno de pena... Não fosse por nossa intervenção, ele seria vampirizado todos os dias, porque está suscetível. Por curiosidade, trata-se de alguma penalidade autoimposta ao tal Miro seguir o morto-vivo?

— Não concordaríamos com a autoflagelação, dona Rosa Caveira. O objetivo de Miro é trazer paz à sua família que ficou neste plano, juntamente com a família de Isaías, que sofre pelo seu estado atual e, para isso, Miro se propôs a conduzir Isaías com propósitos elevados de perdão.

— Poucas vezes tivemos oportunidade de testemunhar a paciência de uma entidade como vejo no Miro. Passamos a admirá-lo por isso.

— Nós também. São poucos os que percebem que para ter paz é preciso produzir a paz.

Capítulo 8

Antes de sair para trabalhar, Alan contemplava o muro com sua esposa.

— Não disse que em uma semana conseguiríamos aumentar a altura do muro? Precisamos comemorar!

— Vamos jantar fora hoje mesmo! — disse Suzana eufórica. — Nossa independência desses vizinhos é uma conquista digna de ser comemorada. Amor, eu nem acredito...

— É... dá alívio mesmo. Acabaram-se nossos problemas, e finalmente a Valeska terá sossego.

Suzana pegou a gata no colo com carinho:

— Taí, queridinha da mamãe... Mostre uma banana para aquele gato de bruxa e dê adeus a esses vizinhos bobos.

Alan chamou a atenção da esposa:

— Amor, fale mais baixo, porque, se escutamos o que eles falam, também podem escutar o que falamos daqui do quintal...

— Imagine, amor! Eles armam barracos, nós, não, por isso, o único incômodo é de lá para cá, mas agora estamos livres, não é, lindinha? — disse Suzana contente, sacudindo Valeska.

Naquele momento, Cristiana dava ração para os gatos e ouviu os comentários de Suzana. Então, chamou Madalena a certa distância, cochichando:

— Não suporto essa vizinha arrogante e prepotente! Vó, sinto vontade de bater na porta dela e perguntar se não precisa de um barraco para guardar aquela boca grande que não lava para falar de nós...

— Cristiana querida... Suzana tem suas razões para comemorar a altura do muro, principalmente por não precisar receber um Café sem ser convidado.

— Concordo, mas precisa ficar chamando a gente de barraqueira e sugerindo para a gata de ouro dela mostrar uma banana para meu neguinho? Acho que ela falou alto para ouvirmos.

— Seja como for, Cristiana, fiquei aliviada com a solução que eles encontraram. O marido da Suzana teve consideração e veio me avisar, dizendo que, caso o pedreiro derrubasse massa no nosso quintal, viria limpar.

— Sim, mas rebocaram e pintaram só o lado deles, porque nós ficamos com esses tijolos aparentes.

— Filha, não é obrigação deles rebocarem e pintarem nosso lado do muro. Deixe de procurar motivos para detestá-los.

Alan chegou do trabalho e se assustou ao ver Suzana com os olhos vermelhos e inchados, sentada no sofá. Preocupado porque ela não teve reação com sua chegada, perguntou:

— Aconteceu algo, amor?

Suzana se levantou, abraçou Alan e, chorando aos soluços, revelou:

— Amor, nossa Valeska está prenhe... Quanta desgraça!

— Suzana, calma! Como sabe que ela está prenhe?

— Vi os mamilos dela inchados e avermelhados, fiquei preocupada e a levei ao veterinário, que constatou a prenhez...

— Putz! Parece brincadeira... Logo agora que aumentamos o muro... Só pode ser ironia do destino, mas, amor, não fique assim...

— Tínhamos combinado com o criador de cruzar a Valeska com outro gato de pedigree logo que ela estivesse pronta. E agora o que faremos?

Depois de pensar por alguns instantes, Alan sugeriu:

— Já sei: vamos esconder a gestação da Valeska e dizer que não queremos que ela cruze agora, daí, quando ela tiver os gatinhos, doamos.

— Não podemos tornar isso público... Acho que tenho uma solução melhor.

Depois de revelar o plano e organizá-lo com o marido, na manhã seguinte, Suzana bateu à porta de Cristiana, que olhou pela fresta e procurou por Madalena, pedindo:

— Vó, a Suzana está chamando no portão. Por favor, atenda ela porque não suporto essa mulher.

Chegando ao portão, Madalena cumprimentou e Suzana correspondeu:

— Bom dia, dona Madalena. Poderia, por gentileza, chamar sua neta? Preciso conversar com ela.

— Aconteceu algo de que eu precise saber, Suzana?

— Não se preocupe, dona Madalena, só sua neta poderá resolver e precisa ser em particular.

— Posso convidá-la a entrar?

— Se a senhora não se importa...

Cristiana cuidava dos gatos e se assustou ao perceber a presença de Suzana à sua frente, com Madalena explicando:

— Cristiana, a Suzana precisa falar com você em particular. Aceita um cafezinho, Suzana?

— Não, obrigada, dona Madalena. Hoje, quero distância de café.

Logo que Madalena saiu, Suzana percebeu o incômodo que Cristiana demonstrava e perguntou:

— Você imagina por que estou aqui?

— Sinceramente, não faço a menor ideia, mas coisa boa não deve ser.

Suzana olhou ao redor e apontou para Café:

— O seu gato engravidou a minha gata.

Cristiana levou a mão à testa, dando um leve sorriso:

— Essa, não...

— Pois é, essa, sim! Você achou engraçado ou é impressão minha?

— Suzana, não preciso lhe dizer que gatos agem por instinto... O que quer que eu faça?

— Em primeiro lugar, quero lhe dizer que amo gatos, mas você poderia ter evitado. Eu a odeio por causa disso, Cristiana!

— Isso não é novidade, Suzana. Você pode me odiar, afinal, não é a única.

— Quantos gatos você tem neste quintal?

— Cinquenta e oito. Por quê?

— Isso é permitido por lei? Digo, criar este monte de gatos sem ter registro como gatil?

— Ah, entendi... Veio me ameaçar, né, Suzana?

— Não! Vim pedir que você me ajude a arcar com o prejuízo, fazendo o que é justo.

— E o que seria?

— Quanto tempo leva para os gatos desmamarem para doação?

— É a primeira vez que sua gata vai dar cria?

— Sim.

— Demora em torno de 12 semanas para desmamarem.

— Por que perguntou se é a primeira vez que minha gata vai dar cria? O que isso tem a ver com o prazo de desmame?

— É que, na primeira vez, uma gata tem no máximo três ou quatro gatinhos e, quanto menos gatinhos, mais tempo demoram para apartar da mãe, já que têm poucos irmãos para brincar. Depois, ficam mais espertinhos e tornam-se independentes.

— Preciso que você assuma as crias da Valeska. É a única forma de você consertar esse erro.

— Está bem, assumo com prazer, mas não entendi por que veio me pedir isso. Você não tem amigos para doar? Apesar de meu gato ser mestiço, os filhotes deverão ser lindos, porque os pais são lindos.

De repente, Suzana engasgou de tanto rir, fazendo Cristiana perguntar com seriedade:

— Estou vestida de preto, não de palhaça. Qual foi a graça?

— Mestiço? Cristiana, qual sua dificuldade de dizer que seu gato é vira-lata?

— Então, eu e você também somos vira-latas, ou pensa que temos pedigree? Gatos são gatos, todos lindos, independentemente da raça.

Suzana se forçou a parar de rir diante da irritação de Cristiana.

— Está bem, eu não vou discutir com quem se acha a "defensora dos animais", mas, assim que a Valeska tiver os gatinhos, vou chamar você e, quanto antes me livrar deles, melhor.

— Vai deixar a gata aqui em nossa casa durante o período de amamentação?

— Aí é que está o problema. Você tem como isolar a Valeska dos outros gatos?

— E por que precisaria isolar a Vossa Majestade Valeska dos outros gatos?

— Por acaso, você sabe quanto custa a ração que eu compro para a Valeska? Ela come ração especial desde que se conhece por gata!

— Pois, então, você que fique com ela na sua casa até os gatinhos desmamarem, ora bolas!

— Raciocine, Cristiana: eu me apaixonaria pelos gatinhos, aliás, nem quero vê-los quando nascerem! Acha justo?

Cristiana ironizou:

— Claro que não... Joga indireta de que não tenho capacidade de pagar o preço que você paga de ração, me manda raciocinar, porque certamente acha que sou burra... Acho que devo ser, mesmo, porque admitir que a nobre vizinha venha à minha casa me humilhar é muita burrice da minha parte, não acha, condessa Suzana?

— Não quero discutir com você, Cristiana! Vim propor soluções, porque, se ninguém ficar sabendo da prenhez da Valeska, vou ter chance de diminuir o prejuízo para ela cruzar com um gato digamos... menos escuro... menos mestiço.

Desta vez, Cristiana que riu com gosto.

— Cuidado, racismo pode dar cadeia, Suzana.

— Já que não tive o direito de escolher um gato à altura para cruzar com a minha, então, tenho o direito de detestar a cor dos gatos que eu quiser! Sejamos práticas, Cristiana, o que você precisa para isolar a Valeska enquanto ela estiver amamentando? E pare de rir, porque isso não tem graça! Agradeça por eu ser do bem e não mandar afogar as crias!

— Claro, não quer ver os filhotes porque sabe que se apaixonaria por eles, mas acha que seria capaz de mandar afogá-los... Se você diz que me odeia, saiba que também odeio você por essa arrogância toda. Mas está bem, Suzana, vou arranjar um jeito de separar a Valeska da plebe. Pode deixar, vou cuidar para que nenhum dos plebeus ouse chegar perto da ração da sua princesa.

— Chega de conversa fiada! O veterinário informou que daqui a dois meses ela deverá dar cria; faltando uma semana, eu a deixo com você. Até mais.

— Já vai? Quer que eu estenda um tapete vermelho até o portão para você?

— Dane-se, Cristiana!

E Suzana foi embora sem se despedir, assim que Cristiana lhe abriu o portão.

Capítulo 9

Cristiana colocava no armário as roupas que acabara de passar quando, de repente avistou de seu quarto um vulto passando pela sala e saiu correndo para ver, enquanto Hermelinda e Madalena assistiam à TV.

— Que susto, Cristiana! Por que você veio correndo? — perguntou Hermelinda.

— Vi um vulto passando por aqui...

— Era o mesmo vulto de outro dia? — perguntou Madalena.

— Não sei, vó... Não consegui ver, porque foi muito rápido.

— Deu para ver fantasmas agora?

— Não, mãe... É que, outro dia, vi uma mulher vestida de noiva.

Madalena lançou olhar baixo para Hermelinda, que se irritou:

— Isso que dá frequentar cemitérios! Onde já se viu ir nesse lugar sombrio à noite? Tomara que fique bastante assustada e pare com isso!

Cristiana viu o vulto na cozinha e correu para lá.

Madalena cochichou para Hermelinda:

— Eu falei que a Ruth está rondando esta casa...

— Não fale bobagens, mãe! A Cristiana não descreveu o vulto, só pode ser coisa da cabeça dela.

Cristiana surgiu ofegante e, dirigindo-se a Madalena, disse:

— Vó, vi de novo a mulher com aquele vestido de noiva, com o mesmo broche, e ela foi para o quintal!

Hermelinda arregalou os olhos, apavorada, fazendo o sinal da cruz:

— Ai, meu Deus! Proteja-nos das almas penadas!

— Ficou com medo agora, só porque eu disse que a fantasma estava vestida de noiva, mãe?

— Continuo achando que você está vendo coisas por frequentar cemitérios e cultuar essas coisas esquisitas de morte.

— E por que não deu esse pulo do sofá da primeira vez que falei que vi o vulto agora pouco?

— Uma noiva vestida com trajes rasgados! Isso não é tenebroso, Cristiana?

— Sim, mas como você sabe, se eu não disse que o vestido estava rasgado? — indagou Cristiana com desconfiança.

— Ora, Cristiana! Da forma como falou, logo imaginei, porque pareceu filme de terror!

— Sei, não, mãe... Senti no ar que está escondendo algo de mim...

Hermelinda desconversou, dirigindo o olhar à TV:

— Você está ficando paranoica, Cristiana. Já avisei para parar de ir a cemitérios. Se não quer me ouvir, azar o seu, mas me deixe assistir à novela porque já perdi um bom pedaço.

Madalena certificou-se de que Cristiana entrara no quarto e novamente cochichou para Hermelinda:

— Não falei? Bem que a Ruth dizia que a Cristiana era uma criança diferente.

— Pare de falar besteiras, a senhora também, mãe! E eu sempre dizia que a Ruth tinha um parafuso a menos, senão, não teria feito o que fez!

— Por que não acende uma vela para sua irmã, em vez de julgá-la?

— Sempre foi assim! A senhora é boa em dizer o que devo fazer... Por que a senhora mesma não acende uma vela para ela?

— Desde que a Ruth se foi, parece que me sinto sufocada cada vez que penso nela... Tento rezar, mas as palavras se misturam e parece que as orações perdem o sentido...

— Com a senhora também acontece isso? Também me sinto assim quando tento rezar para a Ruth... Será que ela foi amaldiçoada? — Hermelinda respeitou o triste silêncio de sua mãe, solidarizando-se: — Não vamos mais falar sobre isso... Eu sei como a senhora se sente.

— Não, não sabe, porque você é irmã, e não mãe da Ruth... Mas algo que me intriga é o fato de seu pai ter partido tão cedo, logo depois que a sua irmã se matou...

— Mãe, ainda procurando motivos para justificar a morte do pai? Ele se foi por tanto desgosto e porque era a hora dele, mas sei que a senhora não tira da cabeça suas últimas palavras que...

Madalena se interpôs às palavras da filha:

— "Nem que eu tenha que buscá-la no vale da morte, a trarei de volta à vida." Inesquecíveis as últimas palavras de seu pai, com a determinação de uma promessa de quem vai à guerra.

— A senhora continua achando que o pai disse isso porque se arrependeu de como era com a gente?

— Não sei, Hermelinda... A única coisa que sei é que não sei de nada e prefiro continuar assim para não perder a vontade de viver.

— Se for mesmo a Ruth quem a Cristiana vê, será que ela quer nos pedir algo?

— O que você acha?

— Acho menos que você, mãe! Será que é porque nunca exumamos o corpo dela para colocar no ossuário?

— Como saber, Hermelinda? E por que a Ruth se incomodaria com isso? Melhor parar de falar sobre esse assunto. Já perdemos o capítulo inteiro da novela e esta conversa me deixou exausta. Vou dormir. Até amanhã.

Enquanto Cristiana dormia, sonhou que Café a acompanhava e deparou-se com a mulher vestida de noiva sentada numa cadeira amamentando e embalando um bebê.

Cristiana parou a certa distância, pegou Café no colo e perguntou, como se ele compreendesse:

— Café, quem é esta mulher? Por que está vestida assim?

Um homem se aproximou, respondendo com serenidade:

— Está vestida de noiva porque pediu para ser enterrada assim.

Admirada, Cristiana perguntou ao homem, enquanto acariciava o gato:

— Que lindo e romântico! Ela devia amar tanto o marido que pediu para ser enterrada com o vestido de noiva, mas quem é o bebê que está amamentando?

— Ela pensa que é o bebê dela, mas é apenas uma criação da cabeça dela.

— Por que ela está aparecendo para mim?

— Se sente atraída por você, mas não se desligou do campo mental que a une ao campo material.

— Por que consigo vê-la?

— Porque lhe é permitido ver.

— Tem algum propósito para essa permissão?

— Sim, mas você só saberá no futuro, quando puder estar com ela.

— Deus me livre! E por acaso ela está me chamando para junto dela? Sou muito nova para morrer.

— Você não vai morrer, Cristiana. Eu disse que no futuro saberá por que consegue vê-la.

— Então, para que essa permissão de poder vê-la agora?

— Sua energia. Sem saber, você contribui com energia para um dia ela sair do estado em que está.

— Posso fazer algo para ajudá-la?

— Sim, mas você só saberá quando for a hora certa das revelações, e faremos você se lembrar deste momento.

— Quando for a hora, o que devo fazer?

— Conversar com ela para trazê-la de volta à realidade.

— Que absurdo! Como trazer de volta à realidade alguém que já morreu? E... como estou vendo a mulher, se está morta?

— Sabe muito bem que a morte não existe, não é, Cristiana?

— Está bem, sei, mas...

— Sem mais preocupações, Cristiana. Agora, retorne para o plano material.

— Posso fazer uma última pergunta, antes de voltar?

— Pode.

— Posso contar para minha avó e meus amigos que estive com você? Quem é você?

O homem tomou com carinho Café do colo de Cristiana e respondeu, acariciando-o:

— Você terá uma vaga lembrança de mim, mas não se lembrará do que conversamos. Sou seu anjo da guarda.

— Que máximo! Você é lindo!

Cristiana despertou na cama com Café sobre seu corpo, e levantou-o:

— Bom dia, meu bebê... Se escondeu no quarto de novo antes de eu dormir e acabou ficando por aqui, né? Vou abrir a porta, você deve estar com vontade de fazer xixi, né, bebê? Mamãe vai tomar café e depois dar papinha para você e seus irmãos.

Imperceptível a Cristiana, seu protetor Dante disse a Kiara, protetora de Ruth:

— Realmente, a Ruth só consegue interagir com a Cristiana. Vamos aproveitar isso para dar sequência aos planos efetivos para despertá-la.

— Aproveitaremos também para avaliar se a Cristiana está desenvolvendo os sentidos de modo que consiga se comunicar com a Ruth quando estiver acordada.

Naquele dia, Diego foi ao médico e voltou mais cedo para casa. Sabendo disso, Cristiana perguntou a ele:

— Entregou os exames? Qual foi o resultado?

— Estou com cirrose hepática...

— Nossa! Primo, agora é parar ou parar de beber, hein?

— Eu não bebo tanto assim, Cristiana.

— Não vou discutir pesos e medidas com você, Diego, mas, sabendo o que causa cirrose, espero que se cuide e pare de beber.

— A tia Hermelinda teve que vir de ônibus e deve estar para chegar. Quero lhe pedir que não comente com ela, nem com a nossa avó.

— Só não vou comentar se você prometer que vai se cuidar. Não quero tomar conta da sua vida, mas é para seu próprio bem, porque lhe quero bem. De acordo?

— Quem sabe de mim sou eu, Cristiana, mas pode deixar que não lhe darei trabalho para me enterrar, pois ainda tenho muito a fazer nesta droga de vida.

— Pois então, o senhor trate de se cuidar, porque concordo que é novo demais para morrer.

— Minha mãe também era.

— Não comece a se fazer de coitado e cale a boca, Diego! — disse Cristiana, contrariada.

Capítulo 10

Diego estava no pet shop próximo ao trabalho, em seu horário de almoço, olhando com tristeza uma gaiola com três gatos, quando Bertinho, o vendedor, se aproximou dele:

— Tenha paciência, Diego... Ontem, duas meninas passaram e quase levaram os três.

— Bertinho, aquele rajadinho cinza está aí há mais de dois meses! Olhe como está tristonho, coitado... Deve estar se sentindo rejeitado. O dono do pet shop deveria entregar a uma ONG que cuida de gatos e não deixar tanto tempo os pobres engaiolados!

— Falar é fácil! ONGs não rejeitam gatos que são deixados na porta, mas não aceitam um animalzinho que você encontrou desamparado na rua. O seu Sebastião ainda faz muito de colocar os gatos aqui para doação, alimentando-os enquanto não aparecem adotantes.

— Já imaginou um bichinho desses com toda a disposição para brincar e amar, confinado desse jeito por tanto tempo? Onde está a caridade do seu Sebastião?

— Então, por que você mesmo não abre uma ONG para gatos abandonados? Este é o negócio dele para sobrevivência, não para caridade, além disso, ele dá ração direitinho, sem importar quanto tempo leva para alguém adotá-los.

Diego encostou o rosto na grade e lamentou:

— Não faz um mês que levei um gato para casa... Se levar este, minha prima Cristiana vai me matar.

— Diego, pare de tomar as dores do mundo! Reclama que não tem dinheiro para comprar mais ração e quer levar todos os gatos que encontra! Faça como eu, finja que não vê!

— Se venho aqui todos os dias, tem como não ver? Quer que eu pare de vir?

— Como você é safado, né, Diego? Você tem que parar de vir olhar os gatos e me pagar os dois meses de ração que me deve, pois, se levar mais algum, sua dívida comigo vai virar uma bola de neve e minha cabeça vai rolar quando o seu Sebastião se der conta que tiro ração do estoque para satisfazer sua caridade.

— Está bem, não levo o gato... Preciso dar uma espairecida. Vamos ao boteco hoje?

— Homem de Deus, você está com cirrose e fala de ir ao boteco? Está brincando de roleta-russa? Não! Definitivamente não!

— Sem problemas! Se não quiser me acompanhar, vou sozinho.

— Está bem, passe na minha casa depois das oito.

Era mais de uma da manhã quando Diego chegou embriagado, não conseguiu subir as escadas e novamente teve de ser carregado por Cristiana, que disse, contrariada:

— Diego, de hoje em diante não vou me importar se você dormir nos degraus! Se quiser se matar, problema seu!

— Calma, prima! Estava só liberando o estresse... Além disso, preciso desinfetar o fígado, senão, a cirrose o comerá...

Diego mal terminou a frase e vomitou, preocupando Cristiana.

— Meu Deus, Diego... Olhe quanto sangue no seu vômito. — Vendo o primo todo sujo, Cristiana teve que tirar a roupa dele no banheiro, forçando-o tomar a banho, apesar dos xingamentos. — Você devia ter vergonha de beber como pinguço, não de ficar pelado na minha frente. Cale a boca, passe pelo menos o sabonete pelo corpo e não se esqueça de tirar a cueca antes.

Enquanto Cristiana colocava a roupa suja de molho no tanque, tirou os preservativos que encontrou no bolso da calça de Diego, junto com uma calcinha, reclamando para si mesma:

— Além de ter que passar por isso, ainda preciso testemunhar essas coisas... E que calcinha brega com rendas enorme... Diego deve topar todas...

Hermelinda surgiu diante de Cristiana:

— Não acredito... O Diego nunca vomita e desta vez bebeu tanto que vomitou? Mas que sangue é este? Ele se machucou?

— Não. Isso é vômito com sangue — respondeu Cristiana. — Mãe, o Diego pediu para não contar para vocês, mas não vou guardar esse segredo. Ele está com cirrose.

—Ai, meu Deus! Por isso, está pele e osso! O que vamos fazer, Cristiana?

— Não queria admitir, mas, se Diego não parar de beber, precisaremos interná-lo à força.

Na manhã seguinte, Alan chamou Cristiana no portão.

— Bom dia, pois não?

— Preciso sair para trabalhar, mas não consigo tirar o carro, porque seu irmão deixou o dele na frente da minha garagem. Pode pedir para tirar, por favor?

— Nossa! Diego é meu primo, não irmão. Nem reparei que ele deixou o carro fora da garagem... Desculpe, Alan. Por favor, aguarde um pouco, vou chamá-lo.

— Cristiana, espere...

— O que foi? Desculpe, vou pedir para o Diego não fazer mais isso.

— Não fique constrangida pelo que vou dizer, mas vi como ele chegou ontem e que você teve de carregá-lo...

—Ai, meu Deus, que vergonha! Mas espere... Vou falar para ele lhe pedir desculpas e tirar o carro da frente da sua garagem.

— Não precisa, Cristiana. A chave está no contato e o carro ficou com os vidros abertos. Se me permitir, posso colocá-lo na garagem para vocês.

— Tudo bem, obrigada. Vou abrir a garagem.

Logo que Alan estacionou o carro, Cristiana novamente pediu desculpas, envergonhada, e finalizou:

—A que ponto o Diego chegou! Não vai acontecer de novo, pode ter certeza, Alan.

— Tiveram sorte de não ter o carro roubado, mas, sinceramente, vocês deveriam se preocupar com outra coisa: não têm medo do que pode acontecer por ele dirigir embriagado? Do jeito que seu primo chegou ontem, não dá para imaginar como estava dirigindo.

— É verdade. Tomaremos providências com urgência...

— Acho bom mesmo: uma pessoa que dirige embriagada pode matar no trânsito. Com licença, preciso ir.

— Como vai a Valeska? Está chegando o final da prenhez e sua esposa não me ligou nenhuma vez para dizer se vai deixar a gata amamentando os gatinhos comigo, ou se ela ficará na casa de vocês.

— Foi bom você tocar nesse assunto. Estou convencendo a Suzana a deixar a Valeska com você, porque as coisas estão difíceis em casa...

— O que aconteceu, Alan?

— A gata está parecendo uma bola. Outro dia, a Suzana foi tentar fazer carinho na barriga enorme e a Valeska lhe deu um arranhão de arrancar sangue. Suzana chora todos os dias desde então e não se conforma com o fato de termos aumentado o muro tarde demais...

— Desculpe, Alan, mas, como eu disse para a Suzana, infelizmente, os recursos precários não impediram que o meu Café pulasse para sua casa e...

— Não precisa mais se desculpar, Cristiana, só quero lhe perguntar: você vai cuidar bem da Valeska, se eu convencer a Suzana a aceitar que os filhotes nasçam na sua casa?

— Claro que sim! Se quiser pode deixá-la aqui hoje mesmo, porque até reservei um cantinho para ela ficar isolada dos outros gatos. E, assim que os filhotes desmamarem, a entrego para vocês e não se fala mais no assunto.

— Está bem, vou trazer a Valeska semana que vem, mas preciso de uma sugestão: como faço para acabar com o clima de velório em casa?

— Diga à Suzana que ela pode ver a gata na minha casa quando quiser.

— Ela não quer ver os filhotes, porque sabe que vai se apaixonar por eles.

— Então, diga que me proponho a deixá-los escondidos para ela sempre visitar a Valeska.

— Obrigado por sua compreensão, Cristiana.

— Não há de quê. Agradeço por sua compreensão em relação ao meu primo Diego também.

Assim que chegou ao trabalho, Hermelinda procurou Tenório, responsável pelos motoristas, informando que Diego não compareceria ao trabalho, e o homem não poupou comentários:

— Doente? E desde quando bebedeira é doença, e não safadeza para justificar falta no trabalho?

— Por favor, seu Tenório, me poupe dos comentários ignorantes, pois estamos passando por momentos difíceis e garanto que o senhor não desejaria isso para ninguém da sua família. O Diego está com cirrose.

— Em primeiro lugar, se um filho meu se empanturrasse de pinga, eu lhe daria uma surra, porque eu mesmo bebo de vez em quando e não dou trabalho para ninguém. E, apesar de nosso acordo, você sabe muito bem que não dá para manter um alcoólatra no emprego, né, Hermelinda? Além de segurar as pontas de empregado bebendo em horário de serviço, se começar a admitir faltas por causa de bebedeiras, eu é que vou perder o emprego, porque você conhece os diretores, eles não querem saber!

— Pelo amor de Deus, não demita o Diego, seu Tenório, eu imploro... Este mês mal tivemos como comprar mistura e...

— Chega, Hermelinda! Entendo suas dificuldades, como todos que têm bêbados em casa, mas os diretores não terão pena de mim se souberem que mantenho um "bebúncio" dirigindo um carro da empresa!

— Por favor, seu Tenório... Prometo que serei melhor do que da última vez para o senhor, prometo que vou tentar internar o meu sobrinho para não lhe trazer problemas...

— Mas que droga, Hermelinda! Implorando desse jeito, consegue até me deixar excitado! Veja se consegue mesmo internar esse zumbi do seu sobrinho, mas não vou perder tempo me encontrando com você fora da empresa, então, hoje, logo que fizer a revista das mulheres após o almoço, dirija-se à saleta dos motoristas. Mas teremos apenas 15 minutos.

— Não me entenda mal, por favor, mas o senhor vai dar conta em 15 minutos?

— Se eu não der conta, você vai fazer dar, senão, já sabe que darei as contas ao Diego...

Após o expediente, Hermelinda encontrou-se com sua ex-namorada, Nilce, em um hotel.

— Obrigada por me proporcionar estes poucos momentos de alegria, porque estou enlouquecendo com a pressão que tenho que suportar...

— Imagina, Hermelinda! Eu estava com saudades também. Você só está assim porque teve de fazer sexo oral no velhote. Já pensou o que significa para mim ter de aguentar isso todos os dias?

— Mas que coisa, Nilce... Que destino cruel o nosso! Sabe que deu vontade de arrancar o pênis daquele nojento com uma mordida? Que nojo!

— Agora você precisa pensar num jeito de contornar o problema de seu sobrinho, senão terá de enterrá-lo cedo...

— Por falar nisso, tenho que voltar logo para evitar falatório em casa e pensar no que será da nossa vida. Não sei como vamos sobreviver se precisarmos depender da merreca do auxílio-doença que o governo paga, caso consigamos afastar o Diego do trabalho por motivos de saúde.

Capítulo 11

No dia seguinte, Diego dirigia para o trabalho com Hermelinda e perguntou:

— O que o seu Tenório disse?

— Nada. Pediu apenas para você levar o atestado médico.

— Estou levando. Ele não fez comentários infelizes como sempre faz?

— Não.

— Está tudo bem com a senhora, tia?

— Sim.

— Por que as respostas curtas? A senhora nem perguntou como foi no médico ontem. Não quer conversar?

— Não.

— Já sei. Está irritada porque cheguei travado antes de ontem, né? Prometo que não vai acontecer novamente.

— Tudo bem, Diego. Será bom para você.

Observando a frieza de Hermelinda, Diego insistiu:

— Abre o jogo, tia. Diga por que está assim. Está cansada?

— Sim, Diego. Estou cansada.

Ao final do expediente, Hermelinda e Diego retornavam para casa, quando o sobrinho perguntou:

— Tia, aconteceu algo que a senhora não quer me contar?

— Não.

— Vai continuar me respondendo desse jeito até quando? — indagou Diego, aumentando o tom de voz. Sem ter uma resposta e vendo Hermelinda baixar a cabeça, emendou: — O seu Tenório não me ofendeu diante de todos, apenas lançou um olhar de desprezo, nem conversou comigo. Quero saber o que vocês conversaram!

— Já disse que informei que você faltaria porque estava doente, e ele apenas pediu que, quando retornasse ao trabalho, você levasse o atestado médico.

— Ele não perguntou o que eu tinha?

— Sim, perguntou.

— E o que a senhora disse a ele?

— Disse que você vomitou sangue.

— Tia, a Cristiana lhe contou alguma coisa?

— E precisa contar, Diego? Acha que foi difícil deduzir quando vi suas roupas com vômito de sangue?

— Realmente... Não dá para pedir segredo para as mulheres! Mas que droga!

— Vai culpar a Cristiana, agora? Nunca falo nada, mas não durmo enquanto você não chega e qual foi a minha decepção ao ver aquele monte de sangue e perceber que você não para de beber.

— Você disse ao seu Tenório que estou com cirrose?

— Sim. Acho que foi por isso que ele não ofendeu você desta vez.

— Sei... Até parece que aquele velho xexelento se comove com alguma coisa... Tem algo nessa história que a senhora não quer me contar...

Ao chegarem em casa, Cristiana chamou Diego do quintal, fazendo suspense:

— Primeiro, quero saber se você está se sentindo melhor.

— Estou chateado com você, porque pedi para não contar para a tia nem para a vó sobre a cirrose e você contou.

— Não brigue comigo, Diego. Minha mãe viu o sangue na sua camisa... Mas espere aqui, quero lhe mostrar uma coisa.

Cristiana surgiu com Valeska no colo e Diego deu um pulo:

— Trouxe uma onça para casa? Me dê aqui.

— Segure com cuidado, ela é mansa, mas está prenhe.

— Nunca vi um gato desse tamanho, é muito pesado. Mas o que faz esta onça aqui? Não diga que achou na rua!

— É de impressionar, mesmo. Ela é da raça Maine Coon, deve ter mais de 14 quilos. É da Suzana, vizinha ao lado. O Café, que você não castrou, pulou o muro, cruzou com ela e deu nisso. Agora teremos que assumir os filhotes, e vou devolver a princesa logo que desmamar os "Cafezinhos".

Muito feliz, Diego riu bastante, devolvendo Valeska ao colo de Cristiana:

— Que maravilhoso! Nem cumprimentei o papai safado invasor de reinos, mas, pelo que vi, o vizinho aumentou a altura do muro... Então, isso aconteceu antes!

— Falei baixo, Diego! Se eles estiverem no quintal, podem escutar. Ficou chato porque a Valeska, que tem pedigree, não podia cruzar com um vira-lata como o Café.

— Não vejo a hora de os filhotes nascerem! E, se puxarem o Café, serão panteras negras! Nossa! Se ficarem do tamanho da mãe, já pensou quanto de ração esses bichinhos vão comer quando crescerem?

— Pois é, meu filho... Então, o senhor trate de se cuidar e parar de beber, porque vai ter mais três ou quatro filhos para sustentar! — falou Cristiana. — Brincadeira, Diego. O marido da Suzana me disse que vai ajudar com o dinheiro da ração até eles crescerem, porque a ração desses bichaninhos é especial e custa uma nota igual o Café: uma nota preta!

— Ufa! Menos mal, senão, eu teria que arrumar dois empregos, ou você teria que bombar as vendas no site. Preciso lhe perguntar uma coisa, Cristiana...

— Quando você começa com esse ar de mistério já fico assustada, Diego. Conte o que você aprontou.

— Faz três meses que vejo um gato triste na gaiola daquele pet shop perto do serviço.

— Diego, há pouco tempo você trouxe o Bluecat... Pelo jeito, você terá mesmo que arrumar dois empregos, pois assim não me sobra nada das vendas que faço, porque todo mês é veterinário, ração... Não dá para você parar de passar nesse pet shop?

— Não dá, porque, cada vez que trago um gato para casa, eles colocam outro na gaiola, então, fico esperando alguém adotar, mas nem sempre isso acontece e o bichano fica lá sofrendo, enjaulado.

— Vamos combinar o seguinte: espere mais um mês e, se ninguém adotar o gato, pode trazê-lo para cá, mas com uma condição: castrar o Café.

— Cristiana, o Café foi o primeiro que eu trouxe quando era filhote, e não consigo mandar castrá-lo, porque me dá impressão de que estarei tirando dele o que tem de melhor: o instinto.

— Sim, claro... E quanto aos outros? Não têm instinto? Além disso, não é você que fica atrás do Café quando ele foge. Lembra quantas vezes ele desapareceu e retornou depois de duas semanas magro como um esqueleto? Será bom para ele sossegar o facho, Diego... Agora que teremos filhotes dele, é hora de encerrar, não acha?

— Sei que você tem razão, mas minha consciência pesa quando penso em castrar o Café.

— É porque você não viu como ele atravessa a rua quando foge para procurar aventuras, mas eu vi e posso assegurar que sua consciência vai pesar mais se ele virar um tapete de asfalto, sabendo que terá acontecido porque você ficou relutante em castrá-lo.

— Tudo bem. Prometo que vou pensar bastante nisso, mas posso trazer o gatinho triste?

— Espere mais um mês e, se ninguém adotar o gato você pode trazê-lo para casa. Mas precisamos castrar o Café, senão, mando castrar você! — afirmou Cristiana. — O gato é bonitinho?

Enquanto Diego falava do bicho com entusiasmo, a situação na casa de Suzana e Alan era muito diferente...

— Suzana, pare de chorar! Desse jeito, você vai desidratar!

— Você é o culpado! Disse que levaria a Valeska só na semana que vem e levou nossa filhinha hoje de manhã!

— Deus do céu, Suzana! O veterinário disse que as crias poderão nascer a partir desta semana! Você disse que se olhasse para os filhotes morreria de desgosto, não é amor?

— Eu não consigo viver sem a Valeskinha...

— Quer que eu a busque de volta agora mesmo?

— NÃO, Alan! E se nascerem esta semana? Definitivamente, NÃO!

Com paciência, o marido sentou-se ao lado de Suzana deitada no sofá, tentando retirar a moldura com o certificado de pedigree, que a esposa abraçava chorando, mas ela repudiou:

— Me deixe em paz, Alan! Você não tem coração! Só eu amo a Valeska, porque você age como se fosse a coisa mais natural do mundo deixar nossa filha no pardieiro daquela bruxa!

— Amor, é injusto falar desse jeito da Cristiana... Se você tivesse visto como ela tomou a Valeska do meu colo, com tanto carinho... Ela que quis assim, dizendo que é para a Valeskinha se sentir mais segura. Parece que a nossa filhinha sorriu para ela quando foi pega no colo. Pode confiar, porque a Cristiana ama todos os gatos.

Enciumada, Suzana jogou o quadro no sofá ao lado e disse com agressividade, arregalando os olhos para o marido:

— Claro que a Valeska ficou toda derretida! A avó da Cristiana já me falou que ela é encantadora de gatos, e eu digo que é uma bruxa, se veste de bruxa e age como bruxa, tanto que encantou até você! Está encantado demais para meu gosto!

Alan acariciou os cabelos da esposa, dizendo com leve sorriso:

— Suzana, eu amo você, mas está sendo dura comigo e consigo mesma... Pense: de que adianta ficar deitada aqui, chorando enrolada neste cobertor, se muito em breve a Valeska estará no arranhador afiando as unhas, pulando em nossa cama e miando para nós?

Suzana desabou em prantos, agarrando o marido pelos braços:

— Me dê um abraço, Alan! Será que vou aguentar sem ela? Por favor, me abrace forte!

Invisíveis ao casal, a protetora Violeta perguntou a sua protegida:

— Mantém a escolha de Suzana como sua futura mãe, Filipa?

— Aprendi que devemos agradecer por ter direito às escolhas, já que elas dignificam o que queremos ser junto àqueles que permitem existirmos.

— Lembre-se de que as lembranças são apagadas, porém as marcas na alma permanecem.

— Sei disso e tenho certeza de que daqui a alguns anos, eu, a agora Suzana, e o Alan consolidaremos os ajustes por meio do amor que não soubemos valorizar no passado.

— Sei que a Suzana desejou ser sua mãe antes de encarnar, mas, caso julgue que sua tarefa como filha será maior do que consegue suportar, poderá optar para que este encontro aconteça em outra encarnação.

— Não acredita que superei o que a Suzana e o Alan me fizeram, Violeta?

— Claro que acredito, só não temos condições de avaliar se a Suzana estava certa do acordo que fez com você antes de reencarnar, porque, apesar do fervor daquele momento, sabemos que compromissos demandam superações que nem sempre se sobrepõem à nossa vontade.

— Estou mais preocupada com as minhas decisões e sei o que tenho a oferecer, portanto, desejo mais que tudo a Suzana e o Alan como meus pais. Além disso, sei que esta é a melhor maneira de reencontrar a Cristiana.

Capítulo 12

Conversando animadamente no cemitério à noite, a tribo estava outra vez reunida, exceto por Edgar. Enquanto isso, Isaías indagava Miro:

— Lembro-me de você da última vez que esta moça esteve aqui...

— Do que se lembra, Isaías?

— Como assim, do que me lembro? Ora, você disse que era o Miro, alguém que queria o meu bem, e que essa moça, Cristiana, e esses jovens vinham cultuar a morte e depois iam embora. Você não se lembra?

— Sim, eu me lembro. Lembro-me também que você disse ter simpatizado com ela, a Cristiana.

Enquanto Isaías continuou relatando as lembranças, Simeão, seu anjo da guarda, conversava com Miro mentalmente:

— Aproveite o momento e convide-o para seguir a Cristiana.

Miro fingia ouvir Isaías e, mentalmente, disse temeroso a Simeão:

— Por cinco anos, esperei este momento com Isaías e agora estou inseguro... Acha que vou dar conta de conduzi-lo?

— Sua protetora, Justina, permanecerá invisível e auxiliará você. Dante, o anjo da guarda da Cristiana, aparecerá para você para impressionar Isaías. Faça o que ele indicar e aproveite a oportunidade, porque este é o momento.

Miro retomou a conversa com Isaías, enquanto os jovens aguardavam a costumeira declamação de Cristiana, com a multidão de entidades se aglomerando em volta para ouvir, quando Dante se tornou visível para Miro e Isaías, convidando:

— O que acha de inspirá-la desta vez, Miro?

Surpreso e sob o olhar atento de Isaías, Miro gaguejou:

— Eu... mas... não sei se posso.

— Aproxime-se que o ajudarei.

Miro concordou, aproximando-se de Cristiana, e pediu:

— Amigo, diga o que devo fazer, por favor.

— Discorra sobre o que Cristiana e seus amigos vêm fazer aqui. Fale do fundo do seu coração o que acha sobre a morte.

Dante colocou a mão sobre o ombro de Miro, Cristiana posicionou-se de pé diante dos amigos e ficou calada, magnetizada por seu anjo da guarda.

Miro baixou a cabeça, Dante tocou em seu queixo, fazendo-o olhar nos olhos, dizendo com serenidade:

— Não tema... Tornamos você invisível para todos os desencarnados presentes, menos para Isaías. Glorifique os jovens com suas palavras... O que representa a morte para você?

Miro suspirou fundo e começou o discurso, repetido simultaneamente por Cristiana:

— O que terá passado na cabeça de cada um dos que estão aqui quando partiram? A dor da separação da família, o rompimento das rotinas que estavam habituados... Quantos destes mortos que nos ouvem continuam chorando as tristezas, sem saber se a dor maior aconteceu pelos motivos da corrosão do corpo que os trouxe para cá ou se foi pela saudade daqueles que representavam o motivo de viver? A saudade que corrói a alma é a mesma que valoriza a vontade de estarmos um dia de volta! A escuridão sob estes túmulos está na razão do quanto nos impedimos de ver a luz, por nós mesmos.

Neste momento, Miro contagiou Cristiana com sua emoção, enquanto seus amigos ficaram paralisados aguardando a continuação, ao contrário da maioria dos desencarnados, que começava a chorar compulsivamente.

— Continue, Miro... Olhe quantos anjos estão esperando você e Cristiana terminarem para levar seus protegidos para casa... — incentivou Dante.

Miro olhou o cenário invisível aos encarnados e tomou fôlego, continuando através de Cristiana, que levantou as mãos ao céu:

— A nossa casa é o universo sombrio ou iluminado, dependendo do olhar, e a nossa vontade de viver é o candelabro com a chama de uma vela que não deixa morrer, vendo a morte como a luz da alma sedenta de sentir, cantar, correr, buscar, alcançar, e que nasce, cresce, sorri, chora, vira pó e nasce do pó quantas vezes for preciso para conhecer a morte na vida, a vida na morte e que morre para continuar vivendo! Convoco todos os que estão aprisionados em cada lápide a manifestar a lembrança para que o último suspiro se transforme no primeiro. Levantem-se, todos os mortos, porque nunca fizeram parte da morte, a menos que a morte faça parte da decisão de não viver!

Dante tirou a mão do ombro de Miro e a colocou no de Cristiana, que, ao abrir os olhos percorreu a vista observando a multidão de espíritos, alguns chorando sendo conduzidos por seus protetores, outros endurecidos, retirando-se cabisbaixos. Logo que Dante retirou a mão de seu ombro, Cristiana observou os amigos aplaudindo timidamente, com Regina comentando embasbacada:

— Nossa... Estou arrepiada...

Luana emendou:

— Cristiana, não parecia que era você falando!

Ozzi levantou-se rindo da lápide:

— Fique longe de mim, porque deve ter uma alma de defunto colada em você!

— Gente, fiquei com medo agora... — disse Lucão em tom de brincadeira, ligando o gravador. — Vamos colocar uma música para invocar o demônio do Azeitona, que vai obedecer a ordem da Cristiana e sair de seu sarcófago para reclamar do som alto.

Regina perguntou à amiga:

— Por que você ficou com os olhos arregalados? Viu alguma alma penada?

— Não vi uma... Vi dezenas — respondeu Cristiana, revelando o que viu aos amigos, enquanto os anjos tornaram-se invisíveis para Miro e Isaías, que perguntou:

— Miro, estou impressionado. Como fez isso? Como a moça falou através de você? Quem era aquele homem?

— Era um anjo da guarda. Às vezes, os nossos protetores invisíveis nos permitem fazer isso.

— Quanta gente chorando e sendo levada... Para onde vai todo mundo?

— Alguns para casa, outros continuam aqui... Depende.

Isaías disse, triste:

— Não me comovi porque não sei para onde vou, nem de onde vim, mas gostei das suas palavras... E você, vai para onde, Miro?

— Gosto de ir a vários lugares. Posso lhe fazer um convite? Confia em mim?

— Sim, confio, porque, para ter sido digno daquele protetor, só pode ser boa pessoa. Mas qual é o convite?

— Que tal acompanharmos a Cristiana, essa moça de quem você disse ter gostado?

— Gostei mesmo. Ela me anima, me faz sentir bem. Mas será que podemos? Para que a acompanharíamos?

— Podemos participar de sua rotina, conhecer sua família...

— Não seria intromissão da nossa parte?

— De maneira alguma! Seria bom para você sair da rotina.

— Eu não posso... E se minhas filhas e minha esposa vierem visitar meu túmulo?

Após alguns instantes sem saber o que responder, Simeão comunicou-se mentalmente com Miro, que seguiu as orientações:

— Eu me comunico com os anjos e posso pedir para eles nos avisarem se seus entes vierem visitá-lo.

— Vi o que você fez, mas não acredito que tem o poder de invocar anjos.

— Veja: "Senhor, peço que um anjo se manifeste para nós".

Simeão se tornou visível para Miro e Isaías, que, impressionado, o viu surgir com asas e vestes brancas reluzentes.

— Quem me invoca?

Isaías jogou-se de joelhos aos pés de Simeão, que disse:

— Levante-se. Sabemos o que quer, Isaías. Fique tranquilo, pois, se sua mulher e suas filhas vierem visitá-lo, avisaremos o Miro, que vai trazê-lo de volta. Mas você deverá atender a um pedido nosso...

— Anjo do Senhor, farei o que quiser, mas, se posso pedir uma graça, me devolva a memória e me leve para casa, eu imploro!

— Confia nos anjos, Isaías?

— Por tudo o que é mais sagrado neste mundo, claro que confio, Santo Anjo! Juro por Deus que confio...

— Então lhe digo para não ir à sua casa agora, para não entristecer sua família, que está com saudade de você. Sua presença seria percebida através de sentimentos de tristeza. Portanto, pode seguir o Miro, mas não saia de perto dele. Quanto à sua memória, confie que o Miro ajudará você a se lembrar de tudo.

— Obrigado, Santo Anjo, mas eu queria lhe pedir que fosse até meu túmulo para ter certeza de que o senhor sabe onde é.

Comovido pela ingenuidade de Isaías, Miro sorriu para Simeão, que satisfez a vontade do pedinte, o acompanhou e perguntou:

— Este é seu túmulo, Isaías?

— Sim, Santo Anjo, olhe como eu era vistoso quando era vivo...

Enquanto Isaías acariciava sua foto tumular, Simeão se despediu, ratificando a recomendação:

— Adeus, Isaías. Esteja em paz e não se esqueça de ficar perto do Miro enquanto estiver longe de seu túmulo.

Enquanto Isaías acompanhava contente e confiante os passos de Miro, dona Rosa Caveira disse, sorrindo, para Simeão:

— Gostei das asas e da iluminação do manto! Belo show!

O anjo retribuiu o sorriso:

— Obrigado, dona Rosa Caveira. Sua roupagem também é bastante convincente.

— Finalmente, conseguirão levar o morto-vivo para algum lugar... Menos um para nos dar trabalho.

— Sai um, chegam dois; saem dois, chegam quatro. Se quisesse, você também poderia mudar de ambiente, assim como o Isaías, dona Rosa Caveira.

— Quem sabe, um dia, mas, por enquanto, me sinto bem aqui, Santo Anjo do Senhor... E, com licença, farei o que nos pediu antes que os vampiros cerquem o morto-vivo que está saindo do cemitério com o seu vivo-morto.

Capítulo 13

Miro entrou com Isaías na casa de Cristiana e foi apresentando os moradores:

— Esta é a Hermelinda, mãe da Cristiana, esta é a avó, Madalena, e o moço que está dormindo é Diego, o primo.

— Como conhece todos desta casa?

— Quem gosta de ficar em um lugar só é você. Já fui à casa de todos os jovens que acompanham a Cristiana no cemitério.

— Estou preocupado se realmente os anjos darão um sinal caso minha mulher e minhas filhas visitarem meu túmulo.

— Fique tranquilo e aproveite esses momentos fora do cemitério, Isaías.

— Estou impressionado de ver quantos gatos à volta... Olhe aquele amarelado!

O gato notou a presença de Isaías e emitiu violento som de ataque, mostrando os dentes. Cristiana percebeu e parou em frente a Isaías, que prendeu a respiração, imaginando que ela o via, fazendo Miro rir:

— Fique tranquilo, Isaías! Cristiana não pode vê-lo nem ouvi-lo.

Estático, Isaías disse:

— E por que ela está fazendo esse gesto de querer tocar no meu rosto?

— Cristiana supõe que o gato esteja vendo espíritos e, como ela acredita nisso, está tentando sentir.

— É muito estranha a sensação que estou sentindo...

Cristiana virou-se para o gato:

— O que foi, Sutil? Viu um fantasma?

— E os gatos conseguem ver a gente? — perguntou Isaías para Miro.

— Depende do que estiver fazendo ou pensando perto deles. Em que estava pensando?

Isaías riu para responder:

— Estava me lembrando de quando era pequeno. Numa festa junina, amarrei um morteiro no rabo de um gato parecido com este amarelo.

— Que maldade, Isaías! E você ainda ri desse ato repulsivo?

— Ah, Miro... Eu era só um moleque arteiro.

— Qual sensação você disse ter sentido quando Cristiana estava perto?

— Parece que ela era uma velha conhecida... Por um instante, senti vontade de abraçá-la... — Isaías apontou Hermelinda sentada no sofá: — Aquela mulher também, o rosto dela me é familiar, parece que a conheço.

— Isso às vezes acontece, Isaías... Não estranhe...

Na manhã seguinte, Cristiana abriu o compartimento onde Valeska estava e constatou o nascimento de três filhotes.

— Vó, venha ver os filhotes do Café e da Valeska! — saiu pulando e gritando pelo quintal.

Suzana, que tomava café da manhã com Alan, ouviu de sua casa, reagindo como se sentisse uma apunhalada no coração, e foi consolada pelo marido:

— Calma, meu amor... Isso vai passar...

Suzana saiu correndo para o quarto, enfiou a cabeça no travesseiro e desatou a chorar. Alan atendeu ao telefone. Era Cristiana:

— Bom dia, Alan! Estou ligando para informar que a Valeska teve três filhotinhos e está tudo bem com eles e a mãe.

— Obrigado por informar, Cristiana... Ouvimos a sua comemoração daqui.

— Ah! Desculpe a folia, mas não consegui resistir. A Suzana gostou de saber?

— Você sabe muito bem que não, Cristiana. Ela está chorando no quarto.

— Poxa, diga para ela deixar de sofrer... Venham ver os gatinhos, são lindos!

— Não adianta, Cristiana. Entendo que sua intenção é boa, mas a Suzana não se conforma. Obrigado por informar.

— Tudo bem, Alan. Tenha um bom dia.

Isaías observava admirado, juntamente com Miro, e comentou:

— Olhando esta vastidão de gatos, sinto uma agradável sensação de alegria... Essa moça exala uma alegria que se estende a todos!

— Realmente, a energia que ela transmite contagia... — concordou Miro, que recebeu uma sugestão mental de Simeão incógnito:

— Pergunte se Isaías está disposto a ver o que não consegue no plano espiritual.

Miro repetiu:

— Isaías, você está disposto ver o que não consegue e que está além de sua visão?

— Sim, gostaria muito. O que não estou vendo?

Simeão estabeleceu a conexão, tocando-lhe a visão sem que Isaías percebesse e tornando possível vislumbrar o panorama que descreveu estupefato:

— Mas o que é isso? Quem são esses espíritos que circulam pelo quintal e... Miro... que edifício enorme é esse que se perde na vista do céu?

Rompida a conexão, Isaías voltou a ver apenas o que ocorria no plano material, e orientado pelo anjo da guarda, Miro descreveu:

— O fato de Cristiana lidar com os animais cria uma extensão de atribuições para com eles na nossa dimensão. Estes que você viu são os protetores dos gatos, além de outros espíritos envolvidos na transição destes animais na Terra. Quanto ao edifício com portal, em casos em que existem muitos animais envolvidos, serve para facilitar o acesso, tanto dos espíritos que se ocupam dos cuidados quanto da manipulação dessas energias emanadas no trato animal.

— Eu jamais imaginaria que uma coisa assim pudesse acontecer! Sempre fui avesso a ter animais em casa. Então, esta moça é mais abençoada do que ela mesma supõe.

— Sim. O Diego também, porque foi ele quem trouxe a maioria dos gatos que vemos aqui, ainda mais considerando seus motivos.

— Quais seriam os motivos?

— A misericórdia, um sentimento que estabelece conexão direta com entidades do bem e nos conecta a fontes primordiais da criação. A maioria dos gatos trazidos pelo Diego estava enclausurada aguardando adoção. Quando ele percebe que os animais ficam muito tempo presos, é dominado por sentimentos de misericórdia e os traz para cá.

— Isso capacita o rapaz a alguma coisa que não suspeita, como o que acontece com a Cristiana?

— Sim, ele acumula créditos por atitudes deliberadamente caritativas. Ele não sabe que produz o bem, apenas faz porque sente vontade, sem suspeitar que está fazendo o bem a si mesmo.

À noite, Suzana foi levada às pressas pelo marido ao hospital e submetida a exames. Então, a médica chamou Alan para conversar em particular:

— Não há nada clínico que justifique o estado em que se encontra sua esposa, por isso, gostaria que respondesse a algumas perguntas, se não se importa.

— Pode perguntar, doutora!

— Está tudo bem entre vocês?

— Sim, está... Bom, pelo menos penso que está. Por que, doutora?

— Sua esposa sofreu algum trauma muito forte, ou passou por uma situação de estresse extremo recentemente, como luto, excesso de trabalho etc.?

— Não, doutora. Pelo contrário, não há ninguém doente na família, estamos em situação tranquila em relação ao emprego, temos estabilidade financeira... Não há nada que justifique... quer dizer... a menos que...

— Não se sinta constrangido de falar, senhor Alan...

— A menos que seja por causa da Valeska, nossa gata de raça que ficou prenhe de um gato vira-lata da vizinha. Isso deixou a Suzana muito abalada.

Os olhos da médica ficaram vermelhos e, apesar de tentar conter, ela soltou uma gargalhada, fazendo Alan rir também, antes de dizer:

— A senhora está rindo, mas o assunto é muito sério.

— Desculpe... Não deveria ter rido, mas não aguentei.

— Fique tranquila, doutora, sei que isso parece cômico, mas é trágico. A Valeska está na casa da vizinha, onde teve os filhotes, porque a Suzana não aceita o ocorrido. Hoje foi um dia daqueles, porque ela soube que a gata deu cria e desde cedo está deitada deprimida.

— Realmente, não podemos julgar, senhor Alan. O que parece uma coisa comum para alguns, representa algo aterrorizante para outros... Vamos administrar alguns calmantes leves para a sua esposa e, se ocorrer qualquer alteração, o senhor deve trazê-la de volta.

— Doutora, a senhora está me dizendo que a febre alta, os vômitos e todos os demais sintomas apresentados pela Suzana têm a ver com o que aconteceu com a Valeska?

— Posso lhe garantir que não é nada causado por bactérias, vírus ou desestabilização orgânica, o que nos leva a um diagnóstico de fundo emocional, com causas psicossomáticas. Portanto, se evoluir, a indicação será para tratamento psicológico.

— Inacreditável... Definitivamente, a Suzana não sabe lidar com fatos corriqueiros. A senhora já imaginou se alguém morresse na família, se eu ficasse doente ou se ela perdesse o emprego?

— Não sou psicóloga, mas não é preciso ser para compreender que cada pessoa reage de forma diferente ao confrontar as variadas situações da vida. Já tive casos de pacientes que se suicidaram por não saberem lidar com o que o senhor chama de fatos corriqueiros.

— A senhora tem alguma recomendação sobre como devo proceder diante de situações assim?

— O senhor deve ter muita calma, não ser agressivo nas palavras e encontrar os argumentos que julgar plausíveis para conduzir da melhor maneira as emoções de sua esposa, mas sem julgamentos, que poderão ferir a suscetibilidade dela e complicar ainda mais a situação.

— Desculpe o desabafo... Mas vou ter que continuar lidando com os melindres da minha esposa, como se o fim do mundo estivesse relacionado a prenhez de uma gata, ou seja, vou ter que me especializar em controlar tempestades em copos d'água...

— Desculpe a intromissão, mas o senhor percebeu que ela era assim antes de se casarem?

— Suzana era intensa, apaixonada, imperiosa, mas eu jamais imaginei que ela chegaria ao ponto de ser internada por coisas tão banais!

— Pois é... Minha avó sempre me dizia que somente conhecemos alguém quando passamos a comer o mesmo sal juntos todos os dias...

— Sábia, sua avó. Só espero, sinceramente, que o sal não salgue demais nossa relação, porque tem horas que minha paciência vai à estratosfera.

Capítulo 14

Cristiana colocou Valeska na caixa de transporte e a levou à casa de Suzana, que recebeu a gata com alegria:

— Minha princesa querida, quantas saudades!

Observando a reação de Suzana, Cristiana despediu-se, sorrindo:

— Tchau, Valeska. Agora que está tudo bem, vou cuidar dos seus filhos. Até logo, Suzana.

— Espere um pouco, Cristiana. Preciso lhe dizer uma coisa.

— Pode falar.

— Quero agradecer pelos cuidados que teve com a Valeska e espero que não haja ressentimentos entre nós. Obrigada.

— Fique sossegada, Suzana. Não temos ressentimentos. Cuide bem da nossa querida.

De volta à casa, Cristiana chorava escondida no quarto, quando Madalena, que passava pela porta, percebeu e aproximou-se da neta:

— O que aconteceu, Cristiana? A Suzana ofendeu você?

— Não, vó... Eu estava acostumada com a Valeskinha...

— Era só o que me faltava... Cristiana, você sabia que isso ia acontecer porque foi o combinado, então, por que está chorando? Para falar a verdade, a Valeska estava me incomodando, pois eu não aguentava mais ver tanta frescura com uma gata. Além disso, estava lhe dando muito trabalho separá-la dos outros gatos.

— O que mais me dói é ter separado a Valeska do Cafezinho, do Cafa e da Cafeína... Senti que ela ficou tão tristonha, e eles também... Aquele coração de pedra da Suzana nem perguntou deles.

— Não me acostumo com esses nomes dados para os filhotes... Isso é nome que se dê, Cristiana? Cafezinho tudo bem, mas Cafa parece cafajeste, e Cafeína parece droga...

— Diga isso para seu neto, foi ele que deu os nomes!

— Graças a Deus, passou, e a Valeska voltou para sua dona. Só espero que estes gatos não fiquem do tamanho de uma onça, como a mãe, e que quando crescerem comam a mesma ração que os outros, senão, teremos que deixar de comer para dar aos gatos.

Tudo parecia tranquilo na madrugada, mas dois meninos espreitavam na esquina com uma caixa escondida:

— Não tenho certeza se é aquela casa de muro baixo ou a outra de muro alto, mas deve ser a de muro alto para os gatos não fugirem — disse um deles, e o outro concordou:

— Só pode ser a de muro alto, mas, se não for, eles que se virem! Faça escadinha para mim, vou colocar a caixa do lado de dentro da casa, e depois jogue a corda para eu voltar.

— E se lá dentro tiver cachorros? Eles vão trucidá-lo pensando que é ladrão.

— A mãe falou que, pelo que sabe, a gótica dos gatos não tem cachorros, mas, se tiver, eles vão latir, e aí corremos.

Na manhã seguinte, Lídia, a empregada, entrou na casa de Alan e Suzana para trabalhar e notou a caixa de papelão em frente à porta de entrada. Ela a levou para a lavanderia e entrou na cozinha, observando Alan se despedir da esposa.

— Seu Alan, preciso contar uma coisa para o senhor... É que... — tentou dizer Lídia.

Alan disse com pressa:

— Desculpe, Lídia, estou atrasadíssimo para uma reunião com meu diretor. Seja o que for, converse com a Suzana, por favor.

Alan saiu em disparada, enquanto Lídia revelou à patroa o que achou em frente a porta:

— Dona Suzana, encontrei uma caixa e ouvi uns miadinhos finos. Quando abri, vi que tinha um monte de gatinhos recém-nascidos dentro dela.

Suzana levantou-se a tropel:

— Como essa caixa veio parar em nossa casa?

— Acho que alguém pulou o muro e a deixou, daí, como eu não sabia o que fazer, coloquei na lavanderia.

— Nem quero ver a cena. Vamos chamar a bruxa!

Suzana telefonou para Cristiana:

— Pelo amor de Deus, acuda, Cristiana! Deixaram uma caixa de papelão com um monte de gatinhos aqui dentro da minha casa... O que eu faço?

— Sinceramente, não sei, Suzana.

— Então, já sei, vou pedir para minha empregada afogar todos eles no tanque de água.

— Faça isso! Eu faria a mesma coisa. Tenha um bom dia, até logo.

Cristiana colocou o telefone no gancho e tirou o fio da tomada, preocupando Madalena:

— Era com a Suzana que você estava falando? Por que desligou assim?

— Colocaram uma caixa com filhotes de gato dentro da casa dela e ela pediu socorro para mim perguntando o que fazer. Como eu disse que não sabia, ela fez ameaças.

— Que tipo de ameaça a Suzana fez para você desligar o telefone e tirar o fio, Cristiana?

— Ela pensa que sou palhaça e acha pode me chantagear dizendo que afogaria os gatos, mas sei que ela não tem coragem, nem deixaria a empregada fazer isso. Ela vai tentar me ligar desesperadamente, não vai conseguir e vai vir pedir arrego no portão. Vou dar um jeito nessa menina mimada!

— Ai, meu Deus... Esse povo não tem jeito mesmo...

Suzana roia as unhas em frente ao telefone e Lídia a observava:

— Está esperando o que, dona Suzana?

— Essa bruxa ligar, mas ela não liga! — gritou descontrolada, discando novamente o número de Cristiana. De repente, ficou desesperada ao lembrar de sua gata e perguntou à empregada: — Lídia, onde está Valeska? Não quero que ela veja os filhotes. Vá esconder os filhotes!

Suzana amargava a angústia andando de um lado para outro quando Lídia a chamou do quarto onde guardava os produtos de limpeza.

Antes de Suzana chegar, Lídia revelou:

— Não vi os gatinhos na caixa e olhe o que achei... Só pode ter sido a sua gata que os trouxe para cá.

Valeska estava dentro de um compartimento amamentando os seis filhotes, o que fez Suzana soltar um grito de horror, ouvido por Madalena e Cristiana na casa ao lado.

— Por que será que a Suzana deu esse grito, Cristiana?

— Sei lá, vó. Vai ver ela arrancou os cabelos.

Suzana agiu impulsivamente tentando arrancar Valeska dali, mas foi atacada com violência, levando mordidas e arranhões, ficando com as mãos seriamente feridas e com sangramentos.

Suzana permaneceu atônita por alguns instantes, sentou-se encostada à parede e chorou convulsivamente, preocupando Lídia:

— Meu Deus... Suas mãos estão sangrando muito, dona Suzana! Vamos ao banheiro fazer um curativo...

— Não acredito que a Valeska fez isso comigo!

Madalena e Cristiana estavam com o ouvido colado ao muro.

— Vó, o que será a Valeska fez para a Suzana chorar e gritar desse jeito?

— Nossa Senhora! Será que a gata matou os gatinhos?

— Imagine, vó! Ela não faria isso — respondeu Cristiana. — Estou ficando angustiada...

Ambas escutaram a vizinha gritar:

— Lídia, vá até a casa da Cristiana, peça para ela vir aqui agora mesmo e diga que, se ela ficar com esses vira-latas, eu pago a ração de todos os gatos dela enquanto viverem!

Cristiana olhou para a avó e disse sorrindo:

— Agora, sim, hein, vó? A chantagem que virou vantagem! Agora, estou dentro!

Cristiana atendeu Lídia no portão, fingindo que não sabia de nada e, após ouvir o relato da empregada com a proposta de Suzana, foi de bom grado, assustando-se ao ver as mãos da vizinha:

— Suzana, primeiro, temos que fazer um curativo para não infeccionar. Unhas e saliva de gato têm muitas bactérias.

— Não se preocupe comigo. Imploro que leve esses gatos daqui.

— Deixe de ser teimosa. Não arredo o pé enquanto não fizer um curativo nesta sangria toda! Levante-se agora mesmo!

Lídia mostrou o caminho a Cristiana, que quase teve que arrastar Suzana. Ela fez a vizinha lavar as mãos e depois as enfaixou, dizendo:

— Calma, Suzana! Pare de chorar. Posso levar os gatos, mas como vou saber que você vai manter o combinado?

— Se quiser que eu assine um papel, é só redigir! Está pensando que não tenho palavra?

— Não precisa de papel, mas saiba que, se não cumprir o combinado, farei com que apareçam dezenas de gatos na sua porta!

— Deixe de ser ridícula, Cristiana. Estou dando o braço a torcer, me humilhando, enfim, faço tudo para que você leve esses gatos daqui.

Cristiana pediu para Lídia pegar a caixa de papelão vazia e foi até onde estavam os gatos. Sendo observada por empregada e patroa ansiosas, Cristiana aproximou-se de Valeska com segurança:

— Oi, filhinha adotiva querida. Dá os gatinhos pra mamãe...

Valeska avançou sobre Cristiana com tanta ferocidade, que Lídia teve de fechar a porta para que a gata não continuasse.

Observando que os ferimentos de Cristiana tinham sido mais sérios que os dela, Suzana ficou atônita por instantes e desmaiou, fazendo Cristiana pedir a Lídia:

— Por favor, dê álcool para a madame cheirar enquanto lavo o braço ali no tanque. Traga o álcool, as bandagens e o esparadrapo.

Depois de Lídia ajudar Cristiana a fazer o curativo, seguiu com ela para a sala, onde Suzana estava sentada com olhar perdido.

— Pois é, Suzana... A Valeska está com raiva de mim e de você por termos separado ela dos filhotes. E agora que adotou esses, deu seu recado, que ficará marcado em nossa pele para sempre...

— Dá para segurar a Valeska com um pano grosso e pegar os gatos?

— Desculpe informar, Suzana, mas nem em sonho um gato me machucou desse jeito e, com o instinto à flor da pele, se mexermos com ela outra vez, a bichana vai arrancar a nossa pele... Nunca fiquei com tanto medo de um gato, pensei que estivesse sendo atacada por uma onça. Não me atrevo a chegar perto da Valeska agora.

— Mas como pode? A Valeska ainda tem leite?

— Sabe como é a natureza... Se não tinha mais, a sucção dos gatinhos e a vontade de preservar as crias fez com que aparecesse.

— E o que fazer agora?

— Não sei.

— Sugira alguma coisa, Cristiana! Não é você a encantadora de gatos?

— Com o susto que levei hoje, estou pensando em dar todos os meus para você, Suzana...

— Deus me livre! Estou com raiva da Valeska!

— É... ela também deve ter ficado com raiva de nós. Mas olhe, deixe como está, porque, uma hora, ela deve sair do ninho, e quando estiver mais calma veremos o que fazer, está bem?

Capítulo 15

Uma semana após o ocorrido com Valeska, Diego perguntou a Cristiana:

— A vizinha não ia dar os gatos para você cuidar e ela pagar a ração? Por que me está me pedindo dinheiro de novo?

— Não venha com história, Diego! Queria que o consumo diminuísse se a quantidade de gatos está aumentando? — respondeu Cristiana. — Acho que Deus quis dar uma lição à Suzana, porque depois do terceiro dia ela acabou gostando dos filhotes adotados pela "princesinha", agora está toda babona e resolveu ficar com os gatos vira-latas, já que não quis ficar com os meio vira-latas da Valeska e do Café.

— Estava bom demais para ser verdade... Quer dizer que ela não quis os filhotes legítimos da gata de raça e ficou com o dobro de gatos vira-latas? Bem feito! E ainda bem que está fornecendo a ração para esses filhotes gigantes, porque custa três vezes mais que a ração normal.

— Diego, mudando de assunto, seus olhos não eram amarelados desse jeito... Está se cuidando? Não bebeu mais, né?

— Meu negócio agora é leite com groselha. Pode ficar sossegada.

Cristiana foi confirmar a informação com Hermelinda em particular e ficou decepcionada.

— O quê? Todos os dias têm sido terríveis para mim no serviço, porque o Diego bebe durante o trabalho e precisa sair para ir ao médico. Seu Tenório está impossível!

— Mãe, precisamos fazer algo a respeito, o Diego pode morrer.

— Experimente falar alguma coisa para o seu primo! Outro dia, ele me agrediu tanto verbalmente que chorei escondida. Ir e voltar do serviço com ele todos os dias está difícil... Está com um mau hálito que me dá náuseas, então, fico com o vidro do carro aberto, não importa o frio que esteja fazendo, senão, não aguento.

Depois de ouvir o relato de Hermelinda, Isaías perguntou para Miro:

— Há alguns dias, vi o Diego chegando da rua com companhias suspeitas. Eram uns caras mal-encarados e tão mal-educados que nem se despediram da tia quando foram embora.

— Ainda não consegue discernir quem é encarnado ou desencarnado, Isaías? Aqueles sujeitos são desencarnados; Diego e sua tia nem suspeitam da existência deles à espreita.

Assombrado, Isaías exclamou:

— O que fazem na companhia dele?

— São vampiros. Eles o seguem para extrair as emanações etílicas que Diego exala.

— Está me dizendo que sugam o sangue dele?

— Não, Isaías. Estes vampiros não são como os que você ouviu falar, como o Drácula dos filmes. São humanos viciados que morreram, mas ainda sentem necessidade das sensações proporcionadas pelo vício que tinham quando eram vivos. No caso do Diego, eles extraem fluidos alcoólicos.

— E por que não entram aqui?

— Com as vibrações que existem nesta casa, não se atrevem a entrar. Os sentimentos de amor na família, principalmente o magnetismo emitido pelos gatos, lhe trariam sérios incômodos.

— Que tipo de incômodo?

— Choques pela incompatibilidade vibratória. Para fazer uma comparação bem simples, se eles entrassem nesta casa, seria como se tocassem num fio desencapado sem usar sapatos e luvas de borracha, e a sensação não é a de um choque elétrico, é de desintegração da memória, já que possuem corpo espiritual, não material.

— Estou impressionado! Como sabe de tudo isso?

— Meu anjo da guarda me contou.

— Quando era vivo, eu tomava uns drinques de vez em quando. Será que esses sujeitos extraem de mim também?

— Você era viciado em álcool?

— Viciado, não, mas de vez em quando gostava de ficar alto.

— Não dá para dizer, Isaías. Depende do grau de embriaguez, dos pensamentos que você tinha...

Naquele dia, Diego saiu para beber e voltou embriagado. Ao contrário das outras vezes, ficou desacordado defecando e vomitando muito sangue, fazendo com que Cristiana precisasse chamar a ambulância para levá-lo ao hospital.

Ele permaneceu no pronto-socorro até o amanhecer, enquanto Cristiana aguardava do lado de fora.

O médico quis conversar com ela, explicando:

— O quadro do seu primo é grave. Teremos que submetê-lo a exames, porque não tenho boas notícias... A cirrose é uma doença silenciosa e, pelo visto, ele não se cuidou, porque está em estágio terminal.

— Ai, doutor... Não me diga uma coisa dessas... Eu posso vê-lo?

— O Diego está inconsciente. Pedimos a transferência dele para outro hospital, porque aqui não temos a estrutura de que ele precisa, mas você poderá acompanhá-lo na ambulância. Estamos aguardando apenas a liberação de vaga.

Na ambulância, Diego estava tão enfraquecido que mal conseguia falar, apenas balbuciava, enquanto Cristiana tentava animá-lo com palavras de esperança.

Depois de fazer alguns exames, ao final da tarde, o médico chamou Cristiana para conversar em uma sala e, após convidá-la a sentar-se, revelou:

— Transferi seu primo Diego para a UTI e lamento lhe informar que o quadro é irreversível.

— Doutor... o Diego é muito novo... Somos apenas eu, minha avó, minha mãe e ele... — Cristiana esforçou-se a parar de chorar e continuou: — Por favor, me dê uma esperança de que ele vai se recuperar...

— Analisei o histórico dele, porque ele já esteve neste hospital, e constatei que ele não se submeteu ao tratamento indicado, não conteve o consumo de álcool, o que levou à consequência que testemunhamos agora.

— Um transplante de fígado não resolveria o caso?

— Essa seria a solução antes, mas, no estágio no qual se encontra, não adiantaria, porque não foi só o fígado afetado e seu organismo não resistiria, caso fizéssemos um transplante.

— Doutor, o senhor está me dizendo que agora é esperar a morte do meu primo?

— Ele deverá ficar na UTI para vislumbrarmos uma melhora e então fazer uma nova avaliação.

Cristiana permaneceu por longos instantes de pé fora da sala tentando digerir as informações, quando percebeu que era observada com atenção por um médico que estava no final do corredor e, manifestando o nervosismo que a dominava, explodiu:

— Está olhando o quê, idiota?

Uma mulher que passava naquele momento perguntou:

— Moça, posso ajudá-la em alguma coisa?

— Olhe aquele sujeito ali! Ele está mexendo comigo.

— Desculpe, mas tem certeza? Sou assistente social daqui e conheço o doutor Guilherme. É um homem respeitador...

Notando que Cristiana apontava para ele, Guilherme aproximou-se:

— O que está acontecendo? Por que a senhorita está gritando?

— Ora, pombinha branca de uma figa! Agora que foi visto pela assistente social, aqui está disfarçando que mexia comigo? — Cristiana estava enfurecida.

Ofendido com a insinuação, Guilherme reagiu:

— O quê? Como ousa me tratar desse jeito, me julgando desta forma, mulher urubu?

— Vou dar na sua cara, seu safado! — Cristiana quis avançar sobre Guilherme, mas a assistente social a segurou:

— Moça, se quiser, podemos registrar sua reclamação, mas não vamos admitir agressões físicas dentro do hospital.

— Quero mesmo registrar uma reclamação, porque isso não vai ficar assim! Qual é o andar?

— Por favor, me acompanhe — convidou a assistente social, seguindo com Cristiana, enquanto Guilherme permaneceu inconformado no corredor. O médico que a pouco havia conversado com ela saiu da sala para ver o que está acontecendo.

— Oi, Guilherme. Que gritaria foi essa?

— Tinha uma maluca aqui perto da sua sala dizendo que eu estava mexendo com ela.

— Era uma moça toda vestida de preto?

— Não! Era uma fêmea de urubu vestida de mulher!

— Xi, rapaz... Venha até a minha sala para eu lhe contar por que a moça estava desse jeito.

Isaías estava em frente ao leito de Diego quando perguntou a Miro:

— Percebeu que aqueles sujeitos a que me referi estavam seguindo a gente?

— Eles não estavam seguindo a gente. Estavam seguindo o Diego.

— Mas ele não está embriagado.

— Não está, mas eles estão espreitando, caso ele morra.

— Para quê?

— Tanto podem querer aliciá-lo para ser companheiro deles como podem querer extrair fluidos vitais... Difícil saber o que querem, mas coisa boa não é.

— Ver esse jovem assim está me deixando angustiado... Parece que me lembro dos sons desses aparelhos apitando repetitivamente... Será que também fiquei na UTI antes de morrer? Eu não sei...

— Pode ser, Isaías...

— E você, se lembra de como morreu?

— Lembro muito bem. Tive um enfarte fulminante e morri na hora.

— Não visita sua família? Conte-me sobre ela.

— Importa-se se eu não quiser falar sobre isso agora?

— Claro que não me importo e respeito, amigo, mas sinta-se à vontade quando quiser falar ou desabafar, pois você tem sido como um anjo para mim.

— Obrigado, Isaías. Sua companhia também tem sido muito agradável.

As duas entidades que estavam à espreita aproximaram-se:

— O que vocês estão esperando? Por que estão acompanhando o Diego? — perguntou uma delas.

Isaías ia se manifestar, mas Miro interveio:

— Deixe que eu explique, Isaías... Estávamos acompanhando a moça que estava com ele, apenas para nossa instrução.

— Não estão querendo ele para vocês, estão? Porque esse aí é nosso!

— Podem ficar tranquilos, porque ele não nos interessa. Com licença, estamos de saída.

Do lado de fora da UTI, Isaías disse:

— Fiquei apavorado. Eles tinham um negócio esquisito que me fez tremer... Como pode?

— A isso, damos o nome de vibrações, Isaías... Vibrações negativas, neste caso.

— É certo deixarmos o rapaz na UTI sozinho?

— O Diego não está sozinho. Fique tranquilo que o anjo da guarda dele sempre está presente, mesmo que não o vejamos.

— E por que o anjo da guarda dele não coloca esses vampiros para correr?

— Porque as atitudes do Diego o fazem escolher os vampiros, mas este é um assunto que não nos compete julgar nem discutir agora. Vamos até a Cristiana.

Capítulo 16

No terceiro dia de UTI, Hermelinda e Cristiana entraram juntas para visitar Diego e posicionaram-se enternecidas diante do leito. Hermelinda se aproximou do ouvido do sobrinho:

— Diego, o pessoal da empresa está fazendo uma corrente de oração para você se recuperar logo.

A noite chegou com a derradeira notícia: Diego havia falecido.

A consternação atravessou a noite com o comparecimento de colegas de trabalho no velório de Diego, e um fato chamou a atenção de todos: um homem desesperado chorou por horas diante do caixão e, em determinado momento, abraçou o morto, em incontrolável desatino causado pela emoção, gritando:

— Diego, meu amor, meu querido, eu amarei você para sempre, porque nada pode nos separar! Deus, me leve junto com meu amor, me tire a vida!

As pessoas que participavam do velório tiveram que retirar o homem à força de cima do corpo de Diego, porque o exagero foi tamanho que fez o caixão balançar na estrutura de apoio e quase cair. Observando o descontrole do homem, um grupo precisou levá-lo para fora. Ele gritava:

— Me larguem! Quero ser enterrado com meu amor, não importa o que pensem!

Como o homem tentava forçar a entrada, um grupo de funcionários ficou do lado de fora, o impedindo a cada tentativa, até que ele sossegou, sentou no chão e desatou em um pranto convulsivo.

Cristiana perguntou a Hermelinda, que estava inconsolável:

— Mãe, conhece esse rapaz? Trabalhava com vocês?

— Nunca vi esse maluco, Cristiana. Não sei quem é ele, mas tenho certeza de que funcionário da empresa não é.

A madrugada se passou com poucas pessoas no velório, e Cristiana, intrigada, olhou pela porta o homem desolado soluçando ainda no chão e aproximou-se:

— Moço, posso me sentar ao seu lado?

— Pode...

Depois de se sentar, Cristiana abraçou os joelhos, puxando conversa:

— A morte pode parecer algo muito triste, mas é um momento pelo qual todos precisamos passar.

— Eu queria morrer hoje mesmo — respondeu ele, e Cristiana estendeu-lhe a mão:

— Muito prazer. Sou a Cristiana, prima do Diego.

Sem ser correspondida e estranhando o silêncio do homem, que olhava fixamente para ela, por um momento, Cristiana sentiu medo. Então, ele lhe perguntou:

— Posso dar um abraço em você?

— Sim, mas...

Sem dar tempo de Cristiana continuar a frase, o homem a abraçou caindo em prantos:

— Tantas vezes, eu quis abraçá-la, mas o Diego nunca deixou! Eu quis abraçar sua mãe, sua avó, mas o Diego só me ameaçava... Era só o que ele sabia fazer!

Cristiana respeitou aquele momento, até que, depois de alguns minutos, conseguiu se desvencilhar e perguntar com serenidade:

— Poderia me dizer quem é você?

— O Diego que me perdoe, mas não vou mentir para você. Éramos amantes...

— Ah...

— Não me julgue, por favor, Cristiana... Eu amava seu primo mais que a mim mesmo...

— Tudo bem... Não tenho motivos para julgar, mesmo só tendo descoberto agora que o Diego era homossexual... Qual é o seu nome?

— Roberto, mas pode me chamar de Bertinho, porque todo mundo me chama assim... Nos nossos momentos, o Diego...

O homem novamente desabou a chorar, e Cristiana quis que ele completasse a frase.

— Calma, Bertinho... Continue o que estava dizendo. Nos seus momentos com o Diego... o que tem?

— Nos nossos momentos... o Diego me chamava de... Bertola.

— Entendo como deve ser difícil para você, Bertinho e, não me leve a mal, mas posso pedir para você parar de chorar gritando, porque está ferindo meus ouvidos?

Bertinho se esforçou para se conter e disse:

— Está parecendo o Diego falando... É que estou entalado há tantos anos que perdi a noção, desculpe.

— Você disse que o Diego ameaçava você. Ameaçava por quê?

— Porque não queria que ninguém soubesse que somos bichas.

— Não diga isso, Bertinho... Bicha é um termo negativo usado por pessoas preconceituosas.

— Não ligo pra isso! Podem me chamar de bicha, bichola, baitola, frutinha, viado, do que for. Eu sempre disse ao Diego que você não poderia ser preconceituosa, porque a sua mãe é lésbica, mas ele não queria saber, vivia ameaçando não olhar mais na minha cara se eu me atrevesse a conhecer alguém próximo dele.

— Se o Diego contou a você que minha mãe é lésbica, então, realmente a intimidade entre vocês era muito grande... Há quanto tempo estavam juntos? Como se conheceram?

— Estávamos juntos há mais de nove anos e nos conhecemos no pet shop em que trabalho. Era de lá que o Diego trazia os gatos quando ficava com dó dos que ficavam muito tempo na gaiola para doação.

— Nossa! Então, por isso que ele ia todos os dias ao pet shop... Você é o verdadeiro fornecedor dos gatos e eu nem sabia!

Bertinho segurou com força a mão de Cristiana para dizer:

— Saiba que você tem um fã incondicional por isso. O Diego me falava muito de você, seu enorme coração, sua dedicação pelos gatos... Nossa, como eu queria ter sido apresentado a você antes...

— Não lamente por isso, Bertinho. Podemos combinar de você ir à minha casa para ver todos os gatos que o Diego levou.

— Você faria isso por mim? Poderia me receber na sua casa, onde morava com o Diego?

— Claro que sim! Por que não receberia?

— Em respeito à sua avó, porque o Diego me falou que ela não gostava de homossexuais. Aliás, ela não virá ao velório?

— Realmente, minha avó é avessa à homossexualidade. Ela não virá ao velório nem ao enterro. Minha avó não vai a cemitério de jeito algum. Mas Bertinho, não precisamos dizer nada, apenas que você era amigo do Diego e trabalhava no pet shop.

— Não consegui me controlar em cima do Diego. Será que sua mãe vai contar para sua avó?

— É, realmente... para bom entendedor, pingo é letra, mas fique tranquilo que vou conversar com ela.

— Não acredito que vou rever o Café pessoalmente... Ele estava há dois meses na gaiola e foi o primeiro gato que o Diego levou. Foi a partir daí que começamos a conversar e o amor nasceu.

— Pois é... o Café está conosco há nove anos, recentemente, cruzou com a gata da vizinha e os três filhotes estão com a gente.

— Pensa que não vi os filhotinhos? O Diego me mostrou as fotos, e que coisinhas mais lindas!

— Agora que você está mais calmo, podemos entrar, mas não vá surtar de novo, está bem?

— Sim. Obrigado por conversar comigo.

— Imagine! Achei ótimo conversar com você. Pelo menos quebramos um pouco este clima pesado de velório. Mas não se entregue à depressão. Chore à vontade, desabafe, mas tenha em mente que a vida continua.

— Ai, Cristiana... Acho que você é a irmã que nunca tive.

Depois de trocarem telefones, Cristiana e Bertinho entraram na sala onde acontecia o velório e Hermelinda perguntou discretamente para Cristiana:

— Vi que você conversou com o sujeito. Quem é ele?

— Bertinho. É o rapaz que o Diego tinha contato no pet shop de onde trazia os gatos.

— E que cena foi aquela de "me leve junto com meu amor" e munhecas quebrando para todo lado?

— Ora, mãe! Ele admirava muito o Diego por ser caridoso com os gatos, só isso, ou você pensa que é todo dia que se vê um homem com essa sensibilidade? Deixe de ser maldosa...

— Sei...

Em casa, próximo a Madalena, que chorava e rezava com a foto de Diego em punho, Isaías conversava com Miro:

— Você disse que não podemos ir ao velório e ao enterro do Diego por causa das entidades, mas não tinha dito antes que estávamos protegidos pelos anjos da guarda?

— Sim, mas ter a proteção dos anjos não significa que precisamos dar trabalho a eles.

— Pobres da Cristiana e da Hermelinda... A jovem terá que dar conta de comprar ração sozinha para este monte de gatos e a mãe terá que ir e voltar do trabalho de ônibus todos os dias.

— Tudo se ajeita, Isaías. A Cristiana pode se dedicar mais ao site de artigos esotéricos que ela vende e arrecadar mais dinheiro. Quanto à Hermelinda, ela pode tirar carta de motorista e usar o carro do Diego, que está na garagem. Além disso, tem o dinheiro de direitos trabalhistas que certamente a Hermelinda receberá da empresa em que trabalhava o Diego, o que vai proporcionar segurança financeira por alguns meses.

— Será que a Andressa, minha mulher, e minhas duas filhas ficaram tranquilas? Eu era militar e minha mulher deve estar recebendo a aposentadoria, mas será que estão conseguindo viver dignamente? Também deixei um sítio grande, que comprei com o dinheiro que arrecadei com as propinas que me foram pagas por traficantes de drogas... Será que venderam aquele sítio?

— Está se lembrando de muitas coisas, hein, Isaías? Estou feliz por isso.

— Também estou, mas de que valem as lembranças, se não posso ver minha família?

— Calma, amigo! Tudo ao seu tempo... Tudo ao seu tempo...

Capítulo 17

Madalena estava dormindo quando Hermelinda e Cristiana chegaram do enterro.

Ambas se sentaram na sala uma de frente para a outra e Hermelinda começou a chorar:

— Meu Deus! Por que esta vida de tristezas, enterros e sacrifícios? Agora, ter que suportar a ausência do Diego...

Cristiana disse impassível:

— Já não tenho lágrimas para chorar, porque só choramos pelo que não conhecemos.

— O que você quer dizer com isso?

— Quero dizer que estamos chorando pela ausência do Diego, mas quem lhe garante que ele não está melhor que nós?

— E o que a leva pensar que ele pode estar melhor que nós?

— Dizem que quando morremos o véu se descortina. O Diego morreu implorando para você contar a verdade sobre a tia Ruth, e você e a vó se negaram até seu último dia. Quem sabe agora ele não descubra tudo?

— Não diga bobagens, Cristiana! Existem verdades que é melhor não saber!

— Quem você julga ser para responder pelos outros, mãe? Já pensou como eu me sinto? Sei como o Diego se sentia: como eu, um fantasma! Parece que minha história está pela metade, simplesmente porque você e a vó Madalena insistem que estão certas em não revelá-la! Vocês não passam de duas hipócritas, alegando bondade ao negar a verdade, sem dar chance para eu e o Diego nos sentirmos dignos de viver na droga deste mundo.

Hermelinda socou o braço no sofá com revolta:

— E você já pensou como eu me sinto pelo que você não sabe? Nunca lhe contei na intenção de não compartilhar os pesadelos que tenho todas as noites!

— Então, me dê licença, senhora heroína silenciosa, porque vou colocar minha cabeça no travesseiro para ter sonhos de princesa e continuar vivendo num conto de fadas, enquanto você amarga sozinha seus pesadelos aterrorizantes!

Assim que Cristiana se levantou, Hermelinda a segurou pelo braço.

— Me solte, mãe...

— Não solto... — Hermelinda suspirou fundo e continuou: — Agora, sente-se aí e prepare-se para fazer parte dos meus pesadelos!

— Do que está falando, mãe?

— Eu disse para se sentar, porque agora vou contar tudo.

— Chega de palhaçada! Estou cansada de viver imaginando...

Hermelinda não deixou a filha concluir a frase e gritou:

— Sente-se, Cristiana!

Cristiana obedeceu cambaleante, pressentindo o que viria, e Hermelinda perguntou:

— O que quer saber primeiro?

— Quem é meu pai? — indagou Cristiana.

— Isaías — respondeu prontamente Hermelinda, fazendo Isaías dizer admirado a Miro:

— O nome do pai dela também era Isaías...

— Ouça, Isaías... Ouça com atenção — recomendou Miro serenamente, enquanto Cristiana continuou o questionamento:

— Quem é Isaías? Você é minha mãe mesmo?

— Sua certidão de nascimento está em nome de algum dos gatos desta casa? Como você pode duvidar de que eu sou sua mãe? Só porque sou homossexual não significa que não possa ser sua mãe!

— Sim, mas... como vocês me fizeram? Mãe, pelo amor de Deus, não esconda nada.

— Fique tranquila, Cristiana. Você quer saber tudo, então, vai saber. A esposa do Isaías era minha amiga. Eu e ela nos apaixonamos, mas não tínhamos um relacionamento íntimo por medo dele, que tinha um histórico de violência... Seu pai era policial. Mas, um dia, a Andressa acabou revelando nossa paixão para ele.

Intrigado, Isaías disse para Miro:

— É muita coincidência... A esposa do tal Isaías tinha o mesmo nome da minha esposa. Espere aí... o que ela está contando não me parece estranho!

— Lembrou-se do nome de sua esposa, Isaías? — perguntou Miro, animado, mas desta vez foi Isaías que fez sinal de silêncio para Miro continuar ouvindo as revelações:

— Mãe, não pare para pensar... Continue, por favor!

— Está bem... Como o Isaías era machista, recebeu a notícia com alívio, dizendo que não tinha problema a Andressa ter se apaixonado por uma mulher, porque se fosse por outro homem ele a mataria, mas pediu que, quando fizéssemos amor pela primeira vez, ele participasse, então, marcamos um dia na casa deles. Eles só tinham uma filha, chamada Fabiana, na época com 6 anos, e pediram para uma amiga tomar conta da menina naquele dia. Foi quando você foi concebida.

Dominado pelas repentinas lembranças, Isaías deu um pulo:

— Tudo se encaixa, Miro. Este Isaías de que a mãe da Cristiana está falando sou eu, e Fabiana era a minha filha com a Andressa... Então, eu sou...

Miro interrompeu as conclusões que invadiam a mente de Isaías, sugerindo:

— Amigo, não acha melhor ouvir tudo para depois conversarmos?

Envergonhado como se estivesse sendo desmascarado, Isaías continuou escutando a súplica de Cristiana:

— Mãe, não precisa ter vergonha... Por favor, me conte tudo... O meu pai fez sexo com vocês duas e você engravidou? Foi isso que aconteceu?

— Não... Eu nunca fiz sexo com homens.

— Então, explique como você me concebeu, caramba!

— A Andressa se deitou na cama, eu me deitei sobre ela e, enquanto fazia sexo oral nela, o Isaías me penetrou por trás de repente e ejaculou... No mesmo instante, repudiei a atitude dele, paramos por ali mesmo, mas qual foi minha surpresa em ter descoberto depois que estava grávida de você.

Cristiana estava boquiaberta quando Madalena surgiu, estranhando a reação da neta, que se esforçava para digerir as novas informações.

— Eu ia tomar um copo d'água, mas, pela expressão de Cristiana... É isso mesmo que estou pensando, Hermelinda?

— Sim, mãe. Contei tudo para ela, como foi concebida...

Cristiana retomou o fio da conversa:

— Tudo uma ova, mãe! E depois, o que aconteceu? Você aceitou a gravidez numa boa? Conte o que aconteceu depois.

Hermelinda pediu para Madalena:

— Já que está aqui, mãe, poderia expor meu calvário para a Cristiana? Parei na parte em que ela foi concebida.

Madalena sentou-se e iniciou:

— Não, sua mãe não aceitou a gravidez, e só eu e seu avô Miro sabemos pelo que passamos levando-a diversas vezes ao hospital porque fez de tudo para abortar, mas não conseguiu.

Dando-se conta de a quem Madalena se referia, Isaías arregalou os olhos para Miro e disparou a correr. Miro quis segui-lo, mas sua protetora, Justina, impediu:

— Deixe-o ir, Miro. Fique tranquilo, pois Simeão, seu protetor, o ajudará na superação da vergonha que está sentindo.

— Para onde ele vai?

— Para o cemitério. Alegre-se, Miro, conseguimos o que queríamos.

— Confio em vocês, mas sinto necessidade de estar com ele neste momento. E se ele adentrar no esquecimento novamente, com tantas perturbações?

— Isso não vai acontecer, pode ficar sossegado. Deixe-o refletir sozinho, pois ele ainda não se recorda de tudo. Aproveite agora para continuar ouvindo, pois você saberá de algumas coisas que ainda não sabe.

— Vó, o que minha mãe fez para ir parar no hospital? — continuou Cristiana.

— Uma vez, tomou sabão em pó; em outra, bebeu um litro de conhaque; depois, se atirou na frente de um carro... Meu Deus! Dói mais de lembrar a dor moral que seu avô sentiu do que a dor que a Hermelinda causou a si mesma.

Neste momento, Miro não conteve as lágrimas, sendo consolado por Justina, e Hermelinda, com tristeza, ouviu Cristiana perguntar:

— E mesmo com tudo isso não conseguiu me abortar, né, mãe?

— Não me julgue, filha... Você não sabe a tristeza que fiquei por decepcionar meu pai, que era um homem tão bom e honesto, mas tão duro com a gente...

Cheia de mágoa, Cristiana observou com frieza o choro convulsivo de Hermelinda.

— Legal. Você respeitava tanto e amava tanto o vô Miro que não custou nada odiar alguém como eu, que nem tinha vindo ao mundo... Mas sem dramas, diga lá, mãe, você parou de tentar me matar um pouco antes de eu nascer ou tentou até o último dia?

Contagiada pelo pranto da filha, Madalena tentou se conter para responder à Cristiana:

— No sexto mês de gravidez, sua mãe disse solenemente para mim e para seu avô palavras de que nunca vou me esquecer: "Pai, não vou mais lutar contra o amor que sinto por esta criança que está dentro de mim e, custe o que custar, mesmo que o senhor não me queira mais em sua casa, vou viver por ela e para ela enquanto tiver forças e, mesmo que não tiver, a amarei até o fim dos meus dias".

Tomada pela emoção, Cristiana abraçou Hermelinda e disse, chorando:

— Mãe, que vida difícil! Obrigada por me deixar viver!

Madalena não suportou o momento de emoção e caiu inerte no sofá, deixando Hermelinda e Cristiana muito preocupadas:

— Ai, meu Deus! Mãe, o que está sentindo? Veja se sua avó está respirando, Cristiana.

— Sim, está, mas está gelada! Precisamos levá-la ao hospital.

— Se a ambulância demorar pode ser tarde demais... Ligue para o vizinho, Cristiana.

Logo que Cristiana falou com Alan ao telefone, abriu o portão, e ele tomou Madalena nos braços.

— Se quiser, podemos ir com o carro do Diego — disse Cristiana.

— Que nada, Cristiana. Não vamos perder tempo. Suzana está tirando o carro da garagem para mim.

No hospital, Madalena se restabeleceu, mas os médicos acharam melhor ela passar a noite em observação. Cristiana se despediu de Alan e Hermelinda:

— Alan, muito obrigada pela gentileza. Por favor, agradeça à Suzana por permitir que nos trouxesse. Desculpe-nos o incômodo.

— Imagine, Cristiana... Vocês estão passando por um momento tão difícil... Não foi incômodo nenhum, fico feliz em ajudar e desejo boa recuperação para sua avó ir logo para casa. Se precisar, pode me chamar que, se eu não estiver no trabalho, virei buscá-la.

Hermelinda disse:

— Tem certeza de que não precisa que eu fique junto, filha?

— Não, mãe. Pode ir para casa e procure descansar. Fique tranquila que estou bem e a vó também vai ficar.

Capítulo 18

Isaías estava ajoelhado diante do túmulo observando sua foto quando três entidades se aproximaram e uma delas perguntou:

— Ei, camarada, onde está seu vigia, aquele que vive grudado em você?

Cercado por olhares baixos, Isaías sentiu-se vulnerável:

— Quem são vocês e o que querem?

Outra entidade respondeu:

— Sejamos românticos: queremos você!

Dona Rosa Caveira, a guardiã do cemitério, surgiu e as entidades deram um passo para trás:

— Ora, ora... Se não são os dissidentes da falange, que há menos de uma semana avisamos para não se meterem por aqui...

— Exu feio! Se acha dona deste lugar, mas não é — disse a outra entidade com animosidade, fazendo Rosa Caveira continuar com ironia:

— Não sei... Estou sentindo um friozinho na espinha falando com um vampiro tão lindo!

Exu Sete Catacumbas surgiu por trás das entidades e descarregou uma onda de choques magnéticos, assustando Isaías, que se manteve encolhido e apavorado ao lado do túmulo.

Uma das entidades se arrastou para longe, gritando com revolta:

— Sete Catacumbas, vocês estão ferindo o código! Este sujeito está disponível, já que não deveria estar aqui.

— Nós que mandamos aqui e vocês obedecem. Fora! — respondeu Sete Catacumbas, enquanto Rosa Caveira ria.

— Mandam, nada! Agem como escravos dos anjos, mesmo sabendo que eles querem vocês fora daqui tanto quanto nós! — discordou outra entidade.

Sob a ameaça de uma nova investida dos exus, as entidades debandaram em disparada.

Sete Catacumbas se aproximou de Isaías, que estava apavorado, e seu anjo da guarda, Simeão, surgiu, comunicando-se mentalmente com os exus, permanecendo invisível para seu protegido:

— Agradeço novamente pela intervenção de vocês.

— Nada contra o teatro que vocês, anjos, fazem, mas se o morto-vivo consegue nos ver é porque não deveria mais estar aqui.

— É que Isaías recobrou a memória há pouco — respondeu Simeão.

— Neste caso, está mais exposto, e os vampiros têm razão: não podemos arcar com um problema que não é nosso — emendou Rosa Caveira.

O exu disse com severidade:

— Faz mais de cinco anos que esse morto-vivo zanza por aqui. Da próxima vez, não vamos interferir. Não queremos problemas.

Os exus começaram a se retirar, mas Sete Catacumbas voltou para Isaías:

— Aqui, você é apenas osso para cães famintos. Último aviso: saia daqui, morto-vivo!

Logo que os exus foram embora, Miro surgiu para Isaías, que se levantou e, após Simeão revelar em sigilo sobre o ocorrido, indagou:

— Veio para se vingar de mim, Miro?

— Ora, Isaías! Se lhe quisesse algum mal, já teria feito, concorda?

— Sei que a Cristiana e o rapaz que morreu são meus filhos, sei que causei desgosto a você e sua família, eu reconheci a Hermelinda. Sei que você é o pai da Ruth e da Hermelinda. Se não quer vingança, o que quer de mim?

— Não sei se está preparado para saber de toda a verdade, mas quero o mesmo que você: paz.

— Por que você não está em paz?

— Pelo mesmo motivo que você, porque nossos entes queridos não estão em paz.

— Meus entes queridos são minha mulher e minhas filhas, aliás, agora sei que posso ir até lá.

— Isaías, sei que é difícil para você entender de momento, mas também sei do seu arrependimento...

— Como pode saber sobre mim, se só me lembro de você neste cemitério? Não convivemos.

— Está bem... Vejamos se consigo fazer você se situar. Quando foi que se lembrou do que sabe agora?

— Desde que você me levou à casa da Cristiana... Aliás, por que só lembrei quando estava lá?

— Porque a Cristiana tem um magnetismo que envolve você através do pensamento e, embora não tenha conhecido você nesta encarnação, ela tem sentimentos que possibilitam acessar sua alma. Não sei se me compreende...

— Então, você me enganou! Fez tudo planejado desde o início.

— Sim, fiz! E você não gostou? Preferia permanecer eternamente sem memória?

— Há quanto tempo estou assim?

— Estou lhe acompanhando há quase seis anos.

— Como posso saber se não me lembro? Não faz quase seis anos, porque foi recentemente.

— Claro que faz! Depois de quase seis anos ouvindo as mesmas coisas que você repetia, só eu e os anjos percebemos o tempo que passou, você, não.

— Está de gozação com a minha cara! O que eu repetia?

— Com prazer, lhe respondo, porque dou graças de não ouvir mais a mesma ladainha. Você perguntava quem eu era, eu dizia meu nome, falava que era um amigo que lhe queria bem e perguntava por que você não saia daqui, e você me respondia que tinha esperança de sua esposa e suas filhas virem visitar seu túmulo...

— Mas disso eu me lembro bem!

— E lembra que foram as mesmas perguntas, durante quase seis anos, de duas a três vezes por dia?

Isaías permaneceu pensativo por instantes e continuou decidido:

— Agora, com licença, vou para a casa ver minha mulher e minhas filhas.

— Amigo... Eu não iria, se fosse você.

— Não somos amigos! Pelo que fiz com sua família, jamais seríamos amigos! Com licença!

— Fique à vontade, bom passeio.

Isaías permaneceu inerte por um longo tempo e virou-se para Miro:

— Sabe onde moram minha mulher e minhas filhas?

— Não, mas qual o problema?

— Não consigo lembrar...

— Puxa vida... Que chato...

— Está de gozação comigo, Miro?

— Ora, Isaías! Por que eu estaria, se espero que você me ajude?

— Ajudar no quê?

— Antes, eu precisava resgatar a Ruth, mas agora, tenho seu filho Diego também.

— Isso é problema seu, porque é sua família!

— Então, está bem, fique aqui e seja osso para cães famintos.

— Como sabe que aquele sujeito esquisito com cara de caveira me disse isso?

— Tenho comunicação com os anjos, esqueceu?

— Então, peça para os anjos me lembrarem de onde morava quando era vivo.

— Está de gozação comigo, Isaías? Isso é problema seu, porque é sua família!

— Entendi qual é a sua... chantagem... O que quer de mim?

— Você me ajuda com a minha família, e eu o ajudo com a sua.

— O que quer que eu faça?

— Que me acompanhe. Pelo que tive notícia, a Cristiana vai conhecer sua esposa, então, a seguiremos e você estará em casa.

— O que ela vai fazer na minha casa?

— Cristiana vai dizer que quer conhecer o pai. Hermelinda e Madalena não sabem o que aconteceu com você e vão passar seu endereço.

— Por que você tem comunicação com os anjos e eu não?

— Por que você alimenta essa culpa que o corrói pelos fatos que ocorreram e não se considera digno do seu anjo.

— Está bem, Miro. Admito me sentir culpado, mas estou arrependido...

— Também estou arrependido, e é por isso que estamos nos dignificando a ser ajudados.

— Eu ajudado por você, e você por mim, Miro? Não lhe soa estranho?

— Quer saber? Eu me sinto tão culpado quanto você por motivos diferentes dos seus.

— Quais são os seus motivos?

— Fui um pai duro demais, rude demais e, embora amasse minha família, se não fosse tão cabeça dura, a Ruth não teria se suicidado e eu poderia estar vivo e educar meu neto para não se tornar um alcoólatra e morrer por isso.

— Mas Miro... Você não pode se culpar pela atitude dos outros.

— E você pode?

Vendo a estupefação de Isaías diante da questão, Miro rematou:

— Se sofri por tê-lo julgado pelas consequências desastrosas que causou em minha família, doeria menos se eu tivesse aceitado. Por isso, não temos direito de julgar um ao outro e espero que entenda que o destino que nos une agora tem a ver com o bem da minha e da sua família, já que entendemos que estamos ligados de alguma maneira por propósitos fundamentados, não por acaso...

— Ainda não estou atinando para algumas coisas, mas sinto confiança em suas palavras, Miro... Acha que vamos conseguir o que queremos?

— Não sei, Isaías... Sinceramente, não sei, mas a única convicção que tenho é de que a inércia não vai solucionar as nossas desavenças, por isso, quero lhe dizer que não sinto mágoa alguma pelo que fez à minha família.

— Difícil de acreditar... Se eu estivesse no seu lugar, jamais perdoaria.

— Por isso mesmo, não está no meu lugar: você não compreende que os seus erros não justificam os meus nem os seus erros justificam os meus. Nós dois erramos em alguma coisa, logo, devemos agradecer por podermos nos unir por uma causa que consideramos justa, em vez de questionar gravidades.

Assim, Isaías seguiu Miro à casa de Hermelinda, apesar das dúvidas que pairavam sobre seu futuro, enquanto os exus respiravam aliviados:

— Difícil de acreditar que esta novela tenha terminado — disse dona Rosa Caveira.

— Terminou para nós. Para eles, apenas começou — respondeu Sete Catacumbas.

Capítulo 19

Cristiana ouvia, no posto de enfermagem do hospital, as instruções a respeito da alta de Madalena:

— Daqui a uma hora, sua avó será liberada. Ela está bem, mas com a pressão ainda baixa. É só administrar os remédios que o médico prescreveu e tudo continuará bem.

— Obrigada, enfermeira. Então, dá tempo de ir à lanchonete tomar um café?

— Sim, pode ir que vai dar tempo.

— Obrigada. Estou morrendo de fome.

Enquanto Cristiana comia um lanche, doutor Guilherme aproximou-se:

— Bom dia, Cristiana. Soube de seu primo. Meus sentimentos.

— Espero que meu dia continue bom, mas a quais sentimentos o doutor está se referindo? Aliás, o doutor tem sentimentos? — respondeu Cristiana com indiferença.

— Cristiana... Posso me sentar?

— O lugar é público e não tem mesas com nomes, mas, com tantas mesas vazias, tem que ser nesta?

Guilherme sentou-se:

— Só fiquei sabendo dos motivos de sua reação comigo depois. Não sabia o que estava acontecendo com o seu primo na UTI. Desculpe ficar olhando para você.

— Você não estava olhando, estava reparando demais na minha roupa de "mulher urubu". Não foi assim que se referiu a mim para a assistente social?

— "Pombinha branca" não é pior? Fiquei contrariado com o seu desprezo, por isso, falei aquilo. Por favor, compreenda... Além disso, você me atacou sem saber no que eu reparava. Não quer saber o que foi?

— Não me interessa e pouco importa — respondeu Cristiana rispidamente sem olhar para Guilherme, que se levantou.

— Desculpe novamente, Cristiana, mas, pelo visto, não temos mesmo o que conversar.

— Sente aí! Já descontei a raiva que fiquei de você e quero que diga o que estava reparando.

Guilherme sorriu:

— Você é sempre imperiosa desse jeito com todo mundo?

— Não. Só quando fico nervosa. Eu disse para se sentar e estou olhando para você, não ouviu?

— Está bem, desculpe de novo — disse Guilherme irônico e sentou-se.

— Pare de pedir desculpas e diga o que quero saber.

— Estava admirando, achando você bonita, foi isso.

Cristiana tomou o último gole de café e disse, ironicamente:

— É mesmo, doutorzinho assanhado? É como se dissesse: "Estava olhando seu traseiro", e isso poderia ser considerado assédio, sabia? E está rindo de quê?

— Imagine, Cristiana... Só porque a achei bonita não significa que a assediei... Fico desconcertado desse jeito.

— A intenção é essa mesma: desconcertar.

— O que faz de volta ao hospital?

— Fiquei com a minha avó, que teve um piripaque ontem pela emoção da morte do meu primo e passou a noite em observação, mas ela já foi liberada. Estou só esperando acertarem os últimos detalhes para levá-la para casa.

— E você, como está?

— Chorei tanto no enterro de meu primo que estou fria, insensível como pedra... Sério, estou me sentindo anestesiada, sem acreditar que ele se foi. Morávamos na mesma casa, com minha mãe e minha avó.

— Puxa vida! Isso realmente é muito triste. Ano passado, também perdi uma prima num acidente de carro, fiquei muito chateado... Imagino se convivêssemos como você e seu primo.

— Para dizer a verdade, não sei o que será daqui para a frente.

— Sua família dependerá muito de você emocionalmente nesta fase de luto.

— Qual é a sua especialidade, doutor Guilherme?

— Sou residente em psiquiatria neste hospital, mas trabalho em outros dois.

— Nossa! Então, trabalha muito.

— Fazer o quê? A vida é feita de escolhas.

— Vou subir para saber se liberaram minha avó. Com licença.

— E eu vou começar o plantão. Foi um prazer conhecê-la.

Levantaram-se e deram um aperto de mãos, e Guilherme perguntou:

— Você gostou de saber que achei você bonita?

— Apesar de fria como pedra, sim, gostei doutor.

— Poderia me ligar, ou eu ligar para você?

— Ligar para quê?

— Está bem, Cristiana. Deixa pra lá — respondeu Guilherme contrariado, retirando-se.

Cristiana permaneceu parada de braços cruzados sorrindo e disse:

— Vou pensar, mas, se não tiver seu telefone, não tenho como ligar!

Guilherme voltou e anotou o número num guardanapo de papel:

— Estou esperando, menina difícil... Se eu não atender, é porque estou em consulta, mas deixe recado que retorno, está bem?

— Como eu disse, vou pensar se ligo. Mas é só para amizade, entendeu, doutor?

— Sim, entendi, Cristiana. Como vamos ser amigos, não precisa me chamar de doutor.

Ao chegar a casa, Hermelinda recebeu Madalena com apreensão e a colocou em seu quarto:

— Obedeça às recomendações do médico, mãe. Descanse.

— Acho que me deram uma surra enquanto eu dormia no hospital. Preciso mesmo descansar para me livrar desta dor no corpo.

Quando Hermelinda chegou à sala, Cristiana perguntou:

— Deu a comida direitinho para meus bebês?

— Sim, mas parece que os gatos sentiram falta de você. Não imagina a carinha de estranheza com que me olharam enquanto eu colocava a ração nas cumbucas.

— Estão acostumados comigo. Mas sente-se aí, precisamos terminar a nossa conversa enquanto a vó estiver descansando, porque não podemos envolvê-la em mais emoções.

— Tem certeza de que não pode me poupar hoje, Cristiana? A firma me deu três dias para ficar em casa. Podemos conversar amanhã...

— Poupei décadas e, agora, quero saber de tudo. Para começar, não encontrei motivos para ter pesadelos com o que você me contou. Pesadelos você teria se tivesse me abortado, pois eu viria todos os dias atormentá-la. Conte o resto, mãe!

— Não brinque assim, Cristiana! Vamos acabar logo com isso.

Sentaram-se uma em frente à outra, e Hermelinda iniciou:

— Os meus pesadelos têm a ver com a Ruth.

— O que ela fez?

— Com a tormenta que virou nossa vida depois que engravidei, ela foi tirar satisfação com o Isaías e...

— Chega de mistério, mãe! E o quê?

— E não sei o que aconteceu entre o Isaías e ela, mas a Ruth ficou perdidamente apaixonada.

— Essa é boa! Como se não bastasse... — Cristiana caiu em si, deduzindo assombrada: — Mãe, não me diga que...

— Sim, Cristiana... Se pensou que o Isaías engravidou a Ruth, você está certa.

Após vários minutos observando Cristiana concentrada, Hermelinda ficou preocupada ao ver que a filha havia empalidecido:

— Cristiana, você está se sentindo bem?

— Sim... Não... Quero dizer... Mãe... O Diego, que enterramos ontem, não era meu primo, mas, sim, meu irmão? É isso que está me dizendo?

— Meio-irmão!

Largando-se no sofá, Cristiana levou mãos à cabeça, indignada:

— Como vocês puderam ser tão irresponsáveis a ponto de esconder isso de nós?

— Você ainda não sabe da história toda, mas, se for para me julgar, melhor pararmos por aqui!

— Não se atreva, mãe! Continue...

— Foi um desgosto muito grande para seu avô, que ameaçou colocar nós duas no olho da rua. Foram discussões desgastantes, intermináveis, e não sei o que aconteceu entre ela e o Isaías, mas eles se apaixonaram a tal ponto que ele prometeu deixar a esposa para se casar com a Ruth, só que...

— Só que...

— Também não sei o que aconteceu, mas o Isaías desistiu do casamento e a Ruth não suportou... Deu um tiro na cabeça com o revólver do seu avô.

Cristiana levantou-se da cadeira andando de um lado para o outro, tentando digerir as revelações. Hermelinda continuou:

— Antes de eu contar o resto, prepare-se, porque sei que vai se impressionar.

— Depois de tanta tragédia, estou anestesiada, mãe... Diga logo.

— Ruth deixou uma carta dizendo que queria ser enterrada com o vestido de noiva, que comprou com tanto sacrifício e mantinha em segredo dentro do armário...

— Meu Deus do céu! Então, ela é a mulher que vejo de vez em quando andando pela casa!

Hermelinda se levantou, pegou uma foto na estante e a entregou à Cristiana:

— Separei esta foto para lhe mostrar. Esta é a Ruth.

— Mãe... Estou passada. Como pode ser? É ela mesma que vejo! Olhe o broche... Mas não dá para ver o que tem nele. O que é?

— Não lembro. Sua avó e eu ficamos de cabelo em pé quando você contou.

— Como vocês tiveram coragem de esconder do Diego a foto da própria mãe?

— Para que mostraríamos, Cristiana? Como se não bastasse o Diego não acreditar que a Ruth tinha morrido por doença, acha que foi fácil esconder que ela deu um tiro na própria cabeça depois de amamentá-lo?

— Que coisa horrível... — lamentou Cristiana. — Quero ver a carta que ela deixou. Mostre para mim.

— A carta sumiu. Sua avó e eu acreditamos que seu avô deu fim nela, mas, além de falar do amor que sentia pelo Isaías, ela deixou registrado que queria ser enterrada vestida de noiva para esperá-lo do outro lado da vida.

— Isso é tétrico demais, e não me admira o fato de ela vagar por aqui como alma penada, mas mãe... tem mais alguma coisa que não me contou?

— Na carta, a Ruth também revelou que tinha pagado uma campa num cemitério para não ser enterrada no mesmo túmulo que seu avô, pela vergonha que causou a ele, dizendo que não suportaria amargar pela eternidade essa decepção.

— Que absurdo! Como se corpos podres pudessem representar vergonha para outros corpos podres! Mas como meu avô reagiu a tudo isso?

— Seu avô se tornou tão amargurado, sentindo-se responsável, primeiro, porque não nos escondeu onde guardava o revólver e, segundo, porque virou a cara para nós duas, não conversava mais conosco. O remorso foi tão grande que ele teve um enfarte sete meses depois do suicídio da Ruth, mas, antes de morrer, suas últimas palavras foram que ele traria a Ruth de volta, nem que fosse do outro lado da vida.

— Nossa! Coitada da vó Madalena... Perder a filha e o marido num intervalo de sete meses de forma tão trágica...

— Em momento algum você se lembra de mim quando se refere a sentimentos, né, Cristiana? Deve pensar que sou de ferro.

— Pô, mãe... Claro que agora sei o que você passou e quanto deve ter sido duro guardar para si tudo o que aconteceu, mas não concordo de não ter me contado... Deixa pra lá... Traumas assim devem mexer muito com a cabeça da gente.

— Pense, você e o Diego, duas crianças... Eu e sua avó, sozinhas neste mundo para criar vocês, sem pai, sem avô... E se o seu avô não tivesse comprado a casa que moramos, onde estaríamos agora?

— Esta casa foi palco de muitas desgraças, né, mãe? Mas agora sinto que tenho algumas coisas de que cuidar.

— No que está pensando, Cristiana?

— Primeiro, precisamos saber o que fazer com relação à tia Ruth, depois, preciso me informar sobre meu pai... Tem o endereço dele, mãe?

— Sim, mas o que você pretende fazer cutucando o passado, Cristiana? Fiz questão de ir até a casa dele para contar sobre o suicídio da Ruth, fiz escândalo na porta, de tão revoltada que fiquei, mas, depois disso, nunca mais tivemos notícias.

— Ele pode até me expulsar, a mulher dele pode dizer o que quiser, mas quero tirar este peso de minhas costas, porque carrego há muito tempo. Esperei por isso a vida toda, me lembro de cada vez que eu e o Diego fizemos presentinhos para o Dia dos Pais e não tínhamos para quem entregar... E nem fazíamos ideia de que fomos negados pelo mesmo pai... Coitado do Diego, morreu sem saber de nada...

Capítulo 20

Cristiana e Luana esperavam na fila do atendimento fraterno de um conhecido centro espírita.

— Não deveríamos ter vindo com outra roupa? O pessoal está olhando torto para a gente... — disse Luana.

— Querida, eu não sabia que precisa de uniforme para vir aqui. Além disso, não vou mudar meus gostos para satisfazer a vontade de quem quer ditar regra de moda.

— Sei lá... Vai que de repente existe um padrão...

— Luana, por acaso estamos peladas ou com minissaia tubinho? Se bem que estou com uma à venda no site que é um arraso! Pare de se preocupar com isso e lembre por que estamos aqui. Preciso saber o que fazer com a alma penada da minha tia que eu vejo em casa e ter informações do Diego. Não entendo qual a sua preocupação. Eu é que vou passar na consulta, não você.

— E se a alma penada da sua tia baixar na pessoa que atender você?

— Pensa que vou ficar com medo? Seria ótimo, pois assim eu saberia o que ela quer.

— Você só pode ser louca mesmo!

Chegou a vez de Cristiana ser atendida, e, antes de entrar em consulta, ela brincou com Luana:

— Lá vou eu. Se ouvir gritos e trovões, sou eu sendo esgoelada pela alma penada da tia Ruth.

Diante do atendente de meia-idade, Cristiana relatou por que estava ali e ele disse:

— Querida irmã, veio por causa das visões... Já pensou em desenvolver sua mediunidade?

— Não pensei, mas o senhor poderia dizer por que minha tia está aparecendo para mim? E me falar sobre meu meio-irmão, que eu acreditava que fosse meu primo?

— Conte-me mais a respeito de você. Por que a maquiagem e a roupa preta que está vestindo?

— Sou gótica.

— Frequenta cemitérios?

— Sim, adoro cemitérios e tudo que se refere a morte e obscuridade. Por quê?

— Sabia que não é muito bom frequentar cemitérios?

— Não entendi... Se não é muito bom, deve ser pouco mal, não é mesmo? Mas por que o senhor acha isso?

— Existem muitos de nossos irmãozinhos desencarnados que ainda não se desprenderam da carne, e você pode contrair energias negativas, entrando em um estado de perturbação.

— Senhor, se não tiverem se desprendido da carne, da próxima vez, posso levar uma faca bem amolada para auxiliar "nossos irmãozinhos desencarnados" e transformá-los em "irmãozinhos descarnados". Mas o que lhe perguntei com educação, o senhor não me respondeu. Quero saber por que minha tia anda aparecendo em casa e o que posso fazer, além do estado do Diego, meu meio-irmão que morreu de cirrose.

— Está bem. Sua tia deve estar em estado de perturbação e precisa de suas orações. Quanto a seu primo, muito provavelmente também está perturbado, porque o alcoolismo é considerado um suicídio indireto, ainda mais levando em conta o desencarne com sofrimento.

— Minha tia "deve estar" em estado de perturbação e meu primo também? Nossa! Parece que para o senhor todo mundo é perturbado e a perturbação está na ponta da língua! Então, o senhor não sabe se ela está ou não em estado de perturbação. É só rezar por ela e pelo Diego?

— Seria bom você se submeter a uma sessão de passes e, por consequência, sua tia e o filho dela poderiam ser ajudados pelos espíritos superiores.

— Sem problemas, senhor. Como faço para ir a essas sessões de passes?

— Vou dar este cartão para você, mas será preciso primeiro assistir às palestras de reunião pública que precedem aos passes, uma vez por semana.

— Hum... Tem dez quadradinhos. Muito organizado! Então, devo vir durante dez semanas. Legal. Muito obrigada por sua ajuda. Posso começar hoje mesmo?

— Sim, pode, mas recomendo desenvolver e educar sua mediunidade para manter o equilíbrio espiritual.

— Moço, por acaso, pareço desequilibrada? Se parecer, pode falar, não vou me ofender.

— Não é isso, não me interprete mal, por favor. É que, desenvolvendo a mediunidade, você poderá lidar melhor com situações como as que testemunha nas aparições de sua tia e poderá compreender melhor as coisas espirituais.

— Sou louca para compreender melhor as coisas espirituais! Já li sobre wicca, magia, tarô, búzios, quiromancia...

— Já leu *O livro dos espíritos*, do Allan Kardec?

— Que massa! Só pelo nome já me interessei. Fala mesmo sobre os espíritos?

— Melhor que isso: os espíritos falam sobre espiritualidade para a humanidade. É um livro essencialmente filosófico que traz as explicações dos espíritos às questões formuladas pelo Allan Kardec, que também foi um pedagogo e discípulo eminente de Pestalozzi.

— Já quero! Onde encontro esse livro?

— A livraria do centro tem.

Cristiana se levantou e cumprimentou o atendente:

— Muito obrigada, senhor. Espero que dê certo com minha tia.

Seis semanas tinham se passado desde que Cristiana começara a frequentar as reuniões públicas do centro espírita, e Madalena comentou com a neta:

— Parece que está gostando muito de frequentar o centro espírita.

— Na verdade, estou gostando mais de conhecer a filosofia espírita, porque o Espiritismo, como qualquer religião, tem os fanáticos de plantão que deturpam tudo em vez pôr em prática o que aprendem.

— Explique melhor, porque não estou entendendo, Cristiana.

— Desculpe, vó. Fico falando feito tagarela e não explico. Vou tentar exemplificar para a senhora. Na reunião pública, existem os voluntários que recepcionam as pessoas. Quando eles conhecem quem está entrando, se abrem todos, abraçam e só faltam correr com almofadas de coraçõezinhos vermelhos pelo salão, mas, quando não conhecem, ficam com cara de cachorros loucos, parecendo que são guardiões do templo de Salomão. Não que eu queira que joguem confetes e serpentinas em mim, mas dá para perceber a diferença que eles fazem entre as pessoas, entende?

— Mas isso tem em todo lugar, Cristiana!

— Aí é que está! Tem em todo lugar porque existem pessoas que pensam que estão acima das outras, só porque frequentam algum lugar há mais tempo. Basta se envolver com uma religião que infelizmente isso acontece. Pior é que as pessoas, sem perceber, agem como se tivessem razão em tudo, porque aquele conhecimento serve para elas, daí, se julgam o suprassumo da sabedoria universal e o inevitável fanatismo se manifesta emporcalhando o que poderia ser puro e útil, dando lugar a vaidades e julgamentos indevidos. Basta haver grupos organizados para surgirem segregações trajadas de congregações com requintes de hipocrisia.

— Nossa, Cristiana! Do jeito que se debruçou neste livro que lê todos os dias, pensei que estivesse adorando o Espiritismo.

— Mas estou adorando, vó! E não só estou lendo *O livro dos espíritos* como me interessei também pelo *O livro dos médiuns*. Eles contêm ensinamentos preciosos que estou usando para mim mesma, sentindo inclusive consolo pelos fatos que ocorreram com meu pai, entre outras coisas. Aprendi que existem entidades que não deixaram o plano material, fiquei sabendo de explicações e reflexões inquestionáveis sobre anjos da guarda... Olha, estou adorando e sentindo mais o mundo invisível à minha volta. O problema não é o Espiritismo, mas alguns "irmãozinhos encarnadinhos" que se intitulam "os sabichões", entende?

— O que mais você testemunhou para achar isso?

— Ainda bem que não fui na onda do primeiro sujeito que me atendeu, porque teria virado as costas e ido embora. O cara falava com soberba e dava para ver que nem percebia. Ele falou um texto besteirol decorado que deve ter ouvido em algum boteco, querendo me convencer que ir ao cemitério era ruim, porque podíamos contrair negatividade de entidades que ainda se encontravam presas à matéria. Disse também que eu precisava desenvolver a mediunidade e, nas entrelinhas, falou que, se não fizesse isso, "entraria em um estado de perturbação", como se mediunidade fosse um cárcere ou Deus tivesse me dado uma maldição em vez de instrumento de trabalho... Se a gente não tiver filtro para tudo o que esses caras falam, metemos as mãos pelos pés.

— Mas isso que o atendente falou me parece verdade, Cristiana. Ele não tem razão em dizer que no cemitério há muita negatividade?

— Vó, é só em cemitério que podemos contrair negatividade? É só no cemitério que se encontram entidades presas à materialidade? Se praticarmos o bem e ficarmos em sintonia com o bem universal, estaremos precavidos de qualquer energia negativa. Esse raciocínio não é melhor do que depreciar o que é lindo? A morte é linda porque é a passagem para o outro lado da vida, e não a escuridão que algumas pessoas insistem em desenhar....

— Ouvindo você falar, até senti vontade de ir ao cemitério. A propósito, você tem visto se o jazigo da nossa família está bem cuidado?

— Claro que sim, vó, sempre faço carinho na foto dos nossos parentes e principalmente do nosso avô, seu maridão. Graças a ele, temos onde morar.

— Nem me fale... O meu maior consolo é saber que estaremos juntos novamente um dia...

— Quero que esse dia esteja bem longe, vó! E vamos parar de falar nisso porque precisamos da senhora aqui, bem vivinha! E, a propósito, por favor, me diga o cemitério e o número da campa em que a tia Ruth está enterrada.

— Não lembro.

— Como assim, não lembra? Não sabe onde sua filha foi enterrada, vó?

— Se eu disse que não lembro é porque não lembro, Cristiana. Não vou a cemitérios. Só fui no dia em que ela foi enterrada e nunca mais.

— Minha mãe sabe?

— Não sei. Pergunte a ela.

— Xi... Quando a senhora responde assim secamente dá para imaginar que lá vem patada. O que é, vó? Outro segredinho de família?

— Acho que está na hora da nova rodada de ração para seus gatos, não está?

Cristiana abraçou Madalena, fazendo graça:

— Pois vou deixar os gatos morrerem de fome se não me disser o que quero saber! Seja uma velhinha boazinha e diga onde a tia Ruth foi enterrada.

— Velhinha é sua avó, Cristiana! Pare de ser palhaça e me deixe em paz!

— Vem cá, vó! Ordeno que venha cá e conte todos os segredos!

Isaías e Miro riam da cena:

— Cristiana é muito divertida! Adoro essa menina — disse Isaías.

— Eu também! Perceba que ela está muito triste por causa da morte do Diego, mas faz de tudo para distrair a avó — emendou Miro.

Capítulo 21

Diego despertou dois meses após seu passamento, olhou à volta e observou o terreno árido, estranhando o vazio.

Seu anjo da guarda se aproximou:

— Como se sente, Diego?

— Quem é você?

— Pode me chamar de Gilmar.

— Onde estou?

— Para você entender melhor: está em sua mente.

— Há pouco, eu sentia dores, náuseas... Agora, não sinto nada, mas... Se estou na minha mente, então, eu morri.

— Não morreu, passou para o outro lado da vida. O que morreu foi seu corpo físico.

— Como pode, se vejo minhas mãos, braços, pernas e consigo me tocar?

— Você estava no corpo material, agora, está espírito.

— Estou no vazio.

— É porque ainda não está pensando em nada.

Diego se lembrou da UTI e, num átimo de segundo, lá estava:

— Foi daqui que não saí e agora tem outra pessoa no leito em que eu estava.

Gilmar recomendou:

— Diego... Cuidado com o que você pensa.

— Por que deveria tomar cuidado? Devo admitir o que penso e neste momento me sinto bem e sinto falta de uma bebida.

Duas entidades surgiram à sua frente e uma esclareceu:

— No despertar, você consegue ver apenas aqueles com quem tem afinidade, como nós, por exemplo.

A outra entidade emendou, olhando para Gilmar:

— Mas também existem os intrometidos que fazem de tudo para levar a gente para onde não queremos ir.

— Para onde pensa em me levar, Gilmar? — perguntou Diego diante da afirmação da entidade.

— Para onde você poderá se recuperar, porque, embora pense que está se sentindo bem, não está.

— Como pode dizer que não estou me sentindo bem, se não está em mim?

— Esse incômodo que você sente é o que o trouxe para junto dessas pessoas que pedirão para acompanhá-lo.

— O único incômodo que sinto é vontade de beber e estou com muita sede. Quero saber onde você acha que posso me recuperar!

Novamente, as entidades entraram na conversa:

— É óbvio que ele quer levar você aonde não poderá satisfazer sua vontade, porque lá ficará preso e terá de fazer o que eles querem.

— É verdade, Gilmar?

— Não! No lugar aonde iremos, você se libertará dessa vontade.

Uma das entidades interferiu novamente:

— Acorda, cara! Ele quer levar você nos Alcoólicos Anônimos do céu. Está a fim de ir com ele?

Diego respondeu com raiva, porque a vontade de beber se intensificava a cada instante:

— Se nem com minha tia Hermelinda eu quis, por que iria com você, Gilmar?

— Eu disse para tomar cuidado com os pensamentos, porque agora que despertou, não há nada diferente do que havia antes. Lembre-se de que você ficou doente por causa da bebida.

— Não sou obrigado a segui-lo.

— Se ficar, estará à mercê de entidades como essas que tentam aliciá-lo, e não vou poder interferir na sua decisão.

Uma das entidades ofereceu:

— Realmente, precisa mesmo decidir entre o certo, que somos nós, e o duvidoso aí. Com a gente, você continuará onde conhece, com ele, irá para a prisão. Até logo. Boa sorte, Diego.

— Esperem! Quero ir com vocês! — Diego seguiu as entidades, que o conduziram, sob o protesto de Gilmar:

— Pense bem: se segui-los, acabará como eles.

Quando Diego se distanciou, Justina, protetora de Miro, e Simeão, protetor de Isaías, se comunicaram com Gilmar:

— Dentro do previsto, será mesmo Miro que o convencerá — disse Simeão.

— Tomara que não se revolte contra Isaías — disse Justina.

— Isso não vai acontecer, porque a previsão é de que Isaías saia antes da Terra e não se encontre com Diego — finalizou Gilmar.

Num bar, Diego mostrava-se confortável com as companhias que tinha e observava com fissura as pessoas que bebiam no balcão. Cada uma trazia um grupo de desencarnados ao redor.

— O Pacheco que me ensinou como beber depois de morto e vou deixar que ele faça as honras com você — disse Nébias.

Pacheco chamou Diego para perto de uma das pessoas, fingiu educação e aproximou-se de uma entidade, que se assustou ao vê-lo.

— Amigo, poderia nos dar licença, por favor?

A entidade afastou-se temerosa porque conhecia Pacheco, que se dirigiu a Diego:

— Está vendo este sujeito? É como sentir o cheiro. Observe se quando chega perto dele sente um choquinho tomando seu corpo. Se sentir, não é com ele que vai beber, porque não oferece o que precisamos, mas, se não sentir nada, pode beber e, com o tempo poderá até controlar quanto quiser que ele beba.

Diego disse afobado:

— Não senti choque algum. Diga como faço para beber junto, porque estou salivando!

Ambos riram de Diego, e Pacheco continuou:

— Encoste-se e pense que você é ele num só corpo. Quando ele tomar um gole, concentre-se no firme pensamento de que é você quem bebe.

Diego fez o que a entidade recomendou e suspirou de prazer:

— Que delícia!

— O cara acertou de primeira! Este é dos bons! — exclamou Nébias.

— Olhe o que acontece se você e eu bebermos juntos nele. Faça de novo.

Pacheco se encostou no homem junto com Diego, que disse, decepcionado:

— Desta vez, não senti nada...

— É que conheço técnicas de me conectar aos órgãos dele que você ainda desconhece, então, eu bebi e você, não, mas com o tempo aprenderá, como o Nébias e eu aprendemos. Fiz isso apenas para lhe mostrar que é melhor beber sozinho, porque, na nossa regra, um é bom e dois é demais, entendeu? Observe também se o parceiro encarnado não está doando bebida para outro desencarnado, porque a disputa poderá acabar em briga. Procure sempre alguém que esteja sozinho, até aprender a impor respeito e conquistar seu lugar perante a concorrência.

— E se todos estiverem ocupados, com desencarnados bebendo junto?

— Amigo, sabe quantos bares existem nesta cidade? Com o tempo, vai desenvolver capacidades inimagináveis que farão de você um cão farejador. Vai dominar até quem não quer beber, ou seja, você fará os outros sentirem vontade de beber!

— Impressionante... Posso tomar mais um gole deste companheiro?

— Não é assim que se fala! — repreendeu Pacheco, fazendo graça — Diga: vou tomar mais um gole "com" este companheiro... — Ele simulou gentileza, abrindo caminho para Diego. — Fique à vontade e, depois, se quiser dar uns tragos, tem vários parceiros fumando também.

Enquanto Diego estava distraído vampirizando emanações etílicas do homem, Nébias disse secretamente para Pacheco:

— Diego será um ótimo arrecadador.

— Com certeza, mas, por melhor que ele seja, precisamos treiná-lo primeiro para aflorar os potenciais de arrecadador, porque por enquanto não acumula nada, só desperdiça energia.

Depois de se refestelar, Diego aproximou-se da dupla e disse:

— É inacreditável como estou me sentindo bem. Quando era vivo, passava mal, mas agora estou revigorado... Bendita morte!

Pacheco ficou frente a frente com Diego e disse, pedindo:

— Outra coisa que vou lhe ensinar e você não vai acreditar. Me dê um abraço.

Depois de corresponder ao pedido, Diego se desesperou diante das risadas da dupla:

— Mas o que é isso? Você tirou tudo de mim! Parece que não bebi nada e estou tremendo de sede!

— Acalme-se, meu camarada... Me dê um abraço e façamos as pazes — Pacheco forçou Diego a repetir o abraço, deixando-o abismado.

— Não acredito... Você me devolveu tudo e consigo sentir que veio mais do que tirei do sujeito.

— Já estava ficando com raiva de mim, não é, querido amigo? Fiz isso para você ver o quanto podemos ser solidários! Se você não tivesse o dom de extrair do sujeito, eu lhe daria o que precisasse.

— Estou impressionado, mas... por que estão sendo tão bons comigo?

— Justamente porque, se um dia precisarmos, não passaremos fome, já que teremos você. É assim que funciona. Este é o verdadeiro bem que podemos fazer uns aos outros.

— Agora que estou me sentindo bem, estou com vontade de ver algumas pessoas. Posso?

— Claro que pode! — respondeu Pacheco — Apenas um aviso: não é em todos os lugares que você pode entrar.

— Por que não?

— Existem lugares onde as energias são incompatíveis às suas, então, se você tentar entrar onde não pode, vai sentir sensações muito ruins. Se você tivesse ido com o Gilmar, não teria esse problema, mas também não sairia de onde ele iria colocá-lo, enquanto aqui temos liberdade para ir onde quisermos, apesar de não poder entrar em todos os lugares.

— Posso ir?

— Mas é claro que pode! Agora, não vai mais passar vontade e, se quiser beber, é só parar em um boteco para encher a cara.

— Quero rever o Bertinho, um grande amigo, e minha família. Poderiam me acompanhar?

— Infelizmente, não. Melhor ir sozinho, porque o Nébias e eu já passamos pelo que você está passando. É muito chato... Preferimos ficar por aqui, se não se importa.

— Vocês são os únicos amigos que tenho. O que faço para encontrar vocês de novo?

— É só chamar pelo meu nome que vou indicar onde estamos e, se sujeitos como o Gilmar aparecerem, é só sair de perto, porque não podem levá-lo a lugar nenhum que não tenha vontade, entendeu, amigo?

Diego estendeu a mão cumprimentando os dois, agradeceu e saiu.

— Pacheco, e se os protetores o convencerem? — perguntou Nébias.

— Esqueceu que ele agora precisa de nós mais do que antes? Quando sentir vontade de beber, virá correndo. Se nossa conexão for quebrada, vamos ficar sabendo. Além disso, existem gatos onde ele pretende ir e, com as impregnações energéticas que os animais possuem, ele não conseguirá entrar em nenhum lugar a que estava acostumado.

Capítulo 22

Diego chegou ao pet shop, olhou Bertinho de longe e suspirou de emoção, mas, quando pisou na entrada, foi acometido por fortes vibrações contrárias que o fizeram dar um passo para trás.

— O que está acontecendo?

Inconformado, insistiu caminhando com esforço na direção de Bertinho, que estava no balcão de atendimento. Antes, parou diante da gaiola para admirar os gatos para doação e não suportou as perturbadoras sensações, caindo de joelhos. Fez um grande esforço para se levantar, mas não conseguiu e permaneceu agonizando e sufocado no chão por longos minutos, incógnito aos clientes que entravam e saiam, até que uma mão lhe foi estendida, arrastando-o para fora.

Segurando a garganta e recuperando a respiração, Diego estava sentado na calçada quando se levantou rapidamente ao se ver diante de Gilmar:

— Você de novo!

— Sim, sou eu. Não vi nenhum dos seus amigos para tirá-lo dali.

— O que fez para me sentir assim?

— A única coisa que fiz foi puxá-lo para fora, senão, você ficaria ali indefinidamente até perder a noção de tempo e espaço.

— Perdi toda a energia, mal tenho forças para me manter de pé. O que aconteceu?

— É próprio dos gatos neutralizarem energias negativas, principalmente como as que você vampirizou com aqueles companheiros no bar.

— Quer me convencer de que os gatos fizeram isso? Está louco! Adoro gatos e...

Diante do silêncio repentino de Diego, que se recordava de suas conversas com Cristiana, Gilmar reproduziu seus pensamentos:

— É isso mesmo! Sua prima vivia dizendo que os gatos absorvem as energias negativas do ambiente. E você também está certo no que acabou de pensar: não poderá mais entrar em lugares onde estejam os animais que mais ama.

— Não dei a você permissão para ler meus pensamentos! Está dizendo bobagens, pois convivi durante anos com quase sessenta gatos que levei para casa e nunca tive problemas!

— Nunca teve porque tinha um corpo físico, que agora está no cemitério. Sem o corpo físico, você está exposto. Reclama de eu saber o que pensa, mas sabe o que Pacheco fez quando lhe deu o abraço? Trocou energias com você e agora consegue rastreá-lo por onde quer que você vá neste planeta.

— Você também está me seguindo! É muita ousadia! Deixe-me em paz. Não quero saber de você.

Diego entrou num bar e tentou repetir o que Pacheco fez, pedindo licença para um vampiro, mas foi hostilizado e jogado para longe:

— Saia daqui, verme!

Muito fraco, tentou se conectar com uma jovem que bebia com a amiga, mas sofreu forte descarga magnética e, não encontrando forças para se levantar, suplicou pelo nome de Pacheco, que surgiu imediatamente com Nébias.

— Levante-se. — Após ajudar Diego, puxando-o pela mão, Pacheco transferiu-lhe energia. — Entendeu agora por que eu disse que somos uns pelos outros? Está se sentindo melhor?

— Estou. Obrigado. Mas fiquei intrigado com o que aconteceu.

Depois de ouvir o relato de Diego, Nébias disse:

— Infelizmente, gatos serão impedimentos para você, mas, se quiser seguir o tal Gilmar, fique à vontade. Nós lhe damos a liberdade de escolher, mas caras como ele se acham os salvadores do mundo e querem nos levar para sofrer torturas inimagináveis, você que sabe...

— Que tipo de tortura? — perguntou Diego.

— Os nossos poucos companheiros que conseguiram escapar deles contaram que eles colocam os desencarnados em câmaras, onde permanecem presos por anos, até que concordem em servi-los. E antes que me pergunte em que, já respondo que é na triagem de pessoas que morrem por doenças. O problema é que, se não aceitam, ficam presos pela eternidade. Este é o inferno descrito na Bíblia, o que chamam alegoricamente de "fogo eterno" — Nébias respondeu.

— Nossa! Faz sentido... Mas, Pacheco, é verdade o que aquele sujeito disse sobre você ter trocado energias comigo para poder me rastrear?

Pacheco respondeu cheio de si:

— Sim! E para confirmar como fazemos o bem sem olhar a quem, de que forma o encontraríamos agora, se eu não fizesse isso? Repito que somos uns pelos outros!

— Preciso de mais... Posso beber com aquele ali?

Nébias respondeu sorrindo para Diego:

— Pode, mas não se esqueça de averiguar primeiro se a tomada dá choque, senão, vai lhe acontecer o mesmo que a pouco, quando compartilhou da pessoa errada.

Era a décima e última semana de tratamento de Cristiana no centro espírita e, antes de assistir à reunião pública, ela retornou ao atendimento fraterno, conforme recomendado.

Depois de ler o histórico de Cristiana no cartão, uma senhora idosa justificou:

— O senhor que a atendeu teve um imprevisto e não pôde vir, por isso, vou atendê-la, mas é só para saber se está bem, se está mais calma...

— Desculpe, senhora, mas em momento algum eu estive nervosa... Como pode ver na minha ficha, vim para saber sobre minha tia e meu primo, mas depois fiquei sabendo que o primo na verdade era meio-irmão.

— Nossa! Importa-se de falarmos a respeito?

— Claro que não me importo.

Após Cristiana relatar os fatos, a senhora idosa perguntou:

— A sua tia continua aparecendo para você?

— Nunca mais a vi.

— Tem orado por ela e por seu meio-irmão?

— Sim, tenho pedido a Deus auxílio aos dois, pedi extensão de auxílio nos passes, inclusive para meus antecessores, e achei legal. Achei muito interessante as informações dos livros do Kardec, tanto que li o *O livro dos espíritos* e *O livro dos médiuns* durante todo o tratamento.

— Ótimo! E o que achou dos trabalhos do centro? Pretende entrar no curso?

— Só conheci a reunião pública, achei legal, mas, sinceramente, não pretendo fazer o curso.

— Com a carinha que fez, acho que não gostou de algo...

— Só acho que não precisamos frequentar um centro, uma igreja ou um templo para fazer o que julgamos certo e de acordo com nossa consciência. Estou satisfeita pelo que aprendi lendo os livros do Kardec e pretendo usar os ensinamentos. Acredito que, se a minha tia não apareceu mais, é porque tomou o caminho dela junto aos protetores e fico extremamente agradecida a vocês por isso.

— Imagine, Cristiana... Os espíritos de luz é que auxiliam. Nós somos apenas instrumentos. Permaneça na luz.

Cristiana se despediu da senhora, assistiu à última palestra da reunião pública, recebeu o passe e retornou para casa.

Logo que chegou a casa, viu o vulto de Ruth correndo da sala para o quarto de Madalena. Cristiana correu para lá, mas não a viu mais, porém Isaías viu e disse:

— Olhe, Miro, é a Ruth! Estou ansioso para falar com ela.

Miro recebeu orientação de Simeão para que deixasse Isaías fazer o que quisesse. Então, Isaías se aproximou de Ruth:

— Ruth... Preciso conversar com você...

Ao perceber que ela permaneceu indiferente, Isaías insistiu:

— Agora que estamos aqui, queria lhe pedir perdão, mas... Ruth, por favor, olhe para mim. Não me escuta?

Ruth começou a embalar um bebê imaginário, cantando uma canção de ninar.

— Por que a Ruth está alheia? Quem é essa criança que ela pensa embalar no colo? — perguntou Isaías a Miro.

— A Ruth está em outra dimensão. O que vemos é apenas uma projeção do espírito dela, Isaías. A Ruth percebe apenas o que quer. Ela não nos vê nem ouve.

— Mas o que ela faz aqui se não está aqui? Pode me explicar isso, por favor?

— As lembranças dela embalando Diego são tão fortes que reproduzem materialização para o plano terrestre, onde viveu, e no caso aqui, onde era seu quarto.

— Então, onde a Ruth está de verdade?

— Não é um lugar circunscrito. Ela vive em uma condição que chamamos de trevas, então, podemos dizer que está perdida no tempo.

— E como podemos falar com ela?

— Não podemos. Ela falaria somente com quem quisesse, mas as consequências morais do suicídio foram tão severas que minha filha não quer falar com ninguém, e não compreendo direito como, mas consegue conversar com a Cristiana.

Entristecido, Isaías baixou a cabeça, lamentando:

— Então, jamais terei condições de pedir perdão... Resta a eternidade para eu amargar a culpa pela Ruth permanecer na escuridão...

— Não desanime, Isaías... Os anjos me informaram que, com você ou com Diego, posso trazer minha filha de volta, por isso o acompanho há tantos anos.

— Como isso vai ser possível?

— Ainda não sei... Também estou esperando algo lhe acontecer.

— O que espera me acontecer?

— Recuperar integralmente sua condição.

— Que condição? Pare de falar pela metade. O que está escondendo, Miro?

— Você não recuperou totalmente a memória, mas, quando isso acontecer, estaremos juntos para fazer o que for preciso para tentar tirar minha filha das trevas.

— Por Deus, homem! Então, me ajude. Conte-me tudo sobre mim para que eu recupere a memória.

— Não é tão simples assim... Teremos que aguardar o dia em que Cristiana for à sua casa.

— Quanto tempo isso vai levar?

— Será em breve. Vamos aguardar.

Diego se aproximou da porta da casa em que viveu, mas, sentindo as mesmas sensações testemunhadas no pet shop, entristeceu-se e desistiu, retornando à companhia de Pacheco e Nébias, que o aguardavam.

Capítulo 23

Simeão passava em sigilo uma instrução para Miro:

— Não deixe Isaías ir ao cemitério quando souber que Cristiana vai para lá com os amigos.

Assim que Cristiana se despediu de Madalena, Isaías disse a Miro:

— Quero acompanhá-la.

— Infelizmente, isso não será possível.

— Por que não?

— Porque lá vai acontecer algo que não devemos presenciar. Cristiana vai receber instruções sobre a ida à casa de sua família.

— E por que não podemos presenciar?

— Para tudo, existe um planejamento, Isaías. Em vez de fazer perguntas, submeta-se.

Junto aos amigos, Cristiana estava em frente ao túmulo da família, acariciando a foto de Diego.

— Querido irmão... Tomara que fique bem onde quer que você esteja...

— Onde acredita que o Diego está? — perguntou Regina.

— Acredito que está onde a mente dele estiver.

— Pois eu acredito que ele está aí dentro mesmo. Essa história de espíritos em outro plano para mim não passa de invenção! — assegurou Ozzi.

— Sei lá... De repente pode existir um lugar para os mortos que não seja um caixão, mas fica difícil mesmo acreditar nessas conversas sobre espíritos — acrescentou Lucão.

— Também tenho minhas dúvidas — arrematou Luana —, pois, apesar de ouvir o que os caras disseram no centro espírita em que fui com a Cristiana, eu só acreditaria vendo. Aliás... estou com vontade de invocar alguma alma desencarnada, o que acham?

— Ai, meu Deus! Vire essa boca pra lá, Luana! — disse Regina — E se alguém resolve vir mesmo?

— Acho uma ótima ideia. Vamos lá — instigou Ozzi, recebendo o apoio de Lucão.

Cristiana pensou na ideia e disse:

— Será que dá certo? Como não há maldade no que estamos fazendo, vamos dar as mãos, e eu vou invocar o Diego. Olhem para a foto dele e imaginem que ele virá até nós — propôs Cristiana. — Diego, meu irmão, mentalizando sua figura diante do túmulo, pedimos que nos dê um sinal de sua presença. Diego, por favor, venha...

Diego vampirizava um homem num bar quando sentiu uma força puxando-o e perguntou para Nébias, que estava próximo:

— Estou sentindo algo me puxar. O que é isso?

— Qual a primeira pessoa que vem à sua mente?

— Minha prima Cristiana.

— Ela deve estar chamando, invocando, rezando... Sei lá!

— Como faço para ir até ela? Se estiver em casa, não posso entrar por causa dos gatos.

— Você está morto, cara! Não perca seu tempo e continue o que estava fazendo.

Cristiana e os amigos constataram que nada aconteceu e ela mesma buscou explicações:

— Acredito que o Diego está em outro lugar e não pode vir, mas, mesmo que pudesse, um espírito não consegue manipular a matéria, consegue manipular somente o plano em que está.

Azeitona, o vigia, aproximou-se:

— Trouxeram algum presente para mim?

Depois que receber uma garrafa de aguardente de Lucão, Cristiana disse para Azeitona:

— Por causa desse tipo de presentinho meu meio-irmão está ali dentro no caixote de madeira, ouviu, seu Azeitona? Não exagere!

— Pode deixar, dama de preto. Cuidaremos bem do seu parente.

— Que história é essa de meio-irmão, Cristiana? O Diego não era seu primo? — perguntou Luana.

— É só uma forma de dizer, porque éramos muito próximos — disfarçou.

Ao chegar a casa, Cristiana deparou-se com Hermelinda e, diferente das outras vezes, percebeu que ela queria conversar:

— Cristiana, agora, com certeza, vou tirar a carteira de motorista. Não aguento mais tomar ônibus para trabalhar. Cansa demais.

— Você já devia ter tirado há muito tempo, mãe. Como agora acabou a mamata das caronas dadas pelo Diego, você vai ter que se virar. Aproveite enquanto estamos mais tranquilas com o dinheiro recebido do FGTS dele — disse Cristiana. — E, já que está acordada, preciso de duas coisas: o endereço do Isaías e o endereço do cemitério com a localização do túmulo da tia Ruth.

— Vai mesmo mexer com isso?

— Já tinha dito a você que sim, mãe.

— Amanhã, vou procurar os endereços nas minhas coisas, tudo bem?

— Tudo bem, vou aguardar.

No dia seguinte, Cristiana resolveu telefonar para o médico que conheceu enquanto Diego estava na UTI:

— Bom-dia. Aqui é a mulher urubu. O doutor está podendo falar?

— O doutor não está, só a pombinha branca. Serve? Bom dia, Cristiana, como está?

— Levando... E você, está bem?

— Demorou para telefonar! Pensei que não me ligaria, então, fiz contato com a Associação das Góticas, e meu casamento com a Noiva Cadáver será amanhã, mas dependendo de sua conversa comigo agora, posso tentar adiar.

— Para um médico, você é muito engraçadinho, né, Guilherme?

— Obrigado pela parte que me toca! Gostei de saber que acha isso de mim. E quando podemos nos encontrar?

— Você é muito saidinho, doutor! Como ousa se atirar assim sobre uma menina inocente como eu?

— Acho que estou começando a compreendê-la, Cristiana... Só quando estou desistindo é que você me chama, né?

— Semana que vem, aqui na minha casa.

— Pode ser na quarta-feira, dia da minha folga? Que horas?

— Venha de manhã, por volta de dez horas. Este horário está bom para você?

— Sim, combinado!

À tarde, Cristiana recebeu a visita de Luana e revelou que marcou um encontro com Guilherme.

— O doutor Frankenstein é bonito, Cristiana?

— Não, o Guilherme é lindo e confesso que não vejo a hora de encontrá-lo.

— Por que marcou em sua casa?

— Quis testá-lo e admirei o fato de ele aceitar de cara. Sinal de que não está para brincadeira.

— Não está preocupada de o Lucão ficar com ciúmes?

— Não tenho nada com o Lucão. Só porque dei uns beijinhos secos nele não significa que estejamos envolvidos.

— Só que ele é caidinho por você e pode arrumar confusão.

— Imagine, Luana! Nada a ver. Se ele arrumar confusão vai se ver comigo.

— Como você está se virando com a ração dos gatos depois que o Diego se foi?

— O universo conspira a favor! Vendi várias peças do site e perdi as contas de quantas vezes tive de ir ao correio postar encomendas nesses três últimos meses. Além disso, minha mãe recebeu um dinheiro a que o Diego tinha direito e estamos economizando para as coisas não apertarem.

— Se eu lhe perguntar uma coisa você não vai ficar chateada?

— Por que ficaria, Luana?

— O Diego era gay?

— Sim. Por favor, que fique entre nós.

— Claro, mas caso alguém da nossa turma venha dizer a você que sabia, não vá pensar que fui eu que contei.

— Já sei. É por causa do escândalo que o Bertinho aprontou no velório, né?

— É que as coisas que ele disse chorando não são só de amigo...

— Minha mãe também desconfiou naquele dia, mas inventei uma desculpa de que o Bertinho tinha muita admiração pelo Diego por acolher os gatos do pet shop e depois ela não perguntou mais nada. Aliás, foi bom ter tocado neste assunto, porque combinei que convidaria o Bertinho para vir aqui em casa e esqueci.

À noite, depois que Hermelinda passou os endereços a Cristiana, Isaías disse eufórico:

— Nem acredito que amanhã vou à minha casa!

— Estou preocupado com a forma com que Cristiana será recebida — afirmou Miro.

— Tomara que a Andressa seja educada com ela...

— Melhor se preocupar com você mesmo e se preparar, Isaías.

— Me preparar para quê?

— Faz seis anos que não tem notícias de sua família, e as coisas mudam.

— Se estiver se referindo a encontrar Andressa com outro homem, fique sossegado porque lembro que, antes de eu partir, ela estava mais fria que uma pedra de gelo.

— Para você é só isso que importa, não é, Isaías?

— Por quê? Para que devo me preparar? Se souber de algo, por favor, me avise antes, amigo. Confio em você. Os anjos lhe contaram algo? Pode falar, não vou ficar chateado.

— Não, Isaías... Os anjos não me disseram nada...

Miro perguntou mentalmente para Simeão:

— Estou com pena do Isaías. Não seria melhor contar tudo a ele antes de entrar em sua casa?

— Não conte. Será preciso o choque da notícia para resolver de vez o problema dele. Você deve se preparar para orientá-lo sobre as dores que estão por vir.

— Isso também me parece cruel...

— Crueldade será se não conseguir fazê-lo entrar, pois poderá arrastar por décadas, ou quem sabe por séculos, a ilusão na qual está imerso. Até agora, tudo correu como planejado, então, encare da forma mais natural possível, pois Isaías vai precisar de você mais do que nunca.

— Não terão como atenuar as dores que estão por vir?

— Claro que vamos auxiliar, mas dentro dos limites, dentro das possibilidades da Terra, já que ele está na Terra.

Capítulo 24

Com o endereço em mãos, Cristiana seguiu para a casa de Isaías.

Isaías não escondia a extrema ansiedade de rever o lar, mas, faltando pouco menos de um quarteirão, reclamou:

— Miro... Estou com dor de cabeça, no cóccix, no quadril... Estou com dor no corpo inteiro!

Miro pensou consigo:

— Meu Deus... Preciso ter muita calma...

Na medida em que se aproximava de sua casa, as dores se intensificaram a ponto de Isaías parar.

— Parece que minha cabeça vai explodir, Miro... O que está acontecendo comigo? Será que foi a ansiedade que me deixou assim?

— Não foi a ansiedade, Isaías. Você vai descobrir quando estiver dentro de sua casa.

Com as mãos à cabeça, sofrendo de dor, Isaías pediu:

— Pare de esconder o que sabe, Miro! Tenha piedade, porque a dor é muito forte. Conte para mim o que está acontecendo.

— Você vai saber em breve — respondeu Miro, extremamente compadecido.

Cristiana tocou a campainha e uma mulher surgiu. Apesar da dor, Isaías a reconheceu:

— É minha filha Fabiana... Estou sentindo tanta dor que nem consigo me alegrar.

Ao ver Cristiana de longe, reparando em suas roupas pretas, Fabiana gritou:

— Minha filha, se for do serviço funerário não estamos precisando, por enquanto. O que você quer?

Apesar da grosseria de Fabiana, Cristiana achou melhor não levar em consideração, já que estava ali apenas para conhecer o pai:

— Moça, você pode vir até aqui um momento, por favor?

— Não! Diz o que você quer e, se for vendedora, vá embora porque não queremos comprar nada.

— Desculpe insistir, mas...

Fabiana não esperou Cristiana terminar a frase e bateu a porta com força.

Com dificuldade por causa da dor, Isaías disse:

— Não foi essa a educação que dei para a Fabiana...

Cristiana suspirou fundo e tocou novamente a campainha. Como não foi atendida, começou a bater palmas.

Fabiana abriu a porta dizendo com agressividade:

— Maldição! Se continuar fazendo barulho em frente ao portão, vou chamar a polícia!

— Moça, é particular, por favor, me deixe dizer o que é.

— Última chance! Suma daqui!

— Está bem. Procuro pelo seu Isaías.

— O que quer dele?

— Pode vir até aqui, por favor?

— Já disse que não! Diga logo o que quer ou vá embora.

— Tem certeza de que quer que mesmo eu diga, para toda a vizinhança ouvir?

— Diga! Não devemos nada a ninguém.

— Sou a filha dele com a Hermelinda e quero conhecê-lo.

Fabiana correu para o portão, dizendo baixo através das grades:

— Cale a boca, sua maluca! Está querendo desmoralizar minha família perante a vizinhança?

Cristiana também respondeu baixo:

— A culpada é você que não veio logo para eu lhe dizer do que se tratava.

— Suma daqui agora mesmo senão vou chamar a polícia.

— Pois então chame, porque, se você não chamar, eu mesma farei isso! Não saio daqui enquanto não falar com alguém da casa!

— O que você quer depois de tantos anos, se é quem diz ser?

— Quero saber quem é a pessoa para a qual durante tantos anos na minha infância eu fiz lembrancinhas de escola para o dia dos pais e só agora soube que existia.

— Se veio pleitear alguma coisa, não temos bens nem somos ricos!

Cristiana se emocionou, começando a chorar:

— Não quero nada de vocês... Só quero saber quem é meu pai, droga!

— Ai, meu Deus! Era só o que me faltava! Já disse para calar a boca! — Fabiana olhou em volta e perguntou: — Como vou saber que você não está com seus amigos à espreita para fazerem picadinho de mim? Está armada?

— Eu que digo: meu Deus! Você só pode ser louca! Veja se estou armada. — Cristiana virou-se levantando os braços — Só porque estou vestida de preto não significa que vou matar ninguém! Agora, será que podemos conversar?

— Espere um pouco...

Fabiana entrou em casa e saiu segurando um bastão de madeira, dizendo, antes de abrir o portão:

— Vou abrir para você entrar, mas, se ousar me atacar, vou meter este pau na sua cabeça.

Cristiana entrou com Fabiana atrás dela e quando ultrapassou a porta da sala disse:

— Como pode ser tão preconceituosa? Não vou fazer nada a você.

— O seguro morreu de velho, minha filha! Você é satanista?

— Nossa! Pareço satanista? Claro que não sou, mas, se continuar me ofendendo, vou enfiar este pau com que você está me ameaçando na sua goela. Pare de me ameaçar!

— Sente-se aí no sofá que eu já volto. É só um minuto — Fabiana entrou por uma porta e surgiu logo em seguida, encontrando Cristiana sentada no sofá de braços cruzados, enquanto no plano invisível Isaías se contorcia de dor, sendo amparado por Miro, que lhe pedia paciência. — Agora, diga o que veio fazer aqui.

— Já disse que vim conhecer meu pai. Adianto a você que não espero recepção com flores e tapete vermelho, apenas quero vê-lo, só isso.

— Você é mesmo filha da Hermelinda?

Cristiana tirou a carteira de identidade do bolso e mostrou para Fabiana, que leu:

— É... é você mesmo... E seu nome é Cristiana...

— Sim. E, como pode ver na filiação, no lugar do pai está escrito "desconhecido", pois minha mãe só me contou recentemente tudo o que aconteceu.

— Espere um segundo, por favor. Não saia daí.

Novamente, Fabiana entrou pela mesma porta e quando retornou logo em seguida, colocou o pedaço de pau de lado e Cristiana disse:

— Bem, agora pelo menos fui digna de um "por favor" e não estou mais ameaçada de levar pauladas.

— Se estivesse no meu lugar e recebesse uma mulher vestida de modelo de funeral dizendo ser minha irmã e querendo conhecer meu pai, agiria da mesma forma.

— Então, você é a Fabiana?

— Sim... Você só pode ser filha do meu pai. Saiba que se parece muito com minha irmã mais nova, a Selma. E seu irmão, aquele que meu pai teve com sua tia Ruth?

— Era o Diego, mas ele morreu há pouco tempo. Só depois da morte dele eu soube que éramos irmãos, porque a história toda, minha mãe só me contou depois. O Diego morreu sem saber de nada sobre o que aconteceu com a gente.

— Não soube que a mãe dele se suicidou?

— Pelo visto você sabe de toda a história macabra, né? Não, o Diego não soube que a tia Ruth deu um tiro na própria cabeça.

— Espere um pouco, volto num minuto. — Novamente, Fabiana atravessou a porta para outro ambiente, retornando em seguida, fazendo Cristiana perguntar:

— Está com algum problema? Por que vai e volta a todo instante?

— Estou com um sério problema, Cristiana... Sei que ficará chocada com o que vou lhe mostrar, mas...

— Mas o que, Fabiana?

— Por favor, me acompanhe.

Cristiana seguiu a irmã com desconfiança e ficou aterrorizada com o que viu: um leito de hospital dentro do quarto e, sobre ele, um homem traqueostomizado, com tubo de oxigênio, sonda vesical instalada, vários acessos venosos conectados aos braços, com monitor de sinais vitais ao lado.

— Aqui está seu pai, nosso pai, Isaías. Estou em pânico porque a enfermeira do plano de saúde foi substituída e a nova não chega — disse Fabiana.

As dores de Isaías se intensificaram a tal ponto ele que caiu de joelhos ao chão. Segurando a cabeça com as duas mãos, gritou:

— Por Deus, Miro! Este aí na cama sou eu! Não pode ser! O que faço aí se já morri? Minha cabeça vai explodir!

Miro se agachou, solidário ao desespero de Isaías e o consolou:

— Tenha calma que tudo vai passar...

Miro clamou por Simeão em pensamento:

— Pelo amor de Deus, diga o que devo fazer. Posso sair daqui com o Isaías? Já basta.

— Não, Miro. É preciso que permaneçam.

A campainha tocou e Fabiana disse aliviada:

— Graças a Deus! Deve ser a enfermeira. Importa-se de abrir para ela enquanto tiro a secreção do tubo da traqueostomia? Tome a chave. Cristiana... Cristiana...

Estarrecida com a novidade, Cristiana permaneceu apática em uma cadeira próxima e Fabiana saiu para abrir o portão. A enfermeira entrou rapidamente e administrou a medicação em Isaías, enquanto Fabiana reclamava:

— Onde já se viu um plano de saúde demorar desse jeito para resolver um problema tão sério, deixando um paciente sem morfina por tanto tempo? Meu pai deve estar morrendo de dor, coitado!

Conforme os medicamentos eram absorvidos pelo corpo de Isaías, as dores reflexas diminuíram no espírito e ele pôde levantar, apoiando-se em Miro e dizendo com tristeza:

— Estou lembrando... Na verdade, não morri, Miro... Estou apodrecendo na cama...

Fabiana estava do lado oposto da cama conversando com a enfermeira que cuidava do paciente, enquanto Cristiana se recuperava do choque, observando com estranheza o fluido azul emanado pelas mãos de Fabiana, que acariciava o braço de Isaías.

Capítulo 25

Restabelecida da forte emoção, Cristiana se aproximou do leito de Isaías e perguntou para Fabiana, enquanto a enfermeira o limpava:

— Há quanto tempo nosso pai está assim?

— Há seis anos, quando teve um derrame ocasionado pelos tumores no cérebro.

— Jamais imaginaria conhecer meu pai desta forma.

— Pois é, Cristiana. Não a procurei porque minha mãe nunca mais quis saber de vocês.

— O estado dele é reversível?

— Infelizmente, não. Com dois tumores do tamanho de uma laranja no cérebro, só nos resta esperar a hora de ele partir.

A enfermeira pediu para Fabiana segurar Isaías de lado enquanto fazia um curativo numa grande ferida, localizada acima do cóccix:

— Esta é a pior parte, a que mais detesto. Se fica impressionada de ver feridas, não olhe, Cristiana — recomendou a irmã.

Cristiana olhou e ficou aterrorizada:

— Mas o que é isso, Fabiana?

— É uma das feridas profundas, do tamanho de uma mão fechada, que papai tem por ficar muito tempo numa posição só.

A enfermeira explicou:

— Quando certa região do corpo permanece por muito tempo sob pressão, as células do local não oxigenam e o tecido necrosa, formando feridas como esta que chamamos escara de decúbito.

Isaías comentou com Miro:

— Por isso, as dores intensas na cabeça e no cóccix... A enfermeira está mexendo nas feridas e estou sentindo daqui... Ainda bem que ela aplicou a morfina, senão, morreria de dor...

— Mas é em você mesmo, Isaías. É reflexo porque está próximo do corpo, onde na verdade deveria estar o tempo todo...

— Não estou entendendo, Miro...

— Depois, vou lhe explicar, Isaías. É importante ouvirmos a conversa da Fabiana com a Cristiana, porque muitas coisas serão esclarecidas aí.

Após ajudar a enfermeira, Fabiana disse à irmã:

— Sempre tive curiosidade de saber a sua história, como sua mãe engravidou, porque meus pais evitavam tocar no assunto perto de mim e da minha irmã.

Cristiana lançou um olhar à enfermeira insinuando que não queria falar perto dela e Fabiana convidou:

— Vamos para meu quarto.

Lá, Fabiana sentou-se de frente para Cristiana:

— Vamos, pode começar. Conte-me tudo o que sua mãe lhe falou.

— Só conto se você prometer que contará tudo o que sabe também.

— Combinado! Comece logo porque estou aflita.

Depois de Cristiana falar as revelações de Hermelinda, Fabiana exclamou:

— Não quer que eu acredite que sua mãe engravidou de meu pai dessa forma!

— Por que eu inventaria algo tão íntimo sobre minha mãe se não fosse verdade, Fabiana? Espero poder confiar em você. Você não pode contar essas coisas a ninguém. Só falei porque acredito que mereçamos conhecer a verdade sobre nossos pais...

— Menina... De uma coisa tenho certeza: minha mãe jamais contaria para nós algo tão surreal. Nunca imaginaria que ela se prestaria a fazer sexo com meu pai e outra mulher. Vamos adiante. Conte-me o que sabe de sua tia Ruth — pediu Fabiana, que embasbacada com as novas revelações de Cristiana, observou: — Que saga a de nossas famílias... Acredito que seu avô morreu pelos mesmos motivos de meu pai ter acabado no estado que está.

— Agora que lhe contei tudo, é sua vez! Diga o que sabe, por favor, Fabiana.

— Primeiro, quero que me responda algumas coisas sobre você.

— O que quer saber?

— Por que você é gótica? Pratica autoflagelação, faz pactos com o demônio ou sacrifícios humanos?

— Estou abismada! Desde que me atendeu à porta, você procura indícios de insanidade em mim só porque sou gótica. Insanidade é próprio dos engravatados em Brasília, e nós do povo somos insanos de ainda votarmos neles! — desabafou Cristiana. — Escute, ser gótica não é nada do que a maioria desinformada diz! Ser gótica é um estilo de vida... Cultuo a morte, gosto de coisas misteriosas, de cemitérios, mas isso não tem nada a ver com satanismo nem autoflagelação, nem cultuo a depressão, como tantos dizem, nada disso. Sou uma pessoa como você, apenas gosto de me vestir como me visto e até tenho um site para comercializar artigos góticos. Agora, me diga por que você tem tanto preconceito e o que a espanta em mim?

— Se quer saber mesmo, adoro esse estilo e sempre quis me vestir assim, só que quando fiz isso pela primeira vez quase fui expulsa de casa, com toda essa argumentação que lhe falei, pois foi o que meus pais me disseram.

— Poxa, Fabiana! Você é só um pouco mais velha que eu, por que não se informou a respeito para dizer aos seus pais que isso não tinha nada a ver?

— Sou uma tremenda preguiçosa, Cristiana, e depois quero conhecer esse seu site, mas, agora, vamos ao que você não sabe. Está preparada?

— Faz tempo que estou preparada, mas diga logo antes que eu resolva fazer um pentagrama no centro de seu quarto e pregá-la numa cruz para fazer seu corpo em pedacinhos bem pequenos e ofertar ao diabo...

— Não teve graça, Cristiana! Estou começando a gostar de você. Não me decepcione!

— Está demorando muito, Fabiana... Sua mãe e sua irmã não vão ficar bravas se me encontrarem aqui?

— Não, porque elas não moram aqui, moram no sítio que meu pai comprou antes de adoecer. É perto da capital. Para começar, vou lhe apresentar a família tragédia: Selma é insuportável. Casada com um turco, o Osman, um empresário do ramo da informática, ela se acha o sumo do suprassumo só porque fez faculdade no exterior e sabe falar inglês. A crista da Selma não baixou nem quando ela teve a Aninha, que é autista. Ela teve também o Ricardo, que é uma criança normal, só que minha irmã é espertinha o suficiente para fazer minha mãe, a dona Andressa, que vive doente, cuidar dos dois filhos, enquanto ela trabalha com o marido.

— Freud dizia que "quando Pedro me fala sobre Paulo, sei mais de Pedro que de Paulo". E qual o papel da Fabiana na família tragédia?

— O que você está testemunhando. Moro aqui e fiquei com a bucha que minha mãe e minha irmã não seguraram. A Selma envia dinheiro para eu comer, sob a alegação de que está bom demais, porque sou a ovelha negra que não quis estudar e por isso tenho obrigação de cuidar do meu pai, já que ela e meu cunhado também pagam um plano de saúde caro para ter duas enfermeiras por dia aqui com ele. Elas aparecem uma vez por mês para verem se ainda não estou como meu pai e vão embora. Simples assim! O que você acha disso, irmãzinha mais nova?

— Não vou julgar ninguém, porque não convivo com vocês, Fabiana... Agora, quero saber do resto, o que realmente me interessa sobre meu pai com relação à tia Ruth e minha mãe.

— Mamãe não diz, mas um dos fatores de não ter ficado para cuidar do meu pai é que ela sempre teve muita mágoa por ele ser tão mulherengo desde que se conheceram. Não duvido nada que tenhamos mais uma dúzia de irmãos jogados por aí...

Diante do olhar de reprovação de Miro, Isaías disse:

— Se o propósito de vir aqui é me lembrar dos fatos, podemos ir embora, porque me lembro de tudo, Miro. Vamos? Estou com muitas dores...

— Não! — respondeu Miro rispidamente. — Agora, é minha vez de ouvir a versão contada pela sua família.

Simeão comunicou-se com Miro:

— Controle-se. Não coloque tudo a perder agora.

Fabiana continuou:

— Lembro-me como se fosse hoje do dia em que sua tia Ruth apareceu no portão daqui de casa armando o maior escândalo e minha mãe a convidou para entrar para não ficar malfalada na rua. Meu pai me mandou para o quarto para eles conversarem, mas, como eu escutava tudo atrás de portas e paredes, ouvi a Ruth dizendo que meu pai havia engravidado a irmã dela e quis satisfações sobre quem ajudaria a sustentar a criança, além do dano moral a seus avós. Minha mãe disse que ajudaria financeiramente, mas...

— Vai fazer mistério agora, Fabiana? Não fiz isso com você e não tem graça! Por favor, continue.

— Mas meu pai era muito safado. Depois que acompanhou a Ruth até o portão, ele deu uma cantada na sua tia e ela caiu como um patinho, só que ele se apaixonou perdidamente por ela de verdade.

— Minha mãe me contou sobre isso, inclusive que a tia Ruth era virgem enrustida, daquelas falsas moralistas. Tudo bem, e o que mais?

— Acredita que meu pai me levava com ele quando se encontrava com a Ruth, para minha mãe não desconfiar? Numa das conversas que ouvi sem eles perceberem, meu pai combinou de se casar com ela depois que conseguisse convencer minha mãe a aceitar o divórcio, mas eu contei tudo para minha mãe e a confusão começou. Ela ameaçou meu pai dizendo que ia sumir com a gente se isso acontecesse. Então, ele acabou desistindo de se juntar a sua tia Ruth, mas continuou apaixonado por ela.

— Como sabe que ele realmente tinha intenção de se casar com a tia Ruth?

— Papai vivia triste pelos cantos, ainda mais quando soube que a Ruth teve o menino que ele tanto queria. Machista que só, achava que minha mãe era culpada por ter duas meninas e nenhum menino. Os dois tiveram uma discussão séria, e ele disse que ia embora de casa, mas isso não aconteceu porque sua mãe apareceu aqui com a notícia do suicídio da Ruth. Daí para a frente, papai não foi mais o mesmo e acho, sinceramente, que o arrependimento que sentia por não ter assumido a Ruth e o filho, além de não ter ajudado você, foi o que o levou a desenvolver esta doença que o consome há seis anos...

Isaías baixou a cabeça com os olhos rasos d'água, e Miro, ao seu lado, se emocionou ao ouvir a conclusão de Cristiana:

— Mas que coisa, Fabiana! Meu avô se foi mais cedo por isso também... Ele ficou tão arrependido por não ter sido um pai amigo e evitado que a tia Ruth se suicidasse que acabou tendo um enfarte fulminante. E antes de partir disse para minha avó que resgataria a filha onde quer que ela estivesse.

Miro e Isaías consolaram-se aos prantos, abraçados um ao outro.

Cristiana pediu para ver o pai e se despediu de Fabiana, combinando de retornar dois dias depois.

Capítulo 26

Logo que saíram da casa de Isaías, Miro o levou ao cemitério e parou diante do túmulo que Isaías acreditava ser o seu.

— Como posso estar enterrado aí, se estou vivo?

— Tire suas conclusões, Isaías...

Isaías tapou a foto que era sua e quando retirou a mão viu que a foto era de Miro, surgindo as outras fotos dos antecessores de sua família, sepultados ali:

— Era tudo uma farsa para eu pensar que estava enterrado aqui, quando na verdade o túmulo era seu... da sua família...

Simeão tornou-se visível para ambos, e Isaías se assustou:

— Você é o anjo que apareceu no dia em que a Cristiana fez aquela apresentação neste cemitério e aceitei acompanhá-la com o Miro.

— Eu mesmo, Isaías.

— Todos esses anos foram uma farsa preparada por vocês...

— Pelo fato de o Miro ter cedido sua imagem no túmulo da própria família, você poderia considerar uma honra prestada por alguém que lhe quer bem, não acha?

Isaías olhou com desânimo para Miro e perguntou:

— Poderiam me dizer o propósito disso tudo? Por que não me disseram antes que eu estava vegetando em cima de um leito?

— Acredito que o Miro deva lhe responder à questão — respondeu Simeão.

Miro esclareceu:

— Antes de morrer, odiei você pelo que fez às minhas filhas, um ódio tão grande que tive um enfarte fulminante. Porém, depois de permanecer por dois anos vagando sem destino, concluí que meu maior ressentimento era comigo mesmo pelo fato de que, apesar de ter sido um homem honesto e íntegro e dar segurança financeira à minha família, não dei segurança moral e também não fui capaz de acompanhar o crescimento dos netos que me foram destinados por Deus...

Devido à emoção que sentiu, Miro parou de falar e Simeão continuou, questionando Isaías:

— Consegue lembrar por que ficou perdido?

— Não exatamente o momento, mas desisti de viver quando as dores de doença se intensificaram... Consigo lembrar o drama de me sentir aprisionado ao leito e simplesmente fiquei vagando sem rumo, como se estivesse num pesadelo.

— Logo em seguida, a tristeza pelo arrependimento o fez perder a memória. Naquela época, Miro pediu para acompanhá-lo até que sua memória voltasse, como forma de reparar a culpa que ele sentia. Então, planejamos que, para começar, ele cederia a foto impressa no túmulo para confirmar sua convicção de que estava morto, dando um norte para a ilusão que você criou, e depois ocorreu tudo o que você presenciou.

Isaías olhou para Miro:

— Você, meu amigo, teve que superar o que com certeza eu não conseguiria... Vejo agora que, na verdade, não fui enganado e sou agradecido por isso, pois, se continuasse na situação na qual me coloquei, sabe Deus por quanto tempo ficaria vagando sem rumo.

— Depois de despertar para o que fizemos a nós mesmos, não foi difícil compreender que sem você eu não conseguiria realizar meu plano: resgatar minha Ruth das trevas — Miro observou.

— Por que precisa de minha ajuda? O que posso fazer? — perguntou Isaías aflito.

Simeão começou a explicar:

— Por ter desagregado o corpo espiritual ao abreviar a própria vida, Ruth não consegue conexão com a realidade espiritual. Como sua última memória foi sobre o que sentia por você, antes de se colocar nas trevas, acreditamos que ela possa conseguir retomar a individualidade se unirmos a conexão material à espiritual, e você seria a peça-chave do lado espiritual, enquanto a Cristiana seria a do lado material.

— Sabem que podem contar comigo! O meu maior desejo agora é resgatar a Ruth. Só não a assumi em vida porque a responsabilidade perante minhas filhas e a Andressa, minha esposa, falou mais forte.

Diante do entusiasmo de Isaías, Simeão e Miro se entreolharam e Simeão tomou a iniciativa de apontar sua realidade:

— O problema é que você... você não está do lado espiritual ainda.

Isaías permaneceu pensativo por alguns instantes e manifestou sua preocupação:

— Não consigo explicar por que ainda me sinto tão preso aqui... Tenho vontade de tirar esse peso da minha filha Fabiana, mas ao mesmo tempo não entendo por que não consigo.

Miro compreendeu pelo olhar de Simeão que poderia revelar:

— Na verdade, é sua filha Fabiana que está prendendo você, amigo...

— Como a Fabiana tem esse poder? — indagou Isaías, apreensivo.

— De momento, satisfaça-se com a informação de que ela tem motivos que você desconhece, mas que serão revelados na hora certa — respondeu Simeão.

— E enquanto isso não acontece, vou continuar apodrecendo naquele leito fétido?

— Não — disse Simeão — Cristiana vai ajudar a tirar esse peso de sua filha em breve.

— Ela é tão poderosa que tudo depende dela para acontecer?

Miro tomou a palavra com alegria:

— Cristiana é motivo de orgulho para mim, que sou seu avô, e para você, que é pai! Essa moça possui atributos mediúnicos excepcionais.

Dona Rosa Caveira surgiu, e Isaías assustou-se com a ironia dela:

— Ora... Ora... Se não é o morto-vivo dando o ar da graça novamente em nosso território, acompanhado de seus infantes protetores! Pela foto no túmulo, vejo que descobriu que é um morto-vivo!...

Desconcertado, Isaías respondeu:

— Bem... Eu... não sei o que dizer à senhora, pois da única vez que a vi, me intimou a não aparecer mais aqui, junto com aquele senhor com cara de caveira.

Depois de soltar uma gargalhada, Rosa Caveira falou:

— Dissemos para o caso de querer vir sozinho, porque, não contrariando o seu protetor, não será desejado pelos vampiros.

— Devemos gratidão aos guardiões deste campo santo, como dona Rosa Caveira, que contribuiu na sua proteção durante o período que você frequentou este lugar. Caso contrário, você seria alvo fácil para os espíritos vampiros — esclareceu Simeão.

— Neste caso, então, obrigado, dona Rosa Caveira — disse Isaías. — Agora entendo porque naquele dia o homem com cara de caveira também me chamou de morto-vivo.

— Não há de que, mas não morreu de uma vez ainda por quê?

— Digamos que estamos tratando disso e logo serei um morto-morto com muito orgulho — retribuiu Isaías, fazendo Rosa Caveira rir.

Guilherme foi à casa de Cristiana e entregou a ela uma flor negra, fazendo a jovem vibrar de emoção. Depois, se apresentou a Madalena e foi levado pela anfitriã para conhecer os gatos no quintal.

— Olhe meu paraíso!

Ao observar o lugar cheio de animais, Guilherme elogiou:

— São lindos e parecem muito bem tratados.

Cristiana apresentou um a um pelo nome e, quando chegou a Café, colocou-o no colo de Guilherme, que começou a espirrar sem parar.

— Este é o rei de todos! O primeiro, *the best*, pai do Cafezinho, do Cafa e da Cafeína, aqueles ali — apresentou com entusiasmo. — Mas por que teve acesso de espirro?

— Tome o Café, Cristiana... — Guilherme devolveu o gato. — Devo confessar que, apesar de adorar gatos, tenho uma alergia terrível.

— Ah! Coitado! Desculpe, eu não sabia e joguei o Café no seu colo...

— Espero que não seja motivo para decepcioná-la.

— Com a flor que me deu, só espero que não tenha alergia a góticas!

Cristiana surpreendeu Guilherme abraçando-o e pedindo:

— Me dê um beijo! Quero saber se não é alérgico a bruxas! — Depois do beijo, Cristiana perguntou: — Gostou da minha ousadia?

Sentindo-se feliz com a espontaneidade de Cristiana, Guilherme respondeu:

— Tem mais de onde veio esse? Até parei de espirrar!

Depois de Cristiana apresentar entusiasmada o seu site para Guilherme e os dois conversarem com Madalena, ele se despediu, combinando um dia para Cristiana ir conhecer os pais dele, com quem morava.

Após deixar o pretendente no portão, Cristiana entrou pulando de alegria feito criança ao encontro de Madalena:

— Vozinha... Estou apaixonada outra vez!

— Espero que agora não seja como aquele sujeito que você quase colocou fora daqui a pauladas...

— Este é meu doutorzinho pombinha branca, meu céu, meu tudo e, apesar de ser alérgico a gatos, é um gato.

— Menos, Cristiana, menos... É o primeiro dia do rapaz, e no começo tudo é lindo e maravilhoso até ele fazer o que o último fez...

— Ai, vó! Esqueça aquele troglodita do Rafael. Cada vez que me lembro dele dizendo "xô" para a pobrezinha da Paçoca, só porque ela subiu no colo dele, fico furiosa! O Guilherme é sensato, delicado e tem potencial para ser emo... Estou gamada, vó... Acho que encontrei minha cara-metade.

— Achei estranho um médico gostar de uma gótica. Será literalmente "preto no branco", que no caso de vocês será "preta no branco" — disse Madalena, rindo.

— É mesmo... Será que os pais dele vão gostar de mim?

— Xi... Sei não, Cristiana... Não acha melhor se vestir como uma menina comum?

— Ah, vó! Até parece! Eu não me vestiria do que não sou só para satisfazer os outros! Não pendurei uma placa escrita "disponível" no pescoço para o Guilherme gostar de mim. Além disso, quem tem que gostar de mim é ele, não os pais dele! — desabafou Cristiana. — Mas você ainda não me disse o que achou do meu novo gatinho...

— Parece um rapaz bonzinho, e acho mesmo que pode dar certo com você, porque é diferente... Ele não é doido como você. Para ter trazido essa flor rara, deve estar apaixonado, e homem apaixonado faz qualquer coisa. Espero que seja assim por muito tempo.

— Ai, vó... Não estou me cabendo de felicidade!

Capítulo 27

De volta à casa de Isaías, Cristiana tomava um suco na cozinha com Fabiana, antes de ir ao quarto rever o pai.

— Resolveu a questão da enfermeira com o plano de saúde?

— Fico apavorada quando atrasam, porque o médico disse que, sem morfina, papai sofre de dor e não pode se manifestar. Já imaginou como isso deve ser terrível?

— Fabiana, será que ele nos ouve quando falamos com ele?

— Acho que não. Os médicos disseram que ele perdeu algumas capacidades, como ouvir e falar... Ele nem se mexe! Só de vez em quando tem uns espasmos na cama, mas tem a ver com os músculos, os nervos, sei lá!

— Pois eu acho que pode não ouvir, mas sente nossa presença, o que sentimos...

Isaías perguntou irritado para Miro:

— O que a Cristiana fez com os livros que leu sobre Espiritismo?

— Ora, Isaías... Cristiana pode ter lido, mas não significa que entendeu tudo, ou que tenha acreditado em tudo. Pode ser também que ela esteja sendo amena com a Fabiana, em respeito aos limites do que ela conhece. Por que a irritação, amigo?

— Pode ser... Mas é chato ouvir os outros falando como se estivéssemos ausentes. Estou irritado por causa desta dor. Parece que minha cabeça vai explodir...

Cristiana entrou no quarto com Fabiana, e a enfermeira ao lado de Isaías saiu para ir ao banheiro.

Cristiana permaneceu afastada do leito, observando Fabiana, que acariciava a testa do pai, e novamente notou a radiação azul que despendia pelas mãos, observando que o monitor acusava aumento nos batimentos cardíacos.

Dante, o anjo da guarda de Cristiana, inspirou sua protegida:

— Existe um motivo para a Fabiana não querer que seu pai desencarne. Quando vocês saírem do quarto, converse com ela.

Sem saber que a inspiração era de seu anjo, Cristiana perguntou-se em pensamento:

— Por que a Fabiana iria querer manter a vida de nosso pai, sabendo que isso pode ser ruim para ele?

— Faça-a admitir para você o que não consegue para si mesma...

Cristiana analisou, pensando consigo mesma:

— "Faça-a admitir para você o que não consegue para si mesma..." Epa! Este pensamento não pode ser meu... Será que é meu anjo quem se comunica comigo? Se for, por favor, esclareça, meu anjo...

— Você começou a exercitar suas conversas comigo, Cristiana. Que bom que está conseguindo, mas agora faça o que estou dizendo. Se analisá-la vai compreender que Fabiana tem mais motivos, além do carinho pelo pai, para irradiar vida e assim não permitir que ele se desprenda do corpo físico tão cedo.

— Pode deixar, vou fazer isso, meu anjo... Obrigada por se manifestar.

Cristiana estava tão compenetrada que não percebeu que Fabiana a chamava estalando os dedos:

— Ei, Cristiana! Terra chamando...

— Desculpe. Estava mesmo em outro planeta, imaginando o que nosso pai está pensando. Mas o que você estava dizendo?

— Eu dizia que é tão esquisito falar com você e saber que é minha irmã...

— Acha bom ou ruim?

— Sinceramente, acho bom, porque com você não me sinto tão só.

A enfermeira voltou e Cristiana cochichou para Fabiana:

— Vamos sair do quarto porque preciso lhe dizer uma coisa que não quero que a enfermeira ouça.

Depois de se sentarem, Fabiana perguntou:

— Quer que ligue a TV?

— Por mim, não precisa.

— O que você quer dizer longe da enfermeira? Reparou em algo de que não gostou?

— Reparei em você, Fabiana...

— Posso saber o quê?

— Você é carente pra caramba, né?

— Xi... Corte caminho e diga logo onde quer chegar, irmãzinha.

— O que você faz quando não cuida do pai?

— Estava demorando muito para aparecerem essas perguntas...

— Não gosta de falar de você mesma? Me veja como amiga, não como irmã.

— Se é sessão de terapia... Sou traumatizada de ouvir minha mãe e minha irmã dizerem que sou inútil e que não quero saber de nada.

— Então, diga o que gosta de fazer.

— Está bem, Cristiana. Mas prefiro dizer o que faço o dia inteiro. Entro no Facebook e troco mensagens o dia todo, isso é, quando não estou no banho, comendo e olhando as enfermeiras cuidarem do papai.

— Por acaso, você viu meu site?

— Menina do céu! Que sobretudo preto é aquele com gola alta e desenho de dragão nas costas? Fiquei hipnotizada quando vi!

— É simplesmente a peça mais cara à venda no site e estava esperando por você — disse Cristiana. — Teremos um encontro de góticos daqui a um mês. O que acha de ir com a gente? A enfermeira dá conta de ficar com nosso pai por umas seis horas sem você por perto?

— Sim, posso conversar com a enfermeira do dia! Achei o máximo, mas...

— Eu sei, Fabiana. Vou emprestar uma roupa maravilhosa e fazer em você uma maquiagem de dar inveja a todas vampiras do encontro.

Fabiana deu pulos de alegria no sofá:

— Meu sonho! Não vou aguentar esperar um mês. Posso ir à sua casa antes para experimentar uma roupa?

— Claro que pode. Assim, vou poder apresentar a você meus gatos — respondeu Cristiana. — Você fica linda quando sorri, Fabiana, mas sinto uma tristeza em seu coração.

— Qual é, Cristiana? Vai dar uma de vidente cartomante agora?

— Se eu lhe fizer uma pergunta, promete que não vai ficar chateada?

— Se for uma pergunta chata, não tem como não ficar chateada!

— Apesar do que nosso pai está passando há tantos anos, sei que você não quer que ele parta, mas ao mesmo tempo você sabe que será melhor para ele, não sabe?

Fabiana foi surpreendida com uma questão que não sabia responder:

— Você foi fundo nessa, hein, Cristiana? Fiquei sem resposta... Você percebeu alguma coisa?

— Sim. Percebi que você mesma se encarcera, como numa prisão confortável de onde não quer se libertar, para fazer companhia ao pai...

Fabiana caminhou até a janela, abriu a cortina e ficou olhando para fora, profundamente entristecida.

— Me desculpe se falei o que não devia, mas...

— Está bem, mas agora, por favor, cale-se! Fique aí e me deixe pensar, Cristiana...

Após longos instantes, Fabiana se ajoelhou diante da irmã e disse, apoiando as mãos em seus joelhos:

— Eu tenho medo...

— Medo de que, Fabiana? Pode dizer pra mim... — pediu Cristiana, acariciando os cabelos da irmã, que recostou a cabeça sobre suas pernas.

— Medo do papai morrer e eu ficar sozinha. Ele me protegia da minha mãe e da Selma, que só me humilhavam. Mas não é só isso...

Ela começou a chorar, e Cristiana incentivou:

— Chore, Fabiana... Pode chorar, mas daqui por diante não estará mais sozinha, porque estaremos juntas.

— Cristiana... Desde que o papai ficou assim, minha irmã diz que, se ele morrer, vai me tirar daqui para alugar a casa. Como se eu pudesse decidir sobre a vida ou a morte do nosso pai. Só que ela mal aparece para vê-lo e fica jogando na minha cara que não faço mais que minha obrigação.

— Agora, olhe para mim e me escute: se você não tiver onde morar, pode vir comigo, está bem?

Fabiana retornou para o sofá:

— Há mais de seis anos vivendo assim, vegetei junto com o papai e não consigo enxergar uma vida diferente.

— Preciso lhe contar uma coisa, Fabiana...

— Diga.

— Acho que você está prolongando a vida de nosso pai.

— É claro que estou, porque não tenho coragem de desligar os aparelhos.

— Não é disso que estou falando, sua louca! Desligar os aparelhos seria eutanásia. Quero dizer que você transmite uma energia para ele permanecer vivo.

— A menos que prove, não acredito nisso.

— Seu medo misturado à insegurança transmite a ele uma espécie de carga energética que o mantém vivo. Já reparou como o monitor se altera cada vez que você coloca as mãos sobre o nosso pai?

— Pois quero ver isso agora mesmo.

Fabiana entrou no quarto, segurou as mãos do pai e se assustou com a comprovação do que Cristiana havia relatado. Sua reação fez a enfermeira perguntar:

— Há algo de errado, Fabiana?

— Não, nada de errado — disfarçou Fabiana, saindo novamente do quarto.

Cristiana seguiu a irmã e disse:

— Não falei?

— Menina... E agora, o que devo fazer? Não tocar mais no papai?

— Talvez, se você alterar seu padrão de pensamento, a energia mude.

— Fale a minha língua, Cristiana! Que negócio é esse de alterar meu padrão de pensamento?

— Sei lá, Fabiana... Pense que... Sei lá, Fabiana! Nem sei o que dizer!

— Muito boa sua sugestão! Vou adotar o padrão de pensamento "sei lá" e "nem sei o que dizer" para ver se dá certo! Agora que começou, explique direito.

— Não sei, nem você sabe, então, vamos deixar como está para ver o que acontece.

— Agora, toda vez que eu fizer carinho no papai, vou ficar com medo. Obrigada por isso, Cristiana!

— Não pense nisso, ora essa! Faça o que seu coração mandar. Posso voltar depois de amanhã?

— Sim, mas quando vou poder ir à sua casa experimentar a roupa e conhecer o seu zoológico de gatos?

— Fabiana! É meu berçário, não zoológico! E são meus bebês, não gatos! Que dia você quer ir?

— Por mim, iria hoje mesmo, mas preciso preparar as enfermeiras para a minha ausência.

— Fique tranquila, se programe para quando puder e eu vou fazer um almoço especial para você. Arroz, feijão e ovos fritos — brincou Cristiana.

— E pensa que não gosto? Deve ser melhor que a ração dos seus bebês.

Cristiana entrou no quarto para se despedir de Isaías e retornou para casa.

Capítulo 28

Suzana telefonou pedindo para Cristiana ir à sua casa.

Quando entrou, a jovem se alegrou ao ver os gatinhos crescidos, correndo e brincando pela casa, que destoavam do semblante sombrio da vizinha.

— Que cara é essa, Suzana?

— Prepare-se para ver a cena mais aterrorizante que jamais poderia esperar...

— Ai, meu Deus! Onde está a Valeska? Aconteceu algo a ela?

Suzana levou Cristiana até a lavanderia, onde Valeska estava deitada em cima de uma grande almofada.

— A pobrezinha está com pneumonia. Depois de aplicar soro e submetê-la a uma verdadeira sessão de tortura com injeções, o veterinário disse que eu tenho que fazê-la tomar alguns remédios... Olhe as mordidas na minha mão.

— Ah, meu Deus... Vou ensinar abrir a boca da Valeska segurando no cangote para ela não morder você. O veterinário não lhe ensinou, Suzana?

— Nem sei como lhe dizer, Cristiana... Eu...

— Ah! Não vai começar a chorar, né? Se cuidar dela direitinho, ela sara!

— É que faz uma semana que não consigo pregar o olho... Não suporto mais a cara que o Alan faz quando vê minhas olheiras de urso panda, e ver a Valeskinha jogada aí, largadinha, sem esboçar reação, está acabando comigo...

— É... Entendo você. A gente fica muito triste vendo um bichinho doente, porque são como crianças.

— Sua avó certa vez comentou que você tem poderes sobrenaturais para lidar com os animais e pensei se não poderia nos ajudar...

Depois de rir muito, Cristiana respondeu:

— Desculpe, Suzana, mas mandingas e mirongas não são comigo. Não acredite em tudo que minha vó diz, porque ela adora fantasiar.

— Quanto quer para cuidar da Valeska para mim?

— Não quero nada, porque a Valeska é sua gata, não minha.

— Cristiana, por favor... Não tenho o menor jeito para lidar com essas coisas e sinto que a Valeska está piorando a cada dia.

— Valha-me Deus, Suzana! Quer ter gatos e não quer cuidar? Se está disposta a pagar, por que não paga ao veterinário para mantê-la internada?

— Já imaginou como a Valeska se sentiria abandonada numa clínica? Está bem, Cristiana... Deixa para lá.

— Se começar a chorar de novo, vou cobrar o dobro.

Suzana animou-se:

— Que bênção! Então, vai fazer isso por mim? Eu, Valeska e os filhos adotivos dela seremos eternamente gratos. Mas quanto vai cobrar?

— Deixe de ser fingida, Suzana! Você sabe que não lhe cobraria por isso. Diga logo os horários das medicações antes que eu mude de ideia.

Cristiana levou Valeska e, colocando-a em lugar reservado no quintal, esfregou as mãos e disse:

— Vamos lá, gatinha linda, quero ver se tenho aquela luz azul que sai das mãos da Fabiana para curar você.

Mais tarde, Hermelinda passou por Cristiana e disse:

— A casa está um horror. Está vendendo tanto no site que não conseguiu varrer o chão nem lavar a roupa?

— Nem conto, mãe... Estou cuidando da Valeska, que está entre a vida e a morte, pobrezinha.

— Por acaso virou veterinária da vizinha, Cristiana?

— Para ser sincera, assumi a tarefa a pedido da Suzana, porque sei que a Valeska morreria se ficasse aos cuidados dela, que não sabe dar remédio na boca da gata, vê se pode.

— Essa é boa! No caso dela, gentileza gera gente folgada mesmo!

— Melhor nem comentar...

— Sua avó me disse que você está indo três vezes por semana na casa de seu pai. Por que não me falou nada?

— Porque estou com medo dos seus comentários, mãe...

— Quando contei a você, não tive medo e agora quer fazer mistério?

— Pode ser... Afinal, foram mais de vinte e sete anos com você fazendo mistério, né, mãe?

— Se não quer contar, não conte!

— Isaías está acamado.

— Como assim? Está doente?

— Há seis anos teve um derrame cerebral por causa de tumores e desde então está entrevado numa cama.

Hermelinda deu um soco no ar, comemorando:

— *Yes*! Bem feito! Deus é pai, não é padastro!

— Está vendo por que eu não queria lhe contar, mãe? Independentemente do que aconteceu, você acha bonito agir desta forma ao saber de algo tão trágico?

— Queria que agisse como? Que dissesse: "Oh! Pobrezinho que me pegou por trás de surpresa, me engravidou, depois engravidou minha irmã e, por causa de falsas promessas dele, ela se matou"? Não sou hipócrita, Cristiana! Ele está assim porque mereceu!

— Não leva em conta que, apesar de tudo isso, ele não deixa de ser meu pai?

— Ah, agora que conheceu o canalha quase vinte e sete anos depois, ficou com dozinha e quer me dar lição de moral? Minha filha, só eu sei o que passei, aliás, o que passamos! Você chegou às notícias agora, portanto, enfie seu rabinho no meio das pernas e não venha querer me dar lição de misericórdia.

— Está bem, mãe, chega! Não quero mais falar sobre isso!

— Pois agora vai me contar tudo, porque quero saber. Se eu não tivesse lhe dado o endereço, você não teria ido procurar sarna para se coçar. Pode começar falando como está a Andressa.

— Está morando num sítio perto da capital, junto com o genro e a filha mais nova, que têm dois filhos; uma é autista. A Fabiana, a filha mais velha, mora no endereço que você me deu. É ela que cuida do Isaías, nosso pai.

— Só isso que descobriu sobre a Andressa?

— Segundo a Fabiana, ela está doente e apesar disso é quem cuida dos dois filhos da Selma, apresentada pela Fabiana como uma mulher insuportável — contou Cristiana. Depois de ver a mãe cabisbaixa e pensativa por um tempo, ela perguntou: — Que foi mãe? O passado lhe atordoou?

— Estou aqui pensando sobre o que é a vida da gente... Tanta soberba, tanto orgulho, tanta vaidade, para acabar assim.

— Por que diz isso? Está morta, por acaso?

— Não... É que tem coisas na vida que deixam cicatrizes tão profundas que, embora a gente procure esquecer, parece que nunca se fecham e ficam sangrando, então, não dá para esquecer... Não sou amarga pelo que aconteceu, você e o Diego foram minha alegria e de sua avó, sou grata a Deus por, apesar de tudo, nunca ter nos faltado nada, mas...

— Mas o que, mãe? Não fale pela metade.

— Mas alguns traumas criam bloqueios, a gente fica mais fria...

— Quer saber? Dou graças por você não precisar passar pelo que passei. Já se colocou no meu lugar para imaginar o que faria?

Desta vez, foi Cristiana quem ficou pensativa e, após instantes, respondeu:

— Para dizer a verdade, não sei o que faria.

— Pois é. Então, não me julgue por soltar fogos ao saber que aquele policial que se achava macho agora não passa de um pé de alface apodrecendo numa cama e só dá trabalho para quem limpa seus excrementos!

As contundentes observações de Hermelinda provocaram imensa tristeza em Isaías, que estava incógnito e desabafou para Miro:

— Hermelinda tem razão. Se quando jovem eu não tivesse sido tão mau-caráter, não precisaria ouvir o que acabou de dizer...

— Não fique assim, Isaías... Quando revivemos tristezas do passado, esquecemos as chances de futuro. Minha filha foi tocada pela mágoa, mas se esquece de que estava numa condição que propiciou os fatos que se sucederam. Claro que isso não justifica que determinadas ações sejam tomadas no calor da busca pelo prazer, mas a culpa não é o caminho para aliviar o resultado de inconsequências.

— A verdade é que valorizamos tanto determinadas coisas e momentos que não consideramos os danos que nossos desejos podem causar aos outros.

No mesmo dia, Cristiana procurou Hermelinda:

— Mãe, na conversa que tivemos hoje, esqueci lhe dizer que em breve trarei a Fabiana para apresentar a vocês e aos gatos. Ela vai experimentar umas roupas que vou emprestar a ela e outro dia vou levá-la a um encontro de góticos.

— Isso é um aviso ou uma imposição?

— Existe algo demais em trazer a Fabiana à nossa casa?

— Você foi recebida bem por ela?

— De início, ela estranhou e me atendeu com um pedaço de pau na mão, mas foi só no primeiro dia, porque no segundo ficamos amigas. Fabiana é uma mulher muito sozinha.

— Tudo bem, Cristiana, apenas não esqueça que se um dia essa suposta amizade terminar em briga, não é para me meter na encrenca.

— Por que isso poderia terminar em briga?

— Pelo que me lembro da Andressa, ela era extremamente ciumenta e dominadora com todos à volta e, a menos que tenha mudado, sei o que vão enfrentar quando ela souber que você e a Fabiana se tornaram amigas.

— A Fabiana me contou que dominadora e terrorista é a irmã dela, a Selma, que diz que se o pai morrer ela vai colocar a casa para alugar.

— Neste caso, lhe asseguro que a tal Selma teve boa escola, e acredite: se ela diz isso à própria irmã, imagine o que diria a você.

— Foi bom ter me avisado, porque, se alguém vier querer dar palpites na minha vida, como faz com a Fabiana, vou saber em quem acertar a paulada primeiro.

Capítulo 29

No dia de Guilherme apresentar Cristiana a seus pais, ele chegou à casa dela, cumprimentou Madalena e foi apresentado à Hermelinda.

— Acho admirável o senhor, que é médico, ser um homem simples e carismático.

— Obrigado, dona Hermelinda. Também gostei muito da senhora, mas não precisa me chamar de senhor.

— Tudo bem. Também não precisa me chamar de senhora. Quando veio a primeira vez, eu estava no trabalho e minha mãe o elogiou tanto que fiquei curiosa para conhecê-lo. Apareça mais vezes.

— Com certeza, vou aparecer.

No carro, a caminho da casa de Guilherme, Cristiana comentou:

— Conheço minha mãe e tenho certeza de que ela gostou de você tanto quanto minha avó.

— Também gostei delas e me senti à vontade. Espero que aconteça o mesmo com você em relação a meus pais.

— Conte-me um pouco sobre eles, assim, vou me preparando.

— Meu pai, o doutor Hélio, também é médico, e me inspirei nele para escolher a profissão. É um homem educado, de coração aberto. Já minha mãe, que se chama Morgana, é caçadora aposentada.

— Caçadora? Caçadora de quê?

— Caçadora de góticas e bruxas!

Enquanto Guilherme ria, Cristiana exclamou:

— Seu tonto! Quer me assustar logo de cara?

— Desculpe, querida... Estou tão feliz por ter você comigo que faço graça até da minha mãe. Ela se chama Mirela, e é verdade que se aposentou. Foi professora de matemática e de vez em quando dá aulas particulares.

— E quando não dá aulas particulares, faz o quê? Não vale dizer que caça bruxas e góticas...

— Mamãe é apreciadora de artes e faz cursos de várias coisas.

— Hum... Que chique! Já contou a seus pais que descobriu sua queda por mulheres urubus?

— Eu disse que você era gótica.

— "Era"? Eu gosto de cemitérios, mas ainda não morri, logo, "sou" gótica. E o que eles disseram? Entortaram o nariz?

— Não, claro que não... Aliás, só minha mãe, que afiou as facas.

— Ria, mesmo... Pode rir à vontade, querido, porque quando sua mãe estiver fazendo picadinho de mim, sentirá a dor da saudade.

— Adorei que me chamou de querido.

— Pare o carro, agora!

— Por que, Cristiana?

— Eu disse para parar!

— Pronto! O que foi?

— Você é muito fofo e estou apaixonada! Me dê um beijo.

Quando o casal chegou à porta do apartamento, Cristiana disse ansiosa:

— Ai, Guilherme... Estou nervosa...

— Estou com você e estou feliz. Fique também.

— Estou feliz e, a propósito, você é fofo! Me dê outro beijo para dar sorte antes de entrarmos.

O pai de Guilherme abriu a porta e cumprimentou Cristiana com largo sorriso, beijando-lhe o rosto. Quando foi apresentada à mãe, Mirela tentou disfarçar, mas não evitou medir a pretendente do filho dos pés à cabeça, convidando educadamente a sentar-se.

Após conversarem sobre trivialidades, Mirela serviu o jantar:

— Preparei salmão ao molho de maracujá. Espero que goste.

— Que ótimo, dona Mirela! Adoro salmão.

O jantar transcorria tranquilo, até que a mãe perguntou:

— Há quanto tempo você é gótica, Cristiana?

— Desde os 20 anos. Tenho 27, então, faz sete anos.

— Mas você não faz essas coisas que a gente ouve falar que os góticos fazem, né?

— Mamãe... — Guilherme chamou a atenção de Mirela, mas Cristiana disse com educação:

— Deixe sua mãe, querido... Que tipo de coisa a senhora ouviu falar?

— Outro dia, fiquei horrorizada vendo uma reportagem de pessoas que arrombaram túmulos para fazer rituais de magia negra. Todos os dias, a gente vê cada coisa...

— Mas loucos não faltam, tem em todo lugar, dona Mirela. Tem médico que estupra mulheres sedadas, tem até juiz do Supremo Tribunal que manda soltar médico condenado por esse motivo! Temos padres pedófilos, políticos que roubam merenda escolar, enfim, vemos cada coisa que é difícil acreditar. Quanto a mim, nunca curti satanismo, violação de túmulos... Acho que sou uma pessoa normal, dentro do possível.

Quando Cristiana concluiu a explanação de forma calma e sincera, Guilherme tomou a mão dela, beijando-a, e descontraiu:

— Tem médicos que chamam góticas de "mulher urubu", e góticas que chamam médicos de "pombinha branca", não é, querida?

Depois de rir, Hélio disse:

— O Guilherme nos contou que foi assim que vocês se conheceram, Cristiana. Se um dia vocês se casarem, espero que não seja na delegacia.

A visita transcorreu tranquila e, logo que Guilherme saiu para levar Cristiana para casa, Mirela disse ao marido:

— Essa moça não é para o Guilherme! Onde já se viu dar uma resposta daquela para a mãe do namorado no primeiro dia que a conhece?

— Gostei da moça. Expansiva, educada, autêntica. Quanto à resposta, diga se sua observação foi feliz, Mirela. Ainda bem que o Guilherme teve discernimento para quebrar o clima, senão, a responsável por começarmos mal com ela seria você.

— Claro! É sempre a desculpa da sogra superprotetora do filho para amenizar os defeitos da nora! Que futuro o Guilherme pode ter com uma moça assim? Só se depois de frequentar tantos cemitérios ela se tornar assistente dele no IML! A maneira como se conheceram para mim é antes preocupante do que piada. Uma mulher que enterrou o irmão por causa de cachaça me faz ficar ainda mais preocupada com a base familiar que ela teve.

— Que tal uma moça como a Célia, a última namorada do Guilherme? Requintada, de família com estirpe, pós-graduada, linda de morrer, impecável, e que colocou um par de chifres na cabeça do nosso filho? Essa seria a moça ideal para o Guilherme?

— Vivemos num mundo estranho de valores estranhos e conceitos esquisitos...

— Vamos confiar e respeitar as escolhas de nosso filho, Mirela. Os valores podem ser distorcidos, mas, diante das convenções do mundo em que vivemos, é melhor conviver com pessoas autênticas do que cultivar relações hipócritas. E essa moça me pareceu dona de si.

— No começo, você também admirou aquela megera da Célia e olhe no que deu!

— Já imaginou se tivéssemos que escolher pelo Guilherme? Ele é que tem que acertar e errar como você e eu fizemos um dia, para saber o que é melhor para ele.

Cristiana chegou feliz em casa e se espantou por encontrar Hermelinda de olhos inchados, sentada no sofá.

— Ah, não! Não me diga que estava chorando porque fui jantar com o Guilherme!

— Deixe de ser tonta, Cristiana! Felizmente, para mim, você não dá motivos para chorar. Como foi o jantar? Foi bem tratada pelos pais do seu... namorado? Você fez picadinho dos pais do médico?

— Engraçadinha... Oficialmente, estamos namorando e sim, fui bem tratada pelos pais do Guilherme, correu tudo bem. Fiz picadinho só do salmão ao molho de maracujá. Mas mãe, por que estava chorando?

— Criei coragem e separei as roupas do Diego para doar. Eu e sua avó choramos mais que no enterro dele.

— Graças a Deus vocês fizeram isso, porque eu também ensaiei três vezes para fazer e não tive coragem. Lembranças machucam...

— Embaixo, escondidinha numa das gavetas, olhe o que achei.

Depois de passar uma foto às mãos de Cristiana, Hermelinda perguntou:

— É aquele rapaz que se jogou sobre o caixão, não é?

— Sim... O Bertinho está mais magro, a foto está amarelada, mas só pode ser ele, porque veja que é dentro de um pet shop. Reparou que atrás deles tem um gatinho preto na gaiola? Deve ser o Café.

Hermelinda tomou a foto e confirmou:

— É verdade. Gato feio...

— Essa foto deve ter sido tirada no ano em que o Diego e o Bertinho se conheceram, e o Diego ainda não tinha trazido o Café para casa.

— Cristiana, a expressão e os olhares deles na foto não revelam apenas amizade e admiração, como você falou no velório.

— Mãe, os dois eram namorados, e daí?

— Não estou decepcionada por isso, só fiquei triste de saber, porque pensei como deve ter sido difícil para o Diego esconder a homossexualidade. Eu, que sempre assumi, sofri horrores por discriminação, imagino que o sofrimento deve ser maior quando temos que esconder o que somos verdadeiramente.

— Também pensei nisso, mãe. Pelo pouco que conversei com o Bertinho, parece que eles se amavam muito. Não que sirva de justificativa, mas talvez por isso o Diego bebesse tanto.

— Sofri muito por assumir a minha diferença com relação às outras meninas, mas sofreria mais se tivesse ficado dentro do armário. Imagino como foi para o Diego..

— Muito triste, mãe...

— Contei para você sobre seu pai e sinto que tirei uma pedra do seu caminho. Será que se eu tivesse contado tudo a ele sobre a Ruth, como contei para você, as coisas seriam diferentes?

— Não comece a se culpar por isso, mãe! Não lamente pelo que passou, porque cada um pensa de um jeito e não sabemos a reação de uma pessoa diante dos diferentes problemas — respondeu Cristiana. — Outro dia, você pediu que eu me colocasse no seu lugar, mas é impossível, porque, se estamos numa situação, somos nós quem devemos lidar com ela. O que vêm de fora são apenas palpites que podem agravar em vez de resolver. Sério, se começar a se culpar, vai viver se condenando, então, não continue com esse pensamento e pare de sofrer, porque você merece ser feliz! O que passou passou. Viva o hoje.

— É... Você tem razão...

— Combinei de trazer o Bertinho aqui em casa para conhecer os gatos, principalmente o Café, que foi o primeiro. Você se importa?

— Claro que não. Pode trazer.

— Voltei um pouco mais cedo para dar a medicação à Valeska. Vou lá, já está no horário.

Capítulo 30

Fabiana atendeu Cristiana no portão:

— Estava aflita porque você não chegava. Por que demorou tanto?

— Para quem na primeira vez me fez entrar escoltada por um pedaço de pau... — brincou Cristiana. — O ônibus atrasou, por isso, cheguei mais tarde.

— Conte logo como foi ontem na casa do seu médico de estimação.

— O pai do Guilherme também é médico, mas a mãe é inquisidora de góticas, então, fiquei entre a mesa de cirurgia para fazer lobotomia e a fogueira santa. Como churrasquinho de Cristiana foi a melhor pedida, a decisão no concílio de prelados foi pela fogueira.

— Você não vale nada, Cristiana! Matou a família inteira ou sobrou alguém vivo?

— Todos, menos o Guilherme, que mantive amarrado a um móvel para usá-lo quando tiver vontade.

— Pare de gracinhas e conte logo, Cristiana!

— Será que posso ver meu pai primeiro?

Depois de ver Isaías na cama, Fabiana perguntou para a enfermeira:

— Quanto ainda tem de morfina?

— Tem para esta semana, mas já fiz solicitação ao plano para a próxima.

— Ouvi dizer que esse medicamento é tão forte, Fabiana... Tem mesmo necessidade de aplicar tanta morfina? — indagou Cristiana.

— Imagine você com dois tumores no crânio disputando lugar com o cérebro e seu corpo atrofiando em cima de uma cama, estando impossibilitada de reclamar de dor. Papai deixar de tomar morfina equivaleria a uma tortura silenciosa, sem poder manifestar sua dor, ainda mais com esse monte de úlceras pelo corpo.

— Que coisa horrível...

— Podemos ir para a sala para continuar a conversa? Só tenho a sua vida para saber e ainda estou com as cenas dos próximos capítulos...

As irmãs foram para a sala, entusiasmadas com a conversa, enquanto Isaías permaneceu próximo ao seu corpo físico, dizendo a Miro:

— Se elas soubessem o quanto dói mesmo com sedativos... Não sinto mais prazer de ficar aqui com tanta dor...

— Realmente, está mesmo na hora de você morrer de uma vez.

— Se pudesse eu arrancaria todos esses fios ligados a mim, mas...

— Mas ainda há algo que o prende aqui, não é, Isaías?

— Não é só esse fluido azul que sai da Fabiana. Sinto que sou eu que me seguro ainda. É Cristiana também... O que pode ser, Miro?

— Desculpe, mas não sei.

— O que acontecerá comigo quando morrer?

— Também não sei.

Isaías irritou-se:

— Tem horas que você parece saber de tudo e tem horas que não sabe de nada! Podia pedir para um anjo me levar?

— Não sei... Experimente.

— Quem conversa com anjos aqui é você!

— Isaías, anjos não são como fiéis empregados a nosso dispor, e não conseguimos comunicação com eles para jogar conversa fora, porque eles têm coisas mais importantes para fazer.

— O que pode ser mais importante para um anjo da guarda do que livrar um protegido do inferno na Terra?

— Desde que o protegido forneça oportunidade para merecer ser protegido...

— Está me jogando indiretas! O que estou fazendo para não merecer liberdade?

— Se eu disser que não sei, vai se zangar?

— Isso está ficando chato demais. É muito estranho ter passado tanto tempo e parecer que foram alguns minutos...

— É que o tempo não funciona da mesma forma entre os mundos. No espiritual, o tempo não existe. Como não morreu ainda, não sei como funciona para você.

— Os dias passam na vida das pessoas, vemos preencherem a rotina e ficamos sem fazer nada. Parece que elas vivem e nós somos traídos pelo tempo que passa por nós e não vemos.

— Eis a grande diferença: elas estão no mundo que precisam estar e aproveitam, ou deixam de aproveitar, o tempo. Quanto a nós, é o tempo que nos espera, porque o mundo material não nos serve mais, como se o tempo parasse.

— Estou farto dessa filosofia barata enquanto meu corpo apodrece em feridas purulentas nesse leito de morte!

— Não adianta reclamar, Isaías, mude de assunto.

— Os Santos Anjos do Senhor por acaso lhe deram notícias do Diego? Ele foi para o céu?

— Pelo que soube, Diego vai muito bem, obrigado.

— Como assim? Por causa de uma cirrose idiota, ele está bem e eu, com dois tumores na cabeça e o corpo cheio de buracos de pus, não estou? Por quê?

— Ele acredita que sim, que está muito bem. Vampirizando emanações etílicas dos alcoólatras, como ele mesmo foi um dia, e fazendo parte do círculo vicioso dos vícios terrestres, juntamente com outros vampiros que vão demandar muito mais tempo que você para perceberem que poderiam ter mudado de atitude.

— Essas realidades espirituais machucam a gente, sabia? Estou enjoado, cansado, essas dores estão me matando, mas não morro porque virei zumbi. Se não quiser sair daqui, que fique, porque eu vou embora.

— Está bem, Isaías. Para onde quer ir?

— Na falta de um parque de diversões angelicais, melhor ir para a casa da Cristiana, pelo menos, lá, não temos que fugir dos vampiros, das muriçocas e dos carrapatos, dos quais este mundo infernal está cheio.

À noite, Isaías aproximou-se de Miro:

— Amigo, desculpe se fui grosseiro com você hoje à tarde. É que já não estou mais suportando a tormenta de não saber o que acontece comigo.

— Imagine, Isaías. Ouvir sua irritação é bem melhor do que os longos anos ouvindo as repetidas perguntas suas no cemitério, tendo que lhe dar sempre as mesmas respostas.

— Por que ainda me acompanha, Miro? Se quisesse, poderia seguir seu caminho para não precisar ficar comigo neste fastio de mundo.

— Só porque eu disse que acho sua irritação bem melhor do que as repetidas perguntas, você regrediu? Você é útil para mim, já que quando morrer, ou melhor, deitar, será minha chance de resgatar a Ruth das trevas.

Isaías deu um pulo:

— E, por falar na Ruth, olhe para o quarto da Cristiana.

Cristiana dormia e estava em desdobramento espiritual, com Ruth de pé à sua frente. Ambas se olhavam.

— Por que se veste de preto? — perguntou Ruth.

Cristiana devolveu a pergunta:

— Por que se veste com vestido de noiva?

Ruth olhou para si mesma sem compreender o que Cristiana perguntava, e Isaías, em desespero, correu para ela:

— Ruth, olhe para mim! Fale comigo! Não assumi você porque fiquei dividido entre as minhas filhas, que a Andressa ameaçou tirar de mim.

Miro interveio:

— Já lhe disse que ela não consegue vê-lo nem ouvi-lo, porque na verdade não está aí. É uma projeção mental, além disso, nas trevas nada se vê.

— Isso não é justo! Então, como consegue ver e se comunicar com a Cristiana, que está viva?

— A Cristiana está em desdobramento. Olhe o corpo na cama separado do espírito em pé... Também já lhe disse que a Cristiana tem um magnetismo diferente de nós, por isso, ela é a única que a Ruth consegue perceber e a única que consegue conversar com a Ruth.

Café entrou no quarto e Cristiana o pegou no colo. Isaías perguntou:

— Miro, como esse gato entrou aqui se a porta está fechada?

— É a alma do gato, Isaías... O Café também está em desdobramento.

Um portal negro se abriu na parede do quarto com escadas que desciam para um sepulcro por onde Ruth entrou, e Cristiana a seguiu, com Café no colo.

Isaías correu para acompanhá-las, mas o portal se desfez como fumaça, contrariando-o:

— Que diabos está acontecendo? Por que não consegui entrar, mas a Cristiana conseguiu até levando um gato?

— A Cristiana seguiu a Ruth para as trevas. Acredite em mim, você não gostaria de estar lá.

— Não posso, não gostaria, mas, se a Cristiana pode, por que não podemos?

— Certamente, existe um propósito que desconhecemos, assim como também é certo que ela está acompanhada de seu anjo da guarda.

— Então, o gato não vai voltar mais!

— O anjo protetor do gato só pode ter atendido ao pedido do anjo da Cristiana, pois nenhuma criatura das trevas suporta as vibrações emitidas pelos gatos, e ele só pode ter ido com ela para servir de escudo.

— Isso é ridículo! Animais também têm protetores! Como pode uma criatura tão pequena como um gato ter poderes como essses?

— Pois é, meu caro... São mistérios que a natureza delega a criaturas que não supomos. As vibrações desse gato, Café, repelem os espíritos trevosos.

— Sua neta é bruxa?

— Se magnetismo diferente do nosso para você designa bruxaria, então pode dizer que minha neta, que, aliás, é sua filha, realmente é bruxa.

— Talvez por eu não ter conhecido a Cristiana antes, é difícil chamá-la de filha. É estranho como não sinto proximidade com ela...

— Diga que não tem "afinidade" com ela. Quando era vivo, muitas vezes, eu dizia que meu santo não batia com o de alguém, quando, na realidade, a falta de sintonia era a forma mais correta de representar vibrações que se repelem.

— Então, por isso, eu me dava melhor com a Fabiana do que com a Selma e até melhor do que com a Andressa — afirmou Isaías. — Estou curioso para ver a Cristiana chegar.

— Logo, logo ela retorna.

Capítulo 31

Conforme Ruth caminhava, várias criaturas disformes volitavam e rastejavam avançando sobre Cristiana, que vinha atrás, mas se afastavam repentinamente ao sentirem a vibração de Café, que estava em seu colo e rosnava a cada criatura que se aproximava.

Cristiana cessou o passo de repente ao ver Ruth à frente sentada em uma cadeira de balanço, embalando um bebê no colo, mas, quando se aproximou mais, Café rosnou mostrando os dentes. Ruth se transfigurou, assumindo uma fisionomia tenebrosa, o que fez Cristiana retornar repentinamente ao corpo físico, acordando assustada:

— Nossa! Que pesadelo horrível!

Depois de se levantar para tomar um copo d'água, Cristiana voltou à cama e dormiu.

— Dava para ouvir daqui as batidas do coração dela — disse Isaías.

— Pelo que disse quando despertou, não teve uma experiência agradável nas trevas — emendou Miro.

— Por que levou este solavanco para despertar?

— Porque retomou rapidamente o corpo físico.

— Não disse que o gato ficaria do outro lado? O bichano cor de carvão não voltou.

— Vamos ver — disse Miro e foi até o quintal com Isaías, onde encontraram Café em sono profundo, produzindo movimentos espasmódicos.

— Esses pequenos tremores são movimentos que ele faz onde está em espírito e refletem no seu corpo — disse Miro.

— Deve estar enfrentando demônios. — Isaías riu observando que o felino retornou ao corpo com tranquilidade, olhou fixamente para ambos e, não notando reação, espreguiçou-se gostosamente, ajeitou-se no tapete e dormiu outra vez. — Quem vê o bichano deste jeito e não sabe de onde vem, dirá que é um preguiçoso.

Na manhã seguinte, Cristiana narrava o suposto pesadelo que teve à Madalena, que ouvia com medo:

— Daí, a criatura horrível começou a correr atrás de mim, eu fugi pela mesma escada que desci naquele poço de paredes de terra, comecei a escorregar, a criatura chegou bem perto, eu ia gritar, mas senti uma mão me puxar e acordei do pesadelo.

— Ave-Maria, Cristiana! Já disse para parar de ir a cemitérios. É nisso que dá!

— Quando a senhora me contou aquele sonho terrível que teve, por acaso, tinha ido a algum cemitério?

— Não...

— Então, não depende de a gente ir ou não a cemitérios, e posso lhe dizer que em cemitério não sinto medo nenhum. Se estive em algum lugar nesse pesadelo, certamente, não foi num cemitério, porque senti que o ar era irrespirável, eu me guiava pelos sentidos porque não enxergava nada e... — Cristiana parou de falar de repente.

— Qual o espanto? Lembrou-se de algo?

— Sim, vó. O Café estava comigo.

Passadas três semanas, Cristiana telefonou para Suzana e disse com voz melancólica:

— Oi, Suzana... Tudo bem com você?

— Ai, meu Deus! Por que essa voz de enterro, Cristiana? Eu pedi que procurasse o Alan caso acontecesse alguma coisa com a Valeska, mas ele já saiu para trabalhar...

— Suzana, não podemos fugir da realidade e precisamos, por pior que pareçam, enfrentar as tristezas que surgem em nossa vida, por exemplo, quando entes queridos partem para o outro lado...

A vizinha desligou o telefone e Cristiana soltou uma longa gargalhada, fazendo Madalena chamar-lhe a atenção:

— Minha filha, isso não se faz... Se a madame tiver um treco, você que vai se dar mal por causa da brincadeira.

— Ah, vó... Só queria me divertir um pouco! Deixa eu ligar de novo.

— Cristiana, pare, porque isso pode acabar mal.

— Alô, Suzana? Caiu a linha?

A mulher disse aos prantos:

— Você não é capaz de respeitar as limitações dos outros, Cristiana? Eu disse que não queria saber se minha Valeskinha morresse!

— Buááá... Sua tonta! Ela está melhor que você e eu! Você vai vir buscar a bichana ou vai dá-la pra mim?

— Cristiana, sua bruxa maldita! Vou aí quebrar sua cara! Espere só!

Em poucos instantes, Madalena abriu o portão para a vizinha, que entrou correndo, e Cristiana colocou Valeska em seu colo.

Chorando abraçada à gata, Suzana mimava a gata, esfregando seu rosto ao dela.

— Fofucha da mamãe, coisa linda! Quase morri de saudades da minha princesa... A bruxa gótica cuidou bem de você, né, minha fofa?

Suzana colocou Valeska no chão, abraçando forte Cristiana:

— Você é uma bruxa bendita! Obrigada por salvar minha Valeskinha. Sei que, se não fosse você, ela teria morrido.

Madalena interveio feliz:

— Vou lhe contar, menina, que até a segunda semana, do jeito que a gata estava, eu jurava que não sobreviveria, porque ela não comia nada. Mas a Cristiana arrumou um jeito de fazê-la comer papinha e então ela se reanimou.

Cristiana levantou as mãos agitando os dedos:

— A doença não resistiu aos meus poderes mágicos.

— Valeska e eu ficaremos devendo essa a você pelo resto de nossas vidas.

Café aproximou-se de Suzana e se esfregou nas pernas dela. Ela perguntou a Cristiana:

— Este pedaço de carvão é o Don Juan que deflorou minha princesa?

— O próprio! Eis o gato do seu inferno, vulgo Don Café!

Suzana apanhou Café no colo, esfregando o nariz em seu pelo:

— Fiquei muito brava com "vochê", mas agora vejo como "vochê" é fofo e por isso Valeskinha não lhe resistiu! Espero que não tenha embuchado de novo a Valeskinha, "coija" linda da mamãe bruxa...

Café miou apreciando o carinho, todas riram, e Cristiana disse:

— Desta vez, quase amarrei o Don Juan Café para não acabar em nova prenhez, senão, na segunda cria, a Valeska poderia ter uns dez filhotes.

No canto do quintal, dois gatos pequenos brincavam e, pelos fios sobressalentes das orelhas, Suzana deduziu:

— Cristiana, não me diga que aqueles ali...

— Exatamente! — exclamou orgulhosa. — Eis Don Cafezinho e Don Cafa, filhos do Café.

Suzana aproximou-se, acariciou-os emocionada e, quando levantou, viu que Cristiana segurava outra gata.

— E Valeska deixou de ser princesa para ser rainha, porque a princesa agora é a Cafeína!

Suzana foi ao delírio:

— Meu Deus do céu! Que coisa mais linda... Ela é tricolor como a Valeska, mas, em vez do laranja, tem o preto igual ao do Café. Não acredito no que estou vendo.

— Se está vendo bem, pode tirar seus olhinhos de Maga Patológica da minha princesa, porque o reinado dela está só começando nesta casa — brincou Cristiana.

— Imagine que eu iria querer tirar essas preciosidades de você... Na verdade, estou pensando em travar uma batalha na justiça para requerer a guarda, contando que a mãe dos filhotes é que possui preferência.

Todas riram e Cristiana perguntou:

— Por falar nisso, como está lidando com os seis pequenos adotivos?

— Uma alegria só... Eles têm sido meu esteio na ausência da Valeska. Não sei o que seria de mim se não fossem eles.

— De início, não acreditei quando a Cristiana voltou da sua casa dizendo que você tinha resolvido ficar com os gatos — observou Madalena.

— Entendo por que a senhora achou isso. Até o Alan ficou surpreso, mas antes eu era boba mesmo, achava que só gatos de raça serviam, até o destino colocar aqueles seis adoráveis vira-latinhas no meu caminho. Então, passei a entender a Cristiana, porque é uma alegria sem igual ter gatos brincando de um lado para outro, surpreendendo a gente quando pulam em nosso colo pedindo carinho, arranhadores por todos os lados... Estou muito feliz, ainda mais agora que vou levar a Valeska e os filhotes legítimos dela para minha casa.

O trio não continha as risadas de alegria e Cristiana concordou:

— É verdade, Suzana. Não importa a raça, os gatos transmitem uma energia diferente e alegram a casa. Não sei se você acha isso, porém se engana quem diz que gatos são indiferentes, que não amam o dono, mas, sim, a casa.

— Claro que essa é uma teoria totalmente equivocada! Os gatos são seres independentes, sem deixar de ser amorosos. É que eles brincam quando querem, cada um deles tem seu cantinho, porque gatos são extremamente territoriais, então, quem não conhece pensa que são insensíveis.

— Já experimentou olhar dentro dos olhos deles, Suzana?

— Claro, Cristiana! Faço isso a todo momento e sei que eles nos transportam para outro mundo. Parece que saímos da realidade e nos fundimos à alma deles.

— Nossa! É exatamente o que sinto.

— O papo está bom, mas vou para casa continuar o que estava fazendo. Tenho que entregar um trabalho ainda hoje.

— Vou ajudá-la a levar este caminhão de ração que você comprou.

— Importa-se de ficar com ela, Cristiana? Dessa forma, sinto que fiz alguma coisa para retribuir a felicidade que você nos proporcionou.

— Sem problemas! Se os gatos ficarem mal-acostumados com essa ração de gente rica, vou fazer uma escadinha no seu muro e mandá-los comerem na sua casa.

Suzana retornou feliz, levando Valeska para casa.

Capítulo 32

Era domingo. Bertinho entrou com Cristiana em sua casa, com o coração apertado.

— Por Deus! Estou sentindo como se fosse encontrar o Diego agora...

— Imagino como deve ser para você, amigo.

Cristiana estendeu os braços mostrando os gatos espalhados no quintal, levando Bertinho ao delírio:

— Senhor! Estou no paraíso! Cadê o Café?

— Ali está ele.

Bertinho foi até Café, pegou-o no colo e ficou emocionado ao se lembrar de Diego.

— Diz para a sua dona como nos conhecemos... Você era um gatinho feinho e magricelo e eu, um sujeito infeliz e solitário. Então, você foi notado pelo homem mais lindo do mundo, que veio a se tornar o amor da minha vida. Olhe para você agora: um gato lindo das trevas, nas mãos de uma mãe adoravelmente trevosa.

Cristiana ria:

— Você é um barato, Bertinho. Quero lhe apresentar minha mãe e minha avó. Venha.

Hermelinda preparava o almoço na cozinha, enquanto Madalena estava sentada à mesa. Depois das apresentações, Hermelinda acariciou o rosto de Bertinho, dizendo:

— Que pena nosso querido não ter nos apresentado a você antes...

— Ai, gente... Desse jeito, acho que vou chorar de novo. O Diego era bobinho, não queria que ninguém soubesse quem ele era de verdade.

— E não foi por falta de exemplo de gente assumida em casa, porque só neguei que era homossexual na minha juventude, para meu pai não me colocar para fora de casa — disse Hermelinda.

— Mas o seu pai nunca aceitou sua homossexualidade, Hermelinda! No final, ele teve que aceitar isso e muito mais... — comentou Madalena.

Percebendo que a conversa poderia virar discussão, Cristiana mudou de assunto:

— Mais tarde, vou a um encontro de góticos. Quer ir comigo?

— Ai, Cristiana... Eu não estou vestido adequadamente. Vai ficar chateada se eu deixar para outra vez?

— Claro que não, Bertinho!

— E vocês vão ficar chateadas se eu for embora agora? — perguntou Bertinho.

— De jeito algum! Ficará para o almoço! — exclamou Cristiana.

— É que tenho um compromisso daqui a pouco...

— Deixo você ir se prometer que vai voltar.

— Com uma recepção como a de hoje, é claro que vou voltar.

No portão, Cristiana perguntou antes de Bertinho sair:

— Você está namorando?

— A vida continua, não é, linda? Estou, sim, mas o amor que sinto por essa pessoa é tão diferente do que eu sentia pelo Diego...

— É que as pessoas são diferentes. Além disso, a gente só consegue dizer que ama alguém depois de um tempo convivendo juntos, não acha?

— É verdade. Ouvindo você falar assim, sinto até um fiozinho de esperança de sentir pelo meu namorado atual o mesmo que eu sentia pelo Diego.

— Mas desta vez, não repita o que fez o Diego. Assumam o relacionamento de vocês, porque esse negócio de querer agir de acordo com o que a sociedade convencional obriga só nos faz sofrer.

Mais tarde, Fabiana chegou, para a surpresa de Madalena e Hermelinda.

— É inacreditável ver a filha do Isaías e da Andressa na minha casa! — exclamou Hermelinda. — Lamento pelo estado de seu pai.

— Deixei papai aos cuidados da enfermeira. Hoje, vai ser um teste para saber se poderei repetir outras vezes. Era para ter vindo experimentar a roupa antes, mas não consegui.

— Sinto até um frio na espinha de medo — declarou Madalena.

— Por que, dona Madalena? — indagou Fabiana, sorrindo.

— É que as coisas no passado foram tão tumultuadas entre nossas famílias... Lembro-me do medo que sentia só de tocar no assunto. Se o seu pai, Isaías, e meu falecido marido, Miro, estivessem aqui hoje e soubessem deste encontro de vocês, não sei o que iria acontecer.

Isaías perguntou a Miro:

— O que você faria naquela época, Miro?

— Não sei... Talvez o matasse. E você?

— Também não sei... Talvez fugisse.

Cristiana levou Fabiana para seu quarto, dizendo:

— Vamos nos preparar para o seu primeiro encontro gótico. Vou dar uma prévia de como vai ser. Primeiro, devo dizer que meu amado Guilherme não vai com a gente, porque está de plantão.

— Ele não liga de você ir sozinha? Não fica com ciúmes?

— Claro que não! Bem... pelo menos, ele disse que não. Mas não tem nada a ver sentir ciúmes, porque a gente é muito sincero um com o outro e ele sabe que o amo. Agora, vamos trocar sua roupa de santa, depois, vamos fazer a maquiagem.

Miro e Isaías saíram rapidamente do quarto:

— Impressionante como estão se dando bem, não é, Miro?

— Realmente. Elas se gostam muito, mas o namoro da Cristiana me preocupa.

— Acha que o rapaz é um mau elemento?

— Lá vem você com esses termos de delegacia! O Guilherme é um rapaz íntegro, trabalhador. Minha preocupação é com a mãe dele. Pressinto que ela vai aprontar alguma para separar os dois. Mas, por falar em delegacia, você fez muito inimigos nesta vida, não fez, Isaías?

— Matei muitos homens, mas eram todos bandidos, então, neste caso, acredito que não estou em dívida com a justiça divina.

— Ainda bem que tem essa confiança, pois eu não gostaria de estar por perto para vê-lo morrer com uma fila de inimigos esperando por você...

— E você, Miro, fez muitos inimigos?

— Vendendo edredons e roupas de porta em porta, os únicos inimigos que fiz foram os que deviam e não pagavam, então, não criei uma cadeia de negatividade.

Cristiana terminava a maquiagem de Fabiana e anunciou, virando-a para o espelho:

— Eis a "New Fabiana"!

Fabiana soltou um grito que assustou a irmã e fez Madalena e Hermelinda correrem preocupadas para saber o que havia acontecido, assim como Miro e Isaías.

Quando viram o semblante de satisfação de Fabiana diante do espelho, todos ficaram aliviados e ela se levantou, apontando para si mesma:

— Esta sou eu de verdade!

— Não me gabando do trabalho, mas ficou linda mesmo! — exclamou Cristiana.

— Até eu que não sou muito chegada nessa moda gótica tiro o chapéu! Você vai arrasar nesse encontro — elogiou Hermelinda.

— É... Está a agente funerária mais elegante do cemitério. — Madalena fez todos rirem com observação sarcástica.

Isaías disse a Miro:

— Pobre Fabiana... Estou lembrando de certa vez que se aventurou a aparecer com maquiagem e roupas pretas e sua mãe só faltou lhe dar uma surra.

— E o que você fez a respeito? — indagou Miro.

— Concordei com a Andressa.

— Não posso julgá-lo, Isaías. Quando desconfiei de que a Hermelinda fosse homossexual, a proibi de sair de casa por quatro meses. É que não vivi para testemunhar, mas, se soubesse que meu neto seria gay, preferiria ter morrido e, se soubesse que minha neta seria gótica, era bem capaz de expulsá-la de casa. Somos de uma época em que as pessoas eram muito preconceituosas.

— Preconceituoso era você, porque eu era terrorista. Batia em homossexuais nos antros e, quanto a góticos, não tive nenhum episódio de perseguição porque não surgiu oportunidade.

— Talvez fôssemos assim porque crescemos com essa mentalidade.

— Nem dá para imaginar como você deve ter se sentido quando soube das coisas que fiz com a Hermelinda e com a Ruth...

— Confesso que planejei matá-lo e só não o fiz porque não tinha seu endereço. Não quis obrigar minhas filhas a dizerem onde você morava, porque as discussões eram acirradas e constantes. Desisti da ideia quando a Ruth usou o meu revólver para se suicidar e senti como um tiro que saiu pela culatra. Depois disso, me tornei um homem tão amargurado que perdi a vontade de viver.

— Ah, amigo... Como fui inconsequente em não pensar que o atingiria tanto...

— Também fui inconsequente quando não dei apoio incondicional às minhas filhas naquela situação. Se tivesse agido diferente, a Ruth não teria se suicidado.

— Agora, sou eu que digo: não se condene.

— Sabemos que é difícil não se condenar... Isaías, vou sentir sua falta quando você partir.

— Por que diz isso? Quando eu morrer, ficaremos distantes?

— Não sei, Isaías... Não sei.

Naquela noite, Fabiana se divertiu muito com a tribo de Cristiana. Lucão fez questão de acompanhá-la e, quando a deixou na porta de casa, disse:

— Me dê um beijo!

— Não! Nos conhecemos hoje e já está querendo um beijo? Que tipo de garota pensa que sou?

— Está bem. Desculpe. Até a próxima.

Quando Lucão saía, Fabiana o puxou e lhe deu um beijo antes de se despedir.

— Obrigada pela companhia e pelo beijo.

— Mina, você é esquisita.

— Obrigada — respondeu Fabiana feliz, fechando o portão.

Capítulo 33

Cristiana estranhou quando Fabiana a atendeu no portão.

— Não trocou de roupa?

— Só não dormi com essa roupa porque é muito pesada. Eu falei para você dizer o preço porque quero comprá-la.

— Não é por isso, Fabiana... Vai ficar com a roupa indefinidamente até ela aprender a ir sozinha para o tanque?

— Não. De vez em quando, vou pendurá-la no varal para tomar sol.

— Está bem. Não vou cobrar o sobretudo, fica de presente, e o restante vou fazer para você a preço de custo.

— Ótimo. Muito obrigada pelo presente! O sobretudo foi o que mais gostei. Agora preciso comprar outras peças.

— Acho melhor sairmos para comprar, porque, pelo visto, você resolveu virar agente funerária, como me chamou um dia, e vai sair muito caro comprar tudo pelo site.

— Quando podemos ir? Precisa ser logo.

— Se você tiver dinheiro, vamos nesta semana mesmo — respondeu Cristiana. — Como está nosso pai? As enfermeiras cuidaram direitinho dele enquanto você estava fora?

— Sim, cuidaram. Eu é que não estou muito bem.

— O que aconteceu?

— O Lucão me trouxe para casa ontem e o beijei.

— Eu sabia! Vocês estavam de muito de ti-ti-ti no encontro... Mas por que não está bem?

— Estou apaixonada.

— Tome tento e deixe de ser lelé, Fabiana! Conheceu o cara ontem e só porque deu um beijo diz que está apaixonada? Está um poço de carência, isso sim!

Fabiana respondeu ofegante:

— Ah, Cris... O Lucão é tão másculo, tão, tão, tão... Aquele esmalte preto me enfeitiçou.

— Para me chamar de "Cris", é porque está lalá-lelé-lili-loló-lulú, né, "Fabi"? Você sabe que detesto que me chamem assim! Meu nome é Cristiana, entendeu?

— Está bem, desculpe! Não está mais aqui quem chamou.

— Não está, mesmo. Deve estar em Marte ou na Lua por causa de um beijinho. Já vou avisando: segure a periquita gótica cheia de teias de aranha, porque o Lucão é mais vira-lata que meu gato Café. Se você não tomar cuidado com essa carência, logo, a sua casa estará cheia de urubuzinhos, e o Lucão não assume nem o esmalte quando diz que não é emo!

— Como sabe tanto sobre ele?

— Já demos uns beijos e sei que ele só pensa naquilo.

— Então, quer dizer que vocês já...

— Pode parar, Fabiana! Não tivemos nada além de beijos e amassos ocasionais!

— Fiquei com ciúmes!

— O quê? Estou vendo que vou precisar amarrar você num túmulo perto de mim da próxima vez em que formos ao cemitério.

— Também não é assim, Cristiana...

— Vamos ver nosso pai.

As irmãs estavam cada uma de um lado da cama, enquanto a enfermeira preparava a medicação na mesa lateral.

— Cristiana, reparei que, desde que soube do papai, você nunca se aproximou dele, quer dizer, não com o mesmo carinho que eu.

— Você repara em tudo, né? Sinto comoção e até carinho, mas não consigo me aproximar dele. Não sei por quê...

— Será que sente raiva dele por não ter assumido você?

— Não é nada disso. Talvez porque nunca tenhamos conversado, não me sinto íntima o suficiente para me aproximar como você.

Isaías abraçou Cristiana, comovendo Miro com as palavras:

— Eu me arrependo de não ter sido digno de uma filha tão linda como você.

Cristiana se sentiu tocada pelas vibrações de Isaías e, quando viu o fluido azul emanando das mãos de Fabiana, que tocavam o dorso do pai, ela a surpreendeu sobrepondo suas mãos às da irmã. Elas não perceberam que o fluxo de fluidos azuis das mãos de Fabiana foi interrompido e substituído por um fluxo de fluidos verdes que emanara das mãos de Cristiana.

— Sinto necessidade de dizer umas palavras na presença de nosso pai, se não se importa.

— Claro que não, Cristiana. Abra seu coração para nós, estou sentindo uma energia boa vindo de você.

Isaías olhou para as mãos e o dorso, questionando Miro:

— O que é essa luz que sai das mãos da Cristiana e toma meu corpo aqui, agora? Sinto como se estivesse entrando no corpo que está no leito... Miro... Estou morrendo?

— Não, amigo... Não está morrendo. Preste atenção nas suas filhas.

Sem retirar as mãos do dorso de Isaías e das mãos de Fabiana, Cristiana aproximou os lábios do ouvido do pai e disse:

— Pai, não importa o que deixamos de fazer juntos, não importam as circunstâncias como nos unimos nesta vida... O que importa é a chance de podermos estar juntos pelo tempo que a vida permitiu. Não se prenda aqui por achar que precisa ficar para cuidar da Fabiana, porque unidas somos mais que uma. Se o senhor tiver que seguir seu caminho, siga em paz com os anjos, porque de minha parte não há o que perdoar, pelo contrário, tenho que agradecer a Deus por ter me permitido a vida através de você.

As lágrimas de Fabiana caíam sobre o lençol e, quando Cristiana deu um beijo no rosto de Isaías, ele olhou fixamente para Miro, esvaindo em seus braços.

Simeão surgiu acompanhado de quatro entidades, que tomaram Isaías dos braços de Miro e o colocaram numa maca, administrando cuidados, enquanto Cristiana e Fabiana se dirigiram à sala, alheias ao que acontecia.

— Como o corpo físico está quase que integralmente desagregado do corpo espiritual, o desligamento será muito rápido — esclareceu Simeão, e Miro passou a mão sobre os cabelos de Isaías.

— Então, finalmente, descobrimos o que lhe faltava, amigo...

— E para você não falta mais nada, Miro? Hora de ir para casa — disse Simeão.

— Estes últimos sete anos na Terra me fizeram sentir como o Isaías... Parece que não consigo sair daqui.

— Quando abraçou a tarefa de despertar Isaías, sentia-se como a sua filha Ruth, que não quis ser sepultada no túmulo da família para não lhe causar vergonha. E quanto a você? Agora, se sente digno de seu anjo?

— É uma comparação bastante fundamentada. Sim... Sei que está aqui, Justina.

A protetora se tornou visível para Miro:

— Está tão afeito às coisas do espírito que não temos muito o que ocultar de você.

Miro respondeu com alegria:

— Entendi o principal: jamais alcançaremos angelitude se nos preocuparmos somente com os nossos próprios interesses. Obrigado por se preocuparem comigo e com os meus, Justina e Simeão.

— Como disse sua neta há pouco, unidos somos mais que um — respondeu Justina — Isaías seguiu o caminho dele. Vamos seguir o seu?

— Meus anjos... Eu não estou tão preparado quanto o Isaías.

Gilmar, anjo da guarda de Diego, surgiu dizendo:

— Sabemos o que quer, mas se a todo espírito arrependido fosse permitido realizar este tipo de desejo, Deus não haveria necessidade de anjos. Concorda, Miro?

— Com todo o respeito, não concordo, anjo...

— Gilmar, protetor do Diego.

— Sim, anjo Gilmar. Com todo o respeito, discordo, porque, se tivermos condições de servir de instrumento, melhor abreviar o sofrimento de alguém como o Diego do que esperar que se arrependa no decorrer dos séculos.

— As múltiplas encarnações servem para isso, Miro — disse Justina. — Não importa o tempo que demande para alguém se tornar merecedor da paz sobre si mesmo. Mas no caso é você que está se importando de abreviar o tempo dos outros, quando cada um tem o seu tempo, com escolhas que devem ser respeitadas. O Diego fez sua escolha e terá o tempo de que precisar para compreender as vantagens e as desvantagens, sendo livre para decidir mudar quando quiser.

— Caros anjos... Eu não seria prepotente a ponto de achar que posso ter a intelectualidade de um orixá me rebelando para permanecer na Terra, nem a experiência para ser estagiário de vocês, mas não estava previsto que o Diego morreria de cirrose durante o período em que estive com o Isaías. Como fui abençoado com a possibilidade de auxiliar a libertação do Isaías para no futuro libertar a Ruth das trevas, peço que vocês permitam extensão dessa benesse para auxiliar meu neto.

Justina respondeu:

— As três últimas encarnações como comerciante o fizeram desenvolver bastante a persuasão e a confiança nas próprias palavras, querido Miro, mas espero que compreenda que uma decisão como esta não pode ser tomada sem a apreciação dos arcanjos, já que envolve mudança de planejamento. E você terá que vir conosco enquanto eles deliberam sobre seu novo pedido.

— Claro que compreendo e, mais do que nas minhas próprias palavras, tenho confiança em vocês.

Miro seguiu para a colônia espiritual com Justina, enquanto Cristiana e Fabiana conversavam animadamente na sala.

— Minha mãe ligou avisando que virá neste fim de semana com a Selma. Quer que eu a apresente a elas, Cristiana?

— Acho que não... Melhor não.

Cristiana sentiu um tranco e ouviu um estampido.

— Fabiana, nosso pai se foi!

Ambas entraram correndo no quarto. O monitor apontava ausência de batimentos cardíacos. A enfermeira tentou reanimar o coração de Isaías por duas vezes, mas, por fim, disse às irmãs:

— Não há mais nada a fazer... Ele se foi...

Fabiana levou mãos à boca:

— Cristiana, você libertou nosso pai! Ele só partiu depois de ouvir suas palavras.

— Não diga isso, porque, do jeito que as pessoas são, ainda podem dizer que o matamos, Fabiana.

— É verdade. Mas e agora, o que faço? Estou com medo da Selma e da minha mãe.

— Não tenha medo. Mantenha a calma, porque, como você disse, nosso pai se libertou. Então, é antes motivo de alegria do que luto. Não tenha medo e conte comigo, pois estarei do seu lado para o que precisar.

Cristiana beijou o rosto de Isaías:

— Vá com Deus e os anjos, pai. Agradeço a Deus o pouco tempo que pudemos estar juntos.

Capítulo 34

Cristiana ajudou Fabiana a tomar as providências para o velório e o sepultamento, enquanto a irmã telefonava para seus familiares.

— É o único jeito de eu ir ao enterro sem causar tumulto, Fabiana.

— Não gostaria que você fosse apenas como uma gótica visitando o cemitério.

— Mas vai ser melhor assim, para evitar que sua mãe e sua irmã estranhem a minha presença. Finja que não me conhece. Não vou me sentir incomodada por isso, pois sabemos qual o motivo de agirmos assim.

— E você vai ficar no enterro como um cachorro sem dono?

— Vai por mim, irmã. Será melhor para todos.

Quando Cristiana contou em casa sobre a morte do pai, Madalena não se manifestou, mas Hermelinda comemorou:

— Menos um pilantra na face da Terra. Que o capeta o receba de braços abertos e o carregue pela eternidade!

— Não quer ir ao enterro, mãe?

— Só se for para jogar cimento em cima do túmulo para ter certeza de que aquela praga dos infernos não vai sair de lá.

— Nossa, mãe... Quanto ódio no coração.

— Ah, Cristiana... Não queira que eu seja hipócrita de dizer a você que sinto muito pelo seu pai. Se existir mesmo justiça do outro lado, a Ruth verá esse calhorda no espeto, fumegando até torrar! Mas me diga, você vai ter coragem de ir ao enterro?

— Sim, mas vou permanecer incógnita para não criar um clima ruim com a mãe e a irmã da Fabiana. Aliás, nem vou ao velório, pois no enterro posso ser apenas uma gótica visitando o cemitério.

— Faz muito bem. Eu estava preocupada com isso.

Em casa, Andressa cumprimentou a filha com indiferença, acomodando as malas sobre a mesa:

— Está tudo certo para o velório?

— Sim, mãe. O rapaz do cemitério disse que arrumariam o corpo do papai daqui a duas horas; depois das cinco da manhã, é só ir à administração assinar os documentos.

Selma entrou segurando a mão da filha, Aninha, com Ricardo, o filho mais novo, em companhia do pai e disse a Fabiana, fitando-a da cabeça aos pés:

— Já está vestida a caráter para o funeral?

— Não, Selma. Esta é a minha roupa, mesmo.

Osman, marido de Selma, e o filho cumprimentaram Fabiana com um beijo no rosto, e Selma continuou:

— Não vai me dizer que adotou essa moda ridícula! Está lembrada do que lhe aconteceu quando o papai e a mamãe a viram fantasiada desse jeito pela primeira vez?

— Aqueles foram outros tempos, Selma. E ridícula é você, mas nem tenho coragem de apontar onde consegue ser tão ridícula, porque é gritante!

— Com quem você pensa que está falando, sua cretina?

— Mostro já!

Fabiana pulou, estapeando Selma, e Osman se interpôs:

— O que é isso, Fabiana? Você nunca foi disso. Sabemos que está nervosa por causa da morte do seu Isaías, mas é preciso manter a calma.

— Pois é, meu filho, eu não era, mas agora, sou.

— Vai me agredir também?

— Se você se meter a besta dentro de minha casa, levará o seu também, Osman! Duvida?

— E desde quando esta casa é sua? Não me lembro de ter recebido nenhum valor de sua parte, apenas lembro que a inútil que vive de favor aqui é você! — acusou Selma.

— É mesmo, sua fedida de perfume? Por acaso, foi você que viveu aqui esses seis anos limpando pus e excremento do papai? Seu tempo de ameaças acabou, filhota! Quero ver quem me tira daqui. Posso até sair, mas quero minha parte, uma nota em cima da outra em valores de mercado!

Andressa surgiu com olhos fulminantes:

— Como se atreve a responder desse jeito à sua irmã?

— Da mesma forma que vou responder para você se me ameaçar! — gritou Fabiana no mesmo tom, assustando Andressa, que deu passo para trás.

Osman tentou apaziguar a situação:

— Calma, pessoal. Está todo mundo nervoso por causa da morte do seu Isaías. Precisamos ter calma.

Andressa tomou a frente do genro:

— Espere aí, agora, quero perguntar uma coisa à Fabiana. Você nunca me chamou de "você", está gritando comigo vestida desse jeito e quer cantar de galo na minha casa?

— Vou responder da mesma forma que sua filhinha que você tanto protege falou: por acaso, não vi nenhum valor de sua parte, além disso, a casa não é só sua, é do papai também, e onde você estava que não cuidou dele? Quem cuidou fui eu, enquanto você deu desculpas esfarrapadas para ficar no seu spa com essazinha da Selma!

— Vou dar na sua cara, sua malcriada!

Andressa avançou sobre a filha, mas Osman segurou a sogra, enquanto Fabiana chamou:

— Pode vir, quero ver quem apanha mais!

— Fabiana, não vou deixar que agrida sua mãe — afirmou Osman.

— Acha que vou ficar esperando para apanhar? E não se atreva a se meter, porque se tocar um dedo em mim chamo a polícia. Isso se eu não conseguir dar uma paulada na sua cabeça primeiro, seu almofadinha de madame!

Fabiana apanhou o pau atrás da porta e esperou a reação de Osman, mas desta vez foi Selma quem interviu:

— Ela enlouqueceu e eu não fico mais um minuto nesta casa, Osman! Vamos para um hotel. Olhe para as crianças, elas estão apavoradas.

Osman apanhou as malas e todos estavam saindo quando Andressa retornou e pediu sua mala, mas Selma objetou:

— Mãe, não vou deixar a senhora aqui com esta louca!

— Cale a boca, você não manda em mim, Selma! Estou velha, mas não estou como seu pai. Vou ficar aqui, que é minha casa, e você que vá com sua família!

Diante da inesperada reação da mãe, Selma ficou apática e esperou Osman manifestar-se.

— Desculpe, dona Andressa, mas a Selma tem razão, porque...

Andressa soltou um grito:

— Eu disse para vocês saírem daqui! Estou mandando!

Ricardo começou a chorar pedindo pela avó, enquanto Aninha não manifestou reação.

— Vamos, Ricardo. A gente precisa saber quando é hora de deixar mãe e filha se resolverem... Vamos, filho, sua avó ficará bem. — Osman pegou o menino e saiu.

Fabiana estava de pé com os braços cruzados no quarto que era de Isaías, e Andressa aproximou-se:

— Conte para mim, Fabiana. A morte de seu pai deixou você tão abalada a ponto de perder a cabeça?

— Não perdi a cabeça, coisa nenhuma! A Selma já entrou me chamando de ridícula e de cretina! Queria que eu ficasse quieta como sempre fiquei? Cansei de ser submissa, também cansei de engolir desaforos e ficar quieta!

— Você ia mesmo revidar em mim?

— Não ia socar você, mas ia me defender. Está sozinha e quer comprovar se é verdade? Acho que já me bateu o suficiente até hoje, não acha, mãe?

— Não estou a reconhecendo, Fabiana... Onde está aquela menina doce que era um exemplo para a Selma?

— Não sou exemplo para ninguém! Não vou mais ser como você quer que eu seja, porque o fato de não ter estudado nem me casado com um cara rico não justifica me tratarem desse jeito.

— Não estava falando sério quando mencionou sobre a casa, não é? — quis saber Andressa.

— Sei que a casa é sua, mas não vou admitir que essa imprestável da Selma aponte o dedo no meu nariz, dizendo o que é meu de direito ou não. Está preocupada com o quê? Se você quiser, me jogo no mundo hoje mesmo. É isso o que você quer?

— Eu não sabia que você sentia tanta raiva da Selma.

— Não sinto. Só não vou mais admitir ser tratada como escória, e a culpada é você, que sempre protegeu e valorizou mais ela do que eu, só porque lhe dá conforto e é supostamente bem-sucedida.

— Você tem que entender! Ela tem uma filha autista, e graças à Selma seu pai pôde ter duas enfermeiras por dia durante todo esse tempo.

— E o fato de ter uma filha autista dá a ela o direito de me tratar desse jeito? E sim, ela que pagou o plano de saúde e coloca comida na mesa, mas quem ficou ao lado do papai se anulando e deixando de trabalhar para fiscalizar as enfermeiras? Isso não conta para você, não é? Mas se a senhora julgar que eu sou o problema, é só dizer, porque agora não tem mais o papai, aliás, se julgar que não tenho direito, nem quero dizer o que pode fazer com esta casa, porque é muito feio...

— Acha mesmo que eu faria diferença entre você e a Selma a ponto de não me importar de deixá-la sem um teto?

— Não sei, mas a senhora nunca chamou a atenção cada vez que ela ameaçou me deixar sem nada caso o papai morresse. Afinal, eu poderia querer assassinar o papai só para ficar com o "monte" de bens que ele deixou, não é, mamãe?

— Por que resolveu se vestir e maquiar desse jeito?

— Você gostou?

— Claro que não! Batom preto e roupa preta são horríveis! Isso é coisa de gente de má índole.

— Pois isso é o que a senhora pensa, mas eu gosto e sou eu que visto. Fique tranquila, não vou obrigá-la a usar minhas roupas.

— Não devia ter deixado você sozinha. Se eu estivesse aqui, isso não teria acontecido.

— Você que pensa! Mas não é tarde demais, se quiser, pode vir morar comigo agora, porque o papai não está mais aqui para lembrá-la do passado de traições, como você sempre reclamou.

— Como ousa tocar nessa ferida, Fabiana? Não sabe da metade do que passei.

— Lembro-me de algumas coisas, mas fico pensando se não foi por isso que sempre me coloquei pra baixo...

— O que quer dizer?

— Quero dizer que, por ser mais velha que a Selma e tendo pais autoritários, me via responsável pelo equilíbrio da nossa família e permaneci calada, aguentando de tudo e de todos. Mas finalmente me sinto livre para ser o que quiser e como quiser, pois agora compreendo que as pessoas só fazem com a gente o que permitimos que façam.

— Não tenho mais energia para continuar discutindo com você, Fabiana. Só sei que as coisas estão muito estranhas. Agora, vou dormir.

— Não, mamãe! As coisas não estão estranhas. Estão mudadas. Daqui pra frente, falou, tem que ouvir. Vocês precisam entender que cada ação tem uma reação. Boa-noite, bom descanso!

Capítulo 35

Cristiana chegou próximo ao horário do enterro de Isaías e se manteve à distância, até que o cortejo seguiu com o caixão carregado para o sepulcro por familiares e velhos amigos.

Com a saúde debilitada, Andressa caminhava com dificuldade ao lado de Selma, que, mesmo de longe, notou a presença de Cristiana.

— Mãe, veja aquela moça do outro lado.

— O que tem ela?

— Está vestida de urubu como a Fabiana.

— É verdade.

— Conversou com a Fabiana sobre a casa?

— Conversar o que, Selma? Seu pai nem foi enterrado e você já quer tratar de assuntos relativos à casa?

— Pediu para ela sair da casa depois da palhaçada que ela aprontou?

— Posso pedir a você que me deixe em paz?

— A presença daquela moça está me perturbando.

— Selma, chegamos ao local onde seu pai será enterrado. Pode, por favor, me dar licença?

Enquanto antigos colegas da polícia prestavam homenagens, Selma se dirigiu até Cristiana, recostada numa árvore à distância:

— Perdeu alguma coisa aqui?

— Sim. Você encontrou?

— Perdeu o quê?

— Um brinco como este que você usa, mas não era brega desse jeito.

— Reparei que você está nos seguindo. O que faz aqui no enterro do meu pai?

— O cemitério é um lugar público, onde os góticos gostam de passear, curtir a morte, e que eu saiba o enterro está acontecendo ali, não aqui. Olhe... — Cristiana apontou a foto de uma senhora num dos sepulcros.

— O que tem?

— Estou meditando... Como será que ela era antes de morrer?... Será que era igual a você?

— Você é amiga da Fabiana, não é?

— Prazer, meu nome é Cristiana e conheço uma Fabiana, mas ela é minha irmã.

— Meu nome é Selma e sua presença está me incomodando.

— Dez segundos!

— Não entendi. Dez segundos o quê?

— Dez segundos é o tempo que você tem para sair da minha frente antes que eu lhe dê um soco no nariz e um chute na canela. Está invadindo meu espaço.

— Selma, venha logo porque o túmulo vai ser fechado — chamou Andressa.

Selma voltou para concluir o sepultamento e Cristiana deu a volta no cemitério pelo lado de fora para evitar se encontrar ela novamente.

Assim que todos se retiraram após o fim do funeral, Cristiana foi até o túmulo de Isaías com uma rosa que havia comprado do lado de fora, colocou-a sobre a lápide e ajoelhou-se, dizendo:

— Pois é, seu Isaías, quem diria... meu pai! A vida é uma coisa estranha, não é mesmo? Como aconteceu com a Selma há pouco, podemos estar conversando com um irmão sem saber que somos irmãos... Enterrei meu avô, mas não lembro, enterrei seu filho e agora você. Senti você nos seus últimos momentos e foram os únicos momentos em que interagimos... Será mesmo? A maneira como você engravidou minha mãe não me engana, pois não acredito em acaso, ainda mais em única vez, naquelas circunstâncias? Olha... tem coisa aí! Digo isso porque em tudo há um propósito e fico só imaginando qual seria o nosso.

Simeão, o anjo da guarda de Isaías, disse a Dante, o anjo da guarda de Cristiana:

— Os estudos estão abrindo novos horizontes para sua protegida.

Naquele mesmo dia, Cristiana visitou pela primeira vez a campa de Ruth, na companhia de Luana, que observava:

— Que campa mais sem graça! O lugar é até bonito, todo aberto, mas não gosto deste tipo de paisagem para cemitério.

— Também não gosto, Luana. Sem arte, sem mistério, tudo igualzinho com essas tampas brancas... E no caso da minha tia, não tem nome nem foto.

— Para ser enterrada desse jeito, preferia ser cremada e virar pó.

Cristiana deu uma longa risada.

— Até parece que você assistiria ao próprio velório, né, Luana?

— Quem garante que não?

— Vamos embora daqui porque estou entediada.

— Até o Azeitona deste cemitério deve ser diferente. O cara deve trabalhar de gravata — arrematou Luana, sorrindo.

No hotel com Nilce, Hermelinda contou que Isaías havia sido enterrado no dia anterior.

— Impressionante saber depois de tantos anos que o homem estava entrevado na cama, né, Hermelinda?

— É de dar medo uma situação assim.

— Já imaginou se o policial estivesse lúcido e pudesse conversar com a Cristiana? Como seria?

— Se ele era como meu pai, que não demonstrava sentimentos, na primeira visita ela se decepcionaria e depois de matar a curiosidade não voltaria mais.

— Como se sente pelo fato de ele ter morrido?

— Aliviada! Fiquei preocupada no caso de Andressa querer ir em casa, mas felizmente Cristiana e Fabiana decidiram não revelar nada.

— Sente saudades da Andressa?

— Foram tantos os problemas que a paixão pela Andressa ficou no esquecimento, Nilce... Ainda bem que não revelei toda a verdade sobre o que eu e a Ruth fizemos.

— Não seria melhor ter contado tudo à Cristiana?

— Não. A Ruth pediu para levar a verdade para o túmulo, então, satisfiz a vontade dela. Doeu fundo, mas a enterrei de vestido de noiva, em outro cemitério, enfim, respeitei tudo o que ela pediu e não vou carregar peso nenhum.

— E a verdade que ficou enterrada não é um peso maior, Hermelinda?

— Achei melhor viver na dor da mentira do que não satisfazer a vontade de minha irmã.

— Dores por dores... Não tenho ninguém com quem dividir as minhas, além de você.

— Obrigada pela parte que me toca. Pensei que fosse esquecer que existo. Continua atendendo homens, Nilce?

— Pela minha idade, não posso escolher, mas dou graças que as clientes mulheres retornaram com força total, porém diminuiu bastante a procura dos deficientes físicos que eu atendia.

Andressa sentou-se com Fabiana para conversar:

— Aquela gótica que estava no cemitério antes de seu pai ser enterrado era sua conhecida? O nome dela é Cristiana.

— Como sabe o nome dela?

— A Selma foi dizer gentilmente que ela estava incomodando e ela ameaçou agredir sua irmã. Disse que se chamava Cristiana e quando a Selma perguntou se conhecia você, ela disse que tinha uma irmã chamada Fabiana.

— Se agredisse, eu a apoiaria, pois estávamos em lugar público e a Selma não tinha nada que se meter com a Cristiana.

— Quem é ela?

— A filha do papai com a Hermelinda, consequentemente, nossa meia-irmã, então, caso a Selma levasse uns tapas na orelha por ser abelhuda, seria briga de família.

Andressa deu um pulo:

— Me conte essa história direito, Fabiana! O que a filha da Hermelinda fazia no enterro de seu pai? Como vocês se conheceram?

— Faz algum tempo, ela veio conhecer o papai, depois de pedir o endereço à Hermelinda, e foi ao enterro em respeito a ele.

Após ficar pensativa, Andressa refletiu, intrigada:

— Por que a Hermelinda daria nosso endereço à filha?

— O irmão dela, que também era filho do papai, morreu de cirrose, a Hermelinda ficou com pena de a Cristiana não saber de nada sobre sua história e acabou contando para ela.

— A Hermelinda teve coragem de fazer isso?

— Por que não teria? Já imaginou viver uma vida de mentiras, sem saber quem é seu pai ou sua mãe? Pois o pobre do nosso meio-irmão morreu sem saber de nada.

— Por isso, você resolveu virar gótica também?

— Isso eu já queria há muito tempo, só não tive oportunidade e não conhecia o estilo.

— Você está com a mesma roupa desde que chegamos, há três dias. Virou gótica e porca também, Fabiana?

— É que com a morte do papai não deu tempo de sair para comprar mais roupas com a Cristiana.

— Ficaram tão íntimas assim?

— No pouco tempo que nos conhecemos, sou mais amiga e irmã da Cristiana do que da Selma, se quer saber.

— Só falta dizer que foi à casa dela também...

— Fui e conheci a sua antiga amada Hermelinda e a mãe dela, a dona Madalena, e daí?

— Espere aí... a Hermelinda contou que...

— Quem contou foi a Cristiana, mas fique tranquila e não precisa se sentir constrangida, porque respeito a sexualidade dos outros.

— Meu Deus! Como a Hermelinda pode contar isso à filha? Nem pense em dizer à Selma, Fabiana! Ela não sabe de nada, nem mesmo sobre o seu pai ter filhos fora do casamento.

— Fique tranquila. A Selma merece viver a ilusão de que nunca tivemos problemas. Talvez por ter vivido na mentira, a Selma seja mimada como é. Mas fique tranquila quanto a isso também, porque eu e a Selma somos irmãs, mas nos tratamos como meras desconhecidas.

— Fico profundamente magoada com suas palavras... Aliás, gostaria que pedisse desculpas a ela sobre o ocorrido no dia em que a agrediu.

— Está de brincadeira, mamãe? Ela pediu desculpas por ter me chamado de ridícula?

— Fabiana, você ainda é minha filha e tem que obedecer!

A jovem se levantou e foi para seu quarto dizendo:

— Se você não quiser, não serei mais sua filha!

Capítulo 36

Pela primeira vez, Guilherme acompanhou Cristiana e Fabiana à visita noturna ao cemitério.

Depois das apresentações, Regina observou:

— Quem diria... Nossa tribo está crescendo!

— Daqui a pouco, será preciso ampliar o cemitério para nós todos cabermos nele! — emendou Ozzi.

Abraçado a Fabiana, Lucão perguntou:

— Será que a irmã da Cristiana tem o mesmo talento para declamações?

— É inspirada como ela, Fabiana? — perguntou Luana.

— Ai, pessoal... Morri de vergonha só de ser apresentada a vocês, imaginem se teria coragem.

— Com o tempo, você supera — consolou Cristiana.

Apontando para si, Guilherme, todo vestido de branco, se desculpou:

— Saí do hospital e vim direto para cá. Nem deu para pensar numa roupa decente. Estou me sentindo o patinho feio entre vocês.

— De jeito nenhum! Estava mesmo na hora de alguém mudar, pois saiba que os góticos não usam só preto; usam branco, vermelho, e tem os coloridos também — declarou Ozzi.

A tribo ouvia música quando Azeitona apareceu e sorriu ao reparar em Guilherme:

— Temos um Santo Anjo do Senhor entre os vampiros?

Cristiana fez as apresentações:

— Esta é minha irmã Fabiana e este anjo é meu namorado. Está de branco porque é médico e acabou de sair do plantão.

— Um médico entre os vampiros? Isso está me cheirando a amor à primeira mordida!

Lucão perguntou a Azeitona:

— Você nunca aparece a essa hora, anjo negro da cachaça! A que devemos a honra?

— Vim avisar a vocês para tomarem cuidado, porque de madrugada apareceu um louco que profanou dois túmulos. Já avisei a polícia que vocês são do bem, mas, se ela aparecer, é só me chamar. E, se encontrarem o safado que violou os túmulos, levem para mim e eu vou avisar a polícia.

— Como vamos saber que o cara veio violar os túmulos? Fazia tempo não apareciam esses malucos — disse Ozzi.

— Mas esse aí é maluco mesmo, porque, segundo a polícia, tirou os cadáveres de mulheres e teve relações sexuais com eles.

— Que absurdo! — exclamou Fabiana. — Como pode alguém querer fazer sexo com um cadáver em decomposição?

Guilherme esclareceu:

— A isso, se dá o nome de necrofilia, a psicopatia dos que sentem atração sexual mórbida por cadáveres.

— É isso aí que os policiais disseram, doutor — confirmou Azeitona.

— Afff! Fazer um oral vendo uns vermezinhos fervilhando — disse Ozzi.

Luana deu uns tapas no ombro dele:

— Ai, que nojo, Ozzi! Imaginei a cena!

— Mudando de assunto, trouxemos uma oferenda para o Zé Pelintra — disse Lucão, entregando um litro de aguardente a Azeitona, que agradeceu e foi embora.

Antes de declamar os versos que havia trazido, Cristiana explicou:

— Amorzinho e Fabiana, agora, é hora de todos se sentarem para escutar o recital!

— O que acontece nesta hora? — perguntou Fabiana.

— Vocês não podem ver, mas aqui em volta estão muitos, muitos e muitos espíritos escutando, e cada um deles tem uma reação. Alguns choram, outros gostam, outros, não...

— Nossa! Já estou toda arrepiada. Para entrar à noite no cemitério foi um sufoco, se vir alguma alma penada, entrarei dentro deste túmulo para me esconder — respondeu Fabiana.

Depois de Cristiana proferir com emoção os versos relativos à vida e à morte, os presentes encarnados e desencarnados aplaudiram e, em seguida, Luana comentou:

— Depois que a Cristiana passou a estudar o Espiritismo, mudou bastante o teor das poesias...

Ozzi pulou do tumulo emendando:

— Posso ser sincero? Gostava mais do trágico, do tenebroso, do terrível, como daquela vez: "Quando tudo explodir na revolta desconhecida, gritos de terror sem alívio...". Não lembro mais...

Cristiana continuou:

— Gritos de terror sem alívio à dor desguarnecida... Mães chorando ao ver a carne dos filhos desgraçados... Ranger de dentes no delírio em olhos devassados... E por aí vai, não é, Ozzi?

O amigo aplaudiu pulando:

— Adoro! Isso, sim, é trágico!

Incógnita aos presentes, encarnados e desencarnados, dona Rosa Caveira comentou com Exu Sete Catacumbas:

— Quando esse povo aparece não se vê um vampiro por perto...

— Todos eles irradiam a luz dos protetores... E agora temos até um médico que está com a poetisa dos mortos.

— Ela é a filha do morto-vivo.

— Não vi mais o anjo dele por aqui. Tem notícias do morto-vivo?

— Sim. O tal anjo Simeão veio agradecer e disse que ele morreu, finalmente.

— Por isso, também não vi mais aquele vivo-morto que acompanhava o morto-vivo...

— Aquele era avô da poetisa dos mortos, e o anjo Simeão disse que ele foi para uma colônia fora da Terra.

— Senti pena daquele homem, depois, passei a admirá-lo pela paciência de ouvir as repetidas perguntas do morto-vivo durante tanto tempo.

— No início, não acreditei que ele conseguiria, mas, com a estratégia dos anjos, deu certo. E o anjo Simeão disse que o morto-vivo tinha aprontado horrores para a família do vivo-morto...

De madrugada, Ozzi comemorava a carona no carro de Guilherme:

— É maravilhoso andar despreocupado de ser atacado por malucos. Preciso comprar um deste para caber todos nós!

Cristiana perguntou a Ozzi:

— Terminou aquele curso de técnico de enfermagem?

— Sim, e estou cuidando de uma idosa, mas pelo jeito vai ser por pouco tempo, porque o estado dela está se agravando.

Guilherme se ofereceu:

— Me dê algumas cópias de seu currículo para eu entregar nos hospitais em que trabalho.

— Combinado. Vou deixar na casa da Cristiana. Obrigado, doutor.

Lucão preferiu parar na casa de Fabiana para conversar um pouco mais, e como o papo se estendeu em frente ao portão. Lucão só se deu conta do horário quando o sol raiou:

— Não sei como vou conseguir trabalhar hoje.

— Vai trabalhar como o que você é, um zumbi. O meu lindo zumbi.

Fabiana entrou feliz e saltitante, até encontrar Andressa, que a esperava de pé na sala:

— Como se não bastassem as mudanças esquisitas, agora, fica aos malhos com um sujeito estranho como você em frente à casa a madrugada toda?

— Não venha querer estragar minha alegria, mãe. Foi a primeira vez que fiz isso na vida e sou grandinha o suficiente para me dar ao direito, concorda?

— Não concordo! Agora que não tem mais seu pai, vai virar boêmia de cemitério, Fabiana? Diga-me quantos túmulos profanou na sua primeira vez.

— Mãe, não profanamos túmulo nenhum. Apenas curtimos um recital de poesia, música e filosofias ao luar, só isso, nada mais que isso...

— E você continua com essa roupa, que deve estar fedida! Desde o dia em que chegamos, já foi com ela ao enterro de seu pai, agora, ao cemitério e depois desse "rala-rala" no portão de nossa casa, se levantar o braço, vai fazer desmaiar até defunto, o que dirá o resto!

— Vou lavar a roupa amanhã, mãe... E também vou combinar com a Cristiana de comprar novas peças à tarde.

Selma surgiu de pijama e disse bocejando:

— Então, aquele urubu misterioso da Cristiana no enterro era mesmo sua amiga, né? O que ela fazia no enterro do papai?

— Eu que pergunto o que você faz aqui! O hotel ficou caro?

— Para constar, esta é minha casa, eu que pago o IPTU, a água, a luz e a sua comida, e quem mora de graça é você!

— Sua casa? — questionou Fabiana. — Mãe, pelo que sei, você ainda está viva, não está? Por acaso, já fez o inventário para essazinha metida a besta se apropriar da casa?

— Deu para perceber que você está, digamos assim, sobrando nesta casa, "essazona"?

Diante da ironia de Selma, Andressa percebeu que os ânimos estavam se exaltando a cada trocadilho e resolveu acabar com a discussão:

— Fabiana, já para seu quarto! E você também, Selma!

Selma não se contentou e disse:

— Nada disso! Essa porca preta vai ter que sair desta casa!

— Selma, vou dar na sua cara! — revidou Fabiana.

— Não vai dar na cara de ninguém, porque esta casa não é ringue de luta! — gritou Andressa.

— Você vai deixar a Selma me dizer tudo o que quer? O que pretende fazer?

Diante do silêncio de Andressa, Fabiana retirou-se, dizendo:

— Pois então agora que o papai já foi enterrado, vou deixar mãe e filha mais à vontade. Pegue sua casa e...

Alguns minutos depois, Selma e Andressa ficaram chocadas ao ver Fabiana sair com duas malas, batendo a porta.

— Para onde você vai, Fabiana? — perguntou Andressa.

— Para bem longe de vocês, na casa de sua ex-amante. E se ela não me quiser lá, vou morar no cemitério, que é lugar de gente mais leal que vocês!

— O que ela quis dizer com isso, mamãe?

— Vá atrás dela, Selma! Não a deixe ir.

— Pois ela que vá. Já foi tarde!

Capítulo 37

Na casa de Cristiana, depois de Fabiana relatar a discussão com Selma, a irmã lamentou:

— É triste quando a gente não consegue se acertar... Mas isso passa. Cansei de quebrar o pau com o Diego e mesmo assim nos amávamos.

— A Selma não é o Diego. Aquela mulher é o demônio na Terra!

— É por causa do momento conturbado que vocês estão passando, Fabiana. É reflexo da perda do pai. Logo, ficará tudo bem e, enquanto não fica, você pode usar o quarto que era do Diego, está bem, querida?

— Sua mãe e sua avó vão concordar?

— Tenho certeza que sim, mas, se não concordarem, vou colocar você numa das casinhas dos gatos.

— Você não perde o senso de humor, né, Cristiana?

— Vamos dormir, estou me sentindo acabada. Hoje sem falta vamos comprar roupas novas para você, mas, provisoriamente, use roupas limpas e cheirosas.

— Isso foi uma indireta?

— Não, foi direta mesmo, e não reclame, porque, se eu não for sincera com você, quem será?

Duas semanas se passaram e Selma foi à casa de Cristiana. Quando Madalena anunciou a presença da jovem, Fabiana exclamou:

— Não acredito que esta fulaninha se atreveu a vir atrás de mim para tirar satisfações aqui! Por favor, diga para ela voltar para a casa da qual ela se apossou!

Cristiana a acalmou:

— Se veio procurar você, é porque quer conversar. Baixe a guarda, Fabiana, converse com ela. Ouça primeiro.

— Só converso se tiver testemunha. Você fica para participar da conversa, Cristiana?

— Tudo bem, mas prometa que vai conversar civilizadamente e, mesmo que a coisa esquente, lembre-se de que ela não sabe que somos irmãs.

Depois que Cristiana explicou a situação para Madalena, a avó disse:

— Xi... Vou sair de fininho. Se alguém perguntar, diga que fui à casa de uma amiga, mas vou ao mercadinho comprar algumas coisas que estão faltando, está bem?

— Se pudesse, eu preferia ir com a senhora, vó, mas a Fabiana quer que eu fique... Então, boas compras!

Depois que Madalena saiu, Cristiana recebeu Selma com educação:

— Pode entrar, por favor...

Observando que Osman e Ricardo ficaram no carro, Cristiana convidou:

— Peça para seu marido e seu filho entrarem também. Eles podem ficar na sala para você e sua irmã conversarem mais à vontade no quarto.

— Obrigada, Cristiana. Vou só com a Aninha porque vai ser rápido.

Cristiana procurou ser agradável com Aninha, mas a menina não manifestou nenhuma reação, e elas entraram.

Fabiana estava sentada na cozinha, ignorou Selma e cumprimentou apenas Aninha. Cristiana afastou a cadeira e convidou a visitante a se sentar, mas ela respondeu:

— Vou ficar de pé mesmo, obrigada.

Aninha permaneceu ao lado da mãe, e as irmãs começaram conversar, enquanto Cristiana lavava a louça.

— Vejo que finalmente trocou de roupa, Fabiana.

— Veio até aqui para reparar na minha roupa?

— Mamãe não quis voltar para o sítio e nossa vida parou. Ela está adoentada, e a culpa é sua.

— Não me lembro de ter dado veneno para a mamãe — retrucou Fabiana. — E só saí de casa porque, como você mesma disse, eu estava sobrando lá.

— Estou falando que a mamãe está doente e é assim que você reage?

— Se bem conheço você, tudo não passa de chantagem emocional.

A discussão transcorria inflamada até o momento que Cafeína começou a brincar com o cadarço do tênis de Aninha e a menina baixou para acariciar os pelos da gata.

Cristiana estranhou o repentino silêncio na cozinha e olhou para trás para saber o que estava acontecendo. Ela viu Selma se largar em lágrimas na cadeira e o mesmo acontecer a Fabiana, estática, então, pensou que Cafeína pudesse ter arranhado Aninha e ameaçou ir até a menina, mas Fabiana a impediu com a mão.

— Pare, Cristiana! Por favor, não se mexa.

Como as irmãs tentavam sufocar o pranto convulsivo que parecia não fazer sentido, Cristiana insistiu:

— Alguém pode me dizer o que está acontecendo? Estou aflita!

Fabiana se levantou devagar, se aproximou de Cristiana e disse ao ouvido dela:

— Aninha nunca interagiu com nada nem ninguém... É a primeira vez que vemos isso acontecer.

— E agora? — indagou Cristiana, apreensiva.

— Não sabemos... Deixe a Aninha interagir com a gata até parar. Não sabemos o que pode acontecer.

Fabiana e Selma ficaram boquiabertas quando Cafeína saiu correndo para o quintal e Aninha começou a gritar contrariada, reação que nunca tivera antes. Selma a pegou no colo e a menina se calou; as irmãs, com muito esforço, tentavam parar de chorar. Cristiana se aproximou de Selma e pediu para pegar a menina no colo.

— Me acompanhem e vamos ver o que acontece.

Cristiana foi até o quintal, cuidadosamente colocou Aninha de pé entre os gatos, que estavam deitados tomando sol, e a menina se sentou no chão, observando a movimentação.

Selma pediu:

— Posso chamar meu marido para ver isso?

Cristiana e Selma saíram às pressas. Quando Osman a viu chorando, disse:

— Essa, não! Vocês brigaram de novo, Selma? Onde está a Aninha?

— Osman, não faça perguntas e venha depressa.

O homem fechou o carro rapidamente e, com Ricardo, acompanhou Cristiana e Selma, à sua frente. Quando viu a filha envolta por gatos e interagindo com eles, Osman levou as mãos à cabeça, emocionado.

— Meu Deus! O que está acontecendo aqui? Estou sonhando, Selma?

— Sim, Osman! — respondeu a esposa. — É um sonho que estamos vendo se realizar juntos.

Ricardo foi em direção a Aninha, sentando-se ao seu lado:

— Com tantos gatos assim, até eu gostei!

Cristiana apanhou um brinquedo com penas e jogou no meio dos gatos, que o disputaram, fazendo os presentes delirarem de emoção de ver a menina esboçar um sorriso.

Fabiana disse emocionada a Cristiana:

— É a primeira vez que vejo minha sobrinha assim.

Selma disse a Cristiana:

— Nunca imaginei que pudesse ver isso acontecer. Já levamos a Aninha até para equitação terapêutica e nada resolveu.

— É a primeira vez que ela vê gatos? — perguntou Cristiana.

— Sim. É a primeira vez — respondeu Osman.

— Não sou especialista no assunto, mas vi na internet casos de crianças como a Aninha que manifestaram interação com cães também.

— Temos cachorros no sítio, mas a Aninha nunca reagiu assim com eles, reagiu, Selma? — perguntou Fabiana.

— Não. Já coloquei os cachorros fazendo de tudo na frente da Aninha, mas nada disso aconteceu; aliás, estou pasma sem entender o que houve.

— Pode ser questão de magnetismo — disse Cristiana. — Todos os animais têm magnetismo, assim como nós, e a Aninha pode ter sentido afinidade maior com os gatos.

Osman exclamou com alegria:

— Seja o que for, amanhã mesmo iremos ao terapeuta contar essa novidade e provavelmente abriremos o maior gatil que nossa cidade já viu!

— Topam fazer um teste? — perguntou Cristiana e todos ficaram curiosos.

Cristiana procurou Café, colocando-o à frente de Aninha.

O gato e a menina fixaram os olhos um no outro por alguns instantes, até que Café saiu e Aninha demonstrou contrariedade. Diante da cena, Osman dirigiu-se a Cristiana:

— Moça, estou começando a achar que ter acontecido esse desentendimento entre a Selma e a Fabiana foi uma bênção. Sabe explicar o que foi mais esta novidade?

Cristiana não se furtou:

— Dizem que, através dos olhos de um gato podemos acessar o mundo invisível, e, se for verdade, a Aninha não gostou de o Café dar um aperitivo da visão e sair da frente dela.

Todos riram e Ricardo começou a olhar nos olhos de todos os gatos, perguntando:

— E por que foi só com aquele gato preto? Qual o nome dele?

— O nome dele é Café. Escolhi o Café porque ele é o gato mais velho. Foi só intuição, porque vivo sonhando que estou em lugares diferentes com ele — contou Cristiana.

Selma chamou Fabiana de canto e pediu:

— Por favor, volte para casa. Mamãe precisa de nós.

— Não sei, Selma... Estou cansada de ser tratada como ovelha negra por você.

— Fabiana, peço desculpas e reconheço que fui um tanto grosseira. Prometo que vou mudar isso, está bem?

— Não vai me jogar na cara que moro de favor e sou uma inútil?

— Sei que motivos agora não justificariam atitudes, mas vou me esforçar, prometo. Percebi que mamãe pode ficar melhor com você, agora. O que acha de morarem juntas?

— Não quero morar no sítio.

— Eu disse aqui, mesmo.

— Mas e as crianças, não vão sentir falta dela?

— A tudo, a gente se adapta, Fabiana. Não estamos tão longe assim e podemos nos visitar mais. O importante é cuidar para que a mamãe tenha tranquilidade e se sinta feliz, concorda?

— Estou surpresa! É com a Selma mesmo que estou falando?

Selma riu e disse:

— Deixe de ser ridícula, Fabiana.

A irmã correspondeu sorrindo:

— Agora, sim, é a Selma que eu conheço.

Antes de sair, Selma perguntou a Cristiana:

— Se eu quiser, posso voltar para visitá-la?

— Venha quando quiser — respondeu Cristiana. — Quero lhe pedir desculpa pela forma como falei com você no cemitério. Estávamos exaltadas naquele dia.

— Também fui grossa com você, então, peço que também me desculpe e agradeço por nos proporcionar o melhor momento de nossa vida desde que tive a Aninha.

— Imagine. A culpa é dos gatos. Também fiquei feliz.

Capítulo 38

Passaram-se seis meses e Cristiana sonhou com Ruth diante dela.

— Diga por que aparece em casa. — Sem uma resposta, Cristiana insistiu: — Tenho rezado pela senhora como manda o figurino, mas, se permanece nesta escuridão, é porque não está bem. Diga alguma coisa, por favor.

Ruth apenas olhava para ela, sem pronunciar uma palavra, então, apontou um berço e disse, antes de desaparecer:

— Estou ali...

— Que droga! Aponta o berço e some... Assim, não vale! Será que tem alguém para me dizer o que fazer?

Dante, anjo protetor dela, surgiu:

— A Ruth está alheia aos dois mundos.

— O que fazer para trazê-la a um dos mundos?

— Ela deve se desligar de um deles.

— Como pode se desligar do mundo material se já morreu?

— Vou devolver a questão para ver se entende, porque para mim é difícil explicar na sua linguagem: como pode precisar se desligar do mundo espiritual se não entrou nele?

— Desculpe. Sou péssima em charadas.

— Cristiana, sua tia não está no mundo material nem no espiritual. Está nas trevas. Trevas não significa apenas escuridão, mas um plano indefinido onde alguém se coloca em escuridão por não conseguir encontrar a luz. Apesar de parecer redundante, a individualidade permanece obscurecida pela sombra de culpas, arrependimentos, ressentimentos e sentimentos de impotência.

— Hum... Vou fazer de conta que entendi, mas vamos ao ponto: como fazer para ela sair das trevas?

— Desfazendo as suas trevas que formam as trevas dela.

— Estou nas trevas dela?

— Não. Estas aqui são as suas trevas.

Cristiana ironizou:

— Nossa, que esclarecedor! Se é difícil para o senhor entender a minha linguagem, a sua é mais difícil que decorar tabela periódica de química! Desfazer as minhas trevas que formam as trevas dela... — ironizou Cristiana. Por gentileza, pode dizer qual vela devo começar a acender para iluminar as trevas?

— Onde está a vela para "começar" a acender a verdade?

— Esta ênfase no "começar"... Verdade... Onde está... Então, significa que está em algum lugar! Sem "verdade"... igual a trevas! Estou começando a ficar boa nisto!

— Como você sempre diz: "Menos, Cristiana, menos...". Onde está a vela para começar a acender a verdade?

— Que eu saiba... no túmulo? É isso que está querendo me dizer? Por que está fazendo tantos rodeios?

— Estou criando uma forma de você se lembrar quando retornar à Terra, porque não vai se lembrar totalmente desta nossa conversa. É preciso que fixe a ideia para que se transforme em intuição.

— Poxa vida! Por que não gruda a ideia no meu cérebro de uma vez?

— Estou fazendo isso...

Dante tocou a testa de Cristiana e ela despertou pulando da cama, à procura de papel e caneta, anotando e dizendo para si mesma:

— Lembre-se, Cristiana, lembre-se: vela... Acender a luz nas trevas... Acender minhas trevas para desfazer as trevas da tia Ruth... Vela... Onde está a vela... Verdade... No túmulo! A treva que ela mesma criou com minhas trevas precisa ser dissipada!

Na manhã seguinte, Cristiana chamou Luana em sua casa:

— Sonhei que estava num carrossel que girava sem parar e cada vez mais aumentava a velocidade. Eu estava sentada num cavalo falante de madeira, segurando firme na haste de metal para não cair. O cavalo deu algumas dicas, que juntei e cheguei a uma conclusão.

Cristiana passou à amiga um papel com anotações, que Luana leu em voz alta:

— Luz que dissipa trevas é igual a vela que acende... Escuro é igual a treva formada em lugar... Escuro é igual a vela apagada com falta da verdade, que é igual a treva... Vela que acende escuro de alguém que forma treva de outro alguém é igual a verdade do primeiro alguém mais verdade para o segundo alguém, que é igual a abrir túmulo do segundo alguém... — Luana soltou uma gargalhada. — Tem um primeiro alguém que não está regulando bem da cabeça nesta casa... Ou será que a Cristiana gótica virou cientista de física quântica?

— É sério, Luana! Acho que o cavalo de madeira do sonho queria me passar uma mensagem e, como a gente não entende o outro lado porque as vibrações de lá são muito mais sutis que as deste lado, essa foi uma forma que encontraram para me dizer que é preciso exumar o corpo da minha tia Ruth para ela ficar em paz.

— Me poupe, Cristiana! Esses estudos aprofundados do Espiritismo estão deixando você bitolada, para não dizer lelé da cuca!

— Mas o cavalo de madeira do meu sonho disse com tanta propriedade que ficou gravado na minha cabeça.

— Você não está assistindo a essas séries clichês para acreditar que exumar um cadáver tem a ver com libertação de almas, está?

— Quem garante que não tem a ver?

— Não garanto nada, mas como pretende exumar o cadáver de sua tia, se só quem pode autorizar isso é a sua avó?

— Posso dizer que minha avó morreu.

— Sim, muito bem pensado! E a certidão de óbito para provar à administração do cemitério?

— Posso falsificar... Pego a certidão de óbito do Diego e coloco os dados dela.

— Daí, a responsável seguinte é a sua mãe. Vai fazer o quê? Matar a família inteira para desenterrar meia dúzia de ossos que não servem nem pra cachorro roer? Cristiana, acho melhor interná-la num hospício!

— Posso tentar convencer a pessoa da administração...

— Muito inteligente! Estou abismada com você... Vestida de gótica, a pessoa vai pensar que você está querendo montar um esqueleto em casa.

— Quer parar de colocar obstáculos, Luana? Chamei você para me ajudar, não para complicar! Como faço para conseguir autorização para exumar o corpo da minha tia sem minha mãe e minha vó saberem?

Uma semana depois, Cristiana colocou em prática o plano delineado por ela e Luana.

— Mas o que é isso, minha neta? Deixou de ser gótica? — perguntou Madalena ao ver Cristiana com vestido, esmalte claro e batom rosa.

— Não, vó. Na verdade, estou me sentindo nua vestida assim, mas é por uma boa causa.

— Qual seria a causa grandiosa para você se vestir tão lindamente, embora o vestido esteja justo demais?

— Vou participar de um evento importante com o Guilherme e preciso me fingir de "garota trivial".

— Acabei de comprovar que o amor entre vocês é verdadeiro, pois, para você se submeter a parecer uma dama da sociedade...

— Tchau, vó, o Guilherme já chegou e não vai entrar... Estamos atrasados.

Quando Cristiana entrou no carro e beijou Guilherme, ele brincou:

— Nunca pensei em ter uma amante, mas estou arrependido. Por favor, daria para sair do meu carro? Prefiro minha amada.

— Vamos logo, querido. Não estou a fim de brincadeira, e quanto antes terminar esta tortura, melhor.

Guilherme deu a partida e eles seguiram para o cemitério onde Ruth estava enterrada.

— Como conseguiu encontrar a certidão de óbito de sua tia?

— Vasculhei até debaixo da cama dos gatos para encontrar. Estava muito bem escondida num fundo falso de uma gaveta no armário da minha mãe.

Na administração do cemitério, Cristiana e Guilherme portaram-se como se fossem casados, e o diálogo para convencer o funcionário foi curto:

— Minha tia faleceu há muitos anos. Sou a única remanescente da família, minha mãe e meus avós também já faleceram. Eu trouxe os documentos de todos eles, veja, por favor.

Depois de conferir os documentos, o funcionário pediu:

— Onde estão as certidões de óbito?

Guilherme justificou:

— Amigo, só trouxemos a da tia dela, porque não sabíamos que para fazer exumação de um cadáver precisávamos das certidões de óbito de todos os parentes. Olhe há quanto tempo a dona Ruth faleceu.

O funcionário olhou a certidão de óbito mais uma vez e, após conferir nos registros da campa, perguntou:

— Realmente, há mais de 26 anos... Mas por que não exumaram antes?

Guilherme respondeu:

— Minha esposa e eu levamos uma vida muito agitada, moramos longe daqui, como pode observar no comprovante de endereço que está no nome dela, e que é o mesmo lugar onde a tia morava. Como sou médico, fica difícil encontrar tempo, sabe como é... Faz tempo que minha esposa pede para resolvermos este assunto e só agora conseguimos vir. Já fizemos a exumação dos avós e da mãe dela, só faltou a da tia.

— O senhor disse que é médico?

— Sim.

Guilherme entregou sua carteira funcional ao homem e, enquanto ele conferia, Cristiana observou um bóton da igreja católica na camisa dele e disse:

— Pois é, moço... Quando falamos dos mortos, é sempre bom praticarmos o que aprendemos, porque, como diz em Salmos 115:17: "Os mortos não louvam o Senhor, tampouco nenhum dos que descem ao silêncio".

Enquanto Guilherme disfarçava a surpresa, o funcionário exaltou-se:

— Conheço essa parte! Nunca soube direito o que quer dizer, mas tem fundamento. Por favor, aguardem um momento que vou ver como está o agendamento das exumações e trazer o documento da taxa a pagar.

Enquanto o homem preparava o documento, Guilherme perguntou discretamente a Cristiana:

— Existe mesmo esse Salmo que você falou? Como conhecia?

— Claro que existe! Usei uma vez num dos recitais no cemitério.

Depois de entregar os documentos e cobrar a taxa, o funcionário disse:

— Tudo certo! A exumação está agendada para daqui a um mês. Desculpem pela demora, mas cemitério particular é criterioso, mesmo.

Guilherme cumprimentou o funcionário com um aperto de mão:

— Muito obrigado por não nos fazer voltar aqui, amigo. Afinal, quem gosta de cemitério é gótico, não é mesmo?

Cristiana cutucou Guilherme discretamente e agradeceu ao funcionário, que disse:

— Nem me fale, doutor! Minha filha agora deu para se vestir de preto igual aos góticos e está deixando minha mulher de cabelo em pé.

Cristiana retornou para casa com Guilherme:

— Devo essa a você, meu gato lindo!

— Fique tranquila que vou saber como cobrar.

— Guilherme, seja sincero... Gostou de mim vestida assim?

— Amor, a verdade pode doer um pouco... — Guilherme fez mistério.

— É melhor a verdade do que a mentira. Pode dizer.

— Prefiro vestida de Cristiana, porque foi assim que me apaixonei por você.

— Lindo! Lindo! Lindo! Adoro você, meu lindo! — disse Cristiana beijando-o repetidamente.

— Amor... Assim vou bater o carro!

Capítulo 39

Miro lidava com a manutenção dos equipamentos de comunicação na colônia espiritual em que estava.

Entre os amigos que fez, Haroldo era com quem tinha maior afinidade, pois os dois conversavam sobre suas experiências na matéria, discorrendo com alegria as reflexões que já faziam parte do cotidiano desde que Miro havia retornado.

Numa dessas ocasiões, os amigos estavam sentados contemplando a noite, quando Haroldo disse:

— Todos temos nossos próprios pontos de vista para analisar o que fizemos e o que deixamos de fazer. O que o leva a pensar que deva interferir na vida de seu neto?

— Acredito que, se podemos fazer algo a favor de alguém, como aconteceu com Isaías, o homem que engravidou minhas filhas, devemos fazê-lo. Se não posso alterar o destino, posso pelo menos desejar mudá-lo.

— Não acha que esse pensamento é um tanto egoísta, alegando ter sido benéfico para o Isaías, quando na realidade o objetivo é favorecer os netos que você não viu crescer e, ainda, tentar tirar sua filha das trevas?

— Classificar como egoísta seria equivocado, ainda mais porque me favoreci por ter me tornado amigo dele, pois antes o tinha como inimigo, e, sobretudo, poupado sabe-se lá quantas encarnações que levaria para perdoá-lo do que fez. Como foi uma amizade sincera, na qual tive oportunidade de conhecer os motivos de suas ações com as pessoas que eu mais amava, aproveitei muito bem a oportunidade que os anjos me proporcionaram.

— Os sentimentos que você guarda são de culpa pela falta de atitude como pai, como sempre diz?

— Isso é o que digo aos anjos, mas sei que não é o que vale. Para ser sincero, não sinto culpa e, se sentia, já perdoei a mim mesmo, porque eu tinha meus motivos para ser ausente e agir como agi. Claro que, se pudesse mudar o destino, o faria, mas prefiro olhar novos horizontes sobre o que me for permitido em vez de lamentar o que deixei de fazer.

— Deve machucar muito, mas pode me contar sobre onde se localiza a sua vontade? Pode me contar sua história?

— Claro que posso, afinal, somos amigos e compartilhamos a mesma situação, Haroldo — afirmou Miro. — Quando eu trabalhava, minha preocupação era apenas com a família...

Miro começou a narrar sua história.

— Como se não bastasse Hermelinda lésbica e essa história absurda e malcontada de sexo a três, você vai à casa daquele canalha tirar satisfação e engravida, Ruth?

— Pai, me perdoe... Nós nos apaixonamos.

— Não quero ouvir mais nada a esse respeito! Devia se envergonhar de dizer um absurdo desse!

A sós com o marido, que olhava o revólver, Madalena tentava acalmá-lo:

— Miro, matar aquele infeliz não vai lavar a sua honra. Pelo amor de Deus, reflita... Ele tem uma filha pequena, as nossas filhas esperam filhos dele...

— Filhos do pecado, diga-se de passagem! Madalena, não quero conhecer nenhum dos filhos daquele canalha e o melhor que poderia fazer é colocar a Ruth e a Hermelinda no olho da rua! Não sei por que ainda não fiz isso.

— Não fez porque é um bom pai.

— Então, a culpada é você. Como não sabia das preferências sexuais da Hermelinda? Aliás, ainda não acredito no que ela contou a você. E você pediu para a Ruth ir contar para aquele maldito, sem o meu conhecimento, quando na verdade eu é que deveria ter ido à casa dele para descarregar o revólver na cara do infeliz.

— É, Miro... Você tem razão. Eu sou a culpada.

Quando Hermelinda teve o bebê, chegou a casa com a criança no colo, e Miro se enfiou no quarto. Ruth foi conversar com ele:

— Com licença, pai... Sei o quanto o constrangemos, mas será que...

— Ruth, saia!

— Pai, por favor, me deixe falar...

Miro levantou-se gritando:

— Saia daqui, sua prostituta safada e sem-vergonha! Logo, vai parir outro bebê que não desejo nem para o cachorro mais vira-lata da rua!

Ruth saiu do quarto e Madalena entrou:

— Miro, você não tem o direito de tratar suas filhas desse jeito.

— É mesmo? Pois digo que você deveria ser a primeira a exigir respeito, porque se não fosse pelo suor do meu rosto, não estaria debaixo deste teto! — alegou Miro. — Escute o que vou lhe dizer: não quero saber de nada dessas crianças e só vou sossegar quando alguém fizer alguma coisa para que me sinta vingado. Por que não diz para suas filhas procurarem o sujeito que colocou os bebês na barriga delas? Por favor, saia também.

Durante um mês, Miro amargou a tristeza e, quando passava por Hermelinda, a ignorava e afastava-se. Também amargurada pelas duras palavras do marido, Madalena permaneceu em silêncio, sem trocar uma palavra sequer com ele, a não ser por alguma necessidade.

Quando Ruth começou a sentir as contrações para dar à luz, Madalena pediu:

— Miro, acuda! A Ruth vai ter o bebê.

— Tomara que nasça morto! — gritou Miro.

Ruth saiu em desespero para a rua acompanhada de sua mãe. Elas pediram ajuda a uma viatura da polícia, que as levou para uma maternidade, onde a criança nasceu.

Logo que Ruth chegou a casa, Miro repetiu o mesmo gesto que fez com Hermelinda e ignorou a filha, que entrou de cabeça baixa e foi direto para o quarto, chorando:

— Mãe, estou me sentindo como um animal.

Madalena juntou-se às filhas para chorar e disse:

— Peço a Deus todos os dias para ungir o pai de vocês, mas não sei mais o que fazer...

— Mãe, não aguento mais esta pressão... Acho melhor sairmos daqui — desabafou Hermelinda.

— Não diga isso! Seu pai tem os motivos dele para agir desta forma e, se pensarmos bem, ele está coberto de razão.

— E vamos ficar aqui para sermos acusadas pelo resto da vida em troca de um teto e comida, mãe? — retrucou Ruth.

— O pai de vocês está fora de si e, pelo ser humano que é, logo vai aceitar as crianças como dele. Confiem nisso.

Dois meses depois, Ruth, segurando o filho, pediu para conversar com Miro:

— Pai, preciso conversar com o senhor. Pode me dar licença?

— Não tenho nada para conversar com você, sua pervertida!

— Pai, Isaías e eu vamos nos casar... Ele vai assumir o filho e ajudar a sustentar a filha da Hermelinda.

— O quê? Acredita mesmo que esse safado vai largar a família dele para assumir uma prostituta como você e uma lésbica como sua irmã?

— Desculpe insistir, mas nos amamos e ele está falando sério.

— Acha justo ele abandonar a família para se juntar a você? Esse cafajeste não sabe mais o que fazer para piorar a situação, isso, sim!

— Dei ao menino o nome de Diego, porque sei que o senhor gosta desse nome.

— Pois para mim é inominável a maneira como ele nasceu! Saia daqui!

Ruth baixou a cabeça e saiu, mas Miro a chamou de volta:

— Só acredito vendo. Depois que se casarem, me chame, pois quero ter uma conversa com o sujeito. A criança da Hermelinda é menino ou menina?

— É menina e se chama Cristiana. Quer que eu a chame para mostrarmos os bebês ao senhor?

— Não quero nada! Procure-me depois que esse casamento se consolidar, porque uma bastarda dá para tolerar, mas duas crianças bastardas são de mais!

Dois meses depois, Miro viu Ruth passar chorando e foi atrás dela:

— Estava toda feliz e agora está chorando por quê?

— Isaías mudou de ideia e não vai mais se casar comigo.

— Eu lhe falei que não daria certo, e sabe por que não deu? Porque desde o começo vocês fizeram tudo errado! Deram a esse canalha o direito de pensar que esta casa é um prostíbulo!

Ruth surtou:

— Pare, pai! Pare! Eu quero morrer!

— Pois que morra! Minha honra está morta, então, não temos mais nada a perder.

Miro não suportou as próprias palavras e saiu do quarto. Madalena entrou e consolou a filha.

Um mês se passou e, depois que Ruth se suicidou, Miro entrou em depressão.

Vendo o pai com a longa barba por fazer e dormindo o dia todo, Hermelinda procurou-o para conversar:

— Pai, deixei a Cristiana e o Diego no berço e vim conversar com o senhor antes que eles acordem.

— O que você quer?

— As coisas pioraram aqui em casa... A mãe não tem dinheiro para nada, e a Nilce, uma amiga minha que trabalha numa tecelagem, avisou que vai deixar o emprego e, sabendo da nossa situação, me recomendou para ficar no lugar dela. O senhor deixa a mãe cuidar das crianças para eu trabalhar?

— Pelo menos, você vai servir para alguma coisa. Pode ir.

Hermelinda começou a trabalhar e, na primeira semana, Miro se aproximou do berço, olhando pela primeira vez os netos enquanto Madalena trocava as fraldas.

Observando as lágrimas nos olhos do marido, Madalena disse:

— Não tenha receio, Miro. Pode se aproximar, porque sei o que se passa em sua cabeça.

— Madalena... Por que as coisas tiveram que ser desse jeito?

— Não adianta se culpar agora, meu marido. Preciso de você para me ajudar a cuidar dos nossos netos. Esqueça o que aconteceu. Se Deus escolheu que eles fossem nossos netos, não importa como, precisamos cuidar deles e amá-los.

— Não diga besteira, Madalena! Não podemos culpar Deus pelo desgosto que nossas filhas nos causaram.

— Miro, desculpe, mas não vou passar a vida toda amargando o desgosto pelas atitudes da Ruth e da Hermelinda. A única coisa que sei é que amo essas crianças, porque são filhos de nossas filhas, e preciso de você para me ajudar.

Miro concluiu sua história para Haroldo:

— Então, tive um enfarte fulminante por causa de tanto desgosto, deixei minha mulher e minha filha Hermelinda com o duro fardo de criar os meus netos, permaneci vagando sem rumo imerso no arrependimento e negando as sugestões da minha protetora Justina, até o dia em que tive a ideia de me juntar a uma falange de entidades para me vingar do Isaías, mas...

— Mas o quê, Miro? Termine, estou curioso! — pediu Haroldo.

— Mas Justina me deixou à própria sorte e, quando apareci na casa do Isaías, havia uma fila de inimigos esperando ele morrer. Comecei a pensar: de que valeria tudo aquilo, sabendo por Justina sobre a situação de trevas da Ruth? Foi por isso que mudei de ideia, então, o Isaías foi dominado pela doença.

— Daí, sentiu-se vingado.

— Não. Senti-me um idiota que desperdiçou tempo, porque Justina me mostrou o Isaías sem memória, vagando como um morto-vivo. Por isso, pedi para resgatá-lo na esperança de tirar a Ruth das trevas.

— E conseguiu?

— Não, porque preciso esperar o Isaías se recuperar e não sei quanto tempo vai demorar. Foram seis anos respondendo às mesmas perguntas e, com o planejamento dos anjos consegui fazê-lo cair em si sobre a própria situação. Agora, não sei quantos anos vai levar para ele ter condições de ficar perante a Ruth e dizer a verdade, nem sei se isso será possível.

Capítulo 40

Fabiana estava na casa de Cristiana:

— A Selma me pediu para convidar você a visitá-la no sítio e disse que a espera com sua mãe e sua avó, além do Guilherme, é claro.

— A Aninha continua sem interagir com os gatos que seu cunhado adotou?

— Quinze gatos e nada... Arrumaram até um que parece irmão gêmeo do Café, mas foi uma decepção. A Selma não se conforma e acha que a interação da Aninha foi só um fato pontual aqui na sua casa.

— Sua irmã deve estar pedindo para eu visitá-la acreditando que tenho alguma fórmula mágica, mas não há fórmulas. Quero ir para saber o que está acontecendo. Minha mãe e minha vó com certeza não vão, mas vou levar o Guilherme. Ficaremos por pouco tempo, mas você pode ficar lá se quiser.

— Quero ficar por pouco tempo também e vou voltar com vocês. Posso levar minha mãe?

— Claro que sim. Não fui mais à sua casa por acreditar que ela não se sentiria à vontade, mas talvez esta seja uma ótima oportunidade para ela perder o receio da minha presença, só porque sou filha da Hermelinda.

No sábado de manhã, Andressa, Fabiana, Guilherme e Cristiana chegaram ao sítio onde morava a família de Selma.

Enquanto os quatro cães pulavam de alegria sobre os recém-chegados, o menino Ricardo correu para abraçar a avó e a tia, lembrando-se de Cristiana:

— A mulher dos gatos de bruxa! Trouxe algum para nós?

— Gatos de bruxa? Quem falou isso para você, Ricardo? — perguntou Cristiana, beijando o menino.

— Minha mãe que falou, e disse que minha tia também virou bruxa.

— Ricardo, deixe lhe apresentar: este aqui é meu namorado, o Guilherme.

Selma e Osman saíram para recepcioná-los e convidaram-nos a entrar e tomar um café.

Enquanto todos conversavam, Aninha olhava fixamente para Cristiana, que passou a mão em seu rosto carinhosamente.

— A Aninha gostou de você — disse Selma.

Cristiana perguntou a Aninha, simulando voz infantil:

— Sua tia me contou que você nem dá bola para os gatinhos que sua mamãe e seu papai trouxeram. Posso saber por quê? Os gatinhos ficam tristes se você não brincar com eles, sabia?

Depois de Selma contar sobre sua frustração com relação à falta de interação da filha com os gatos, Cristiana perguntou:

— Mas onde estão os bichanos? Não vi nenhum até agora.

— Estão lá fora, venham vê-los — convidou Selma, e todos a acompanharam.

Quando Cristiana se deparou com uma grande gaiola cheia de gatos dentro, baixou a cabeça. Ricardo os apresentou especialmente para ela:

— Veja que lindos os nossos gatos, tia! São lindos e saudáveis como os seus.

— Claro que são lindos! Lindos, mesmo!

Selma abriu o cadeado e convidou todos a entrar, mas Aninha não esboçou nenhuma reação.

— Olhe, Cristiana! O que seus gatos têm que os nossos não têm? — perguntou Selma.

Discretamente, Cristiana pediu para conversar a sós com Selma fora da gaiola:

— Eu não queria lhe responder lá dentro, mas a pergunta: é o que os seus gatos não têm que os meus têm?

— Não entendi. Fiz algo errado, está faltando alguma coisa? Os gatos têm um verdadeiro parque de diversões à disposição, estão todos castrados, vacinados, comendo a melhor ração que existe...

— Falta liberdade, Selma.

— Numa gaiola em que o Osman gastou uma fortuna falta liberdade? Desculpe a comparação, mas os seus gatos estão circundados pelas paredes do quintal e não têm essa paisagem...

— Mas os meus andam por onde andamos, entram na cozinha, na sala, nos quartos... Já se imaginou como um gato dentro de uma gaiola de luxo, com a natureza do lado de fora, sem poder ir e vir?

— Está achando que é por isso que a Aninha não interage com os gatos?

— Não. Acho que os gatos é que não interagem com ela.

— Será? Não consigo encontrar lógica nisso.

— A lógica está na energia, Selma. A energia que emitimos em liberdade é diferente da de quando estamos presos. Assim também funciona para os animais. Os cães se acostumaram com os gatos?

— Sim, até experimentamos colocá-los dentro da gaiola com os gatos para ver se a Aninha gostava e eles se comportaram bem. O que sugere que a gente faça?

— Tire-os da gaiola e coloque em sua casa com as janelas e as portas fechadas por dois dias; depois, abra a porta para irem aonde quiserem. Determine um lugar, de preferência dentro do quintal de sua casa, para servir a ração em horários fixos e produza o mesmo sinal sonoro todas as vezes que os chamar.

— Não seria anti-higiênico mantê-los fechados por dois dias em casa?

— Gatos são extremamente limpos. Espalhe caixas sanitárias pela casa para não ter problemas. Isso vai servir para que eles saibam para onde deverão voltar ou onde podem ficar quando quiserem. Quem sabe então eles emitam a energia para interagir com a Aninha? Não sei se vai dar certo, é só uma sugestão.

Osman e Guilherme conversavam animadamente, assim como Cristiana e Selma, e, embora não estivesse no programa, almoçaram todos juntos e os visitantes retornaram para suas casas no fim da tarde.

Depois de um dia de trabalho na colônia espiritual, Haroldo perguntou a Miro:

— Está muito quieto ultimamente, amigo. O que se passa?

— A história sobre mim que lhe contei há alguns dias.

— O que tem, Miro?

— Estou achando que minha morte não passou de um planejamento dos anjos para que tudo o que aconteceu em seguida se sucedesse.

— O que o leva a acreditar que os anjos o matariam ou dependeriam de você para libertar o homem que desgraçou sua vida e de suas filhas?

— Uniram o útil ao agradável! Jogaram a isca criando a oportunidade para mim e me usaram. Anjos fazem isso, usam as pessoas.

— Consigo entender o que você pensa, Miro. Como sabe que não sou apenas seu companheiro de trabalho?

— Não descobri. Para mim, todos os que estão aqui vivem na ilusão e somos todos submetidos a tal ilusão para sermos testados. Não sou diferente do Isaías, que pensava ser dele o túmulo que cultuava, quando, na verdade, era o meu.

— Isso não é verdade. Os trabalhos de todos nesta colônia não são ilusão.

— Não quis dizer que tudo é ilusão. São trabalhos que existem porque necessitamos de que existam. Vocês, anjos, não precisam de equipamentos para se comunicar independentemente de onde estejam, então, para que fazer manutenção nesses equipamentos? Quanto a nós, somos passíveis de perder a conexão com tudo, até com nós mesmos quando nos desconectamos da Lei.

— Senti uma amargura nessas palavras ou foi só impressão?

— Nada de amargo. É tão objetivo quanto são todas as coisas sem fantasias.

— Seres humanos precisam de fantasias para compreender a realidade.

— Precisam, mas, quando percebemos que a vida material é apenas um ensejo para nos desenvolvermos em algum aspecto, as dores cessam e o tempo não é mais o mesmo, nada é mais o mesmo, até esquecermos tudo para recomeçar novamente quando reencarnamos.

— No seu caso, já pode reencarnar, mas não quer. Compreende por quê?

— Porque sinto que tenho pendências que posso resolver.

— Todos que morrem e renascem têm alguma pendência, Miro. Como lhe foi dito por sua protetora, a reencarnação é o melhor meio de propiciarmos as reparações.

— Concordo, porém deveríamos ter o direito de escolha, se acreditarmos que podemos de outra forma.

— Assim como ocorreu com o Isaías, você acredita que pode fazer o mesmo com seu sobrinho, depois, vai achar que pode com sua filha que se suicidou e ficará na Terra indefinidamente... Miro, não precisa carregar esses fardos, porque você faz parte de tudo o que aconteceu na última vida, mas não é responsável pelo que os outros fizeram de suas vidas depois que você partiu da Terra. Adiar a possibilidade de reencarnar torna o resultado menos meritório para você.

— Se eu estivesse preocupado com méritos, não teria me submetido a vir trabalhar na colônia. Considero o trabalho dignificante, mesmo assim, não estou interessado em méritos.

— Se submeteu porque sabia que, devido ao propósito que demonstra, os arcanjos aprovariam o que pretende fazer e então conseguiria autorização para retornar à Terra.

— Sim. Sei que de nada adianta querer seguir contra o vento do destino, como também sei que vocês, anjos, é que direcionam os ventos.

— Reconhece que sua consciência segura lhe confere poder ilusório e que se quiséssemos reencarnaria compulsivamente, mesmo assim, insiste em desejar ficar...

— Por isso, sou resignado! Reconheço que agindo com submissão serei digno de satisfazer meus desejos, isto é, se estiverem fundamentados na justiça universal.

Haroldo permaneceu pensativo por alguns instantes e Miro perguntou:

— Anjos não precisam refletir sobre as próprias decisões. Está fazendo alguma representação para despertar a curiosidade em mim? Pena que eu não posso ser como vocês, que sabem o que pensamos. Então, me perdoe se estou supondo o que não é verdade, apesar de saber que todas as histórias que me contou sobre suas reencarnações foram inventadas para me convencer que era alguém inferior como eu.

— Está ficando prepotente, Miro. Todos os fatos que relatei aconteceram de verdade há bilhões de anos, mas agora estava me lembrando de um dos mundos que vivi. Pouco antes de estagiar como anjo, eu discutia com meu protetor sobre os propósitos das Leis Universais e utilizei esta mesma arrogância que está tendo agora para conseguir o que queria.

— E conseguiu?

Haroldo levantou-se sem responder à pergunta e disse:

— Seu tempo adicional na Terra foi concedido. Ao contrário do que permitimos quando acompanhou Isaías, no caso de seu neto, você será acompanhado por sua protetora, Justina, e não pelo protetor dele, Gilmar, mas lhe adianto que desta vez não vai acontecer como você pretende. A concessão está relacionada apenas ao seu aprendizado.

Justina surgiu e Haroldo despediu-se:

— Desejo sorte a você.

— Vocês que definem a sorte. Obrigado antecipadamente por isso, anjo Haroldo — respondeu Miro.

— Precisamos preparar seu corpo espiritual para retornarmos à Terra — orientou Justina, contente.

— Pelas minhas contas, desde que deixei o Isaías, estou aqui há três anos. Como sei que aqui nos fazem pensar o que querem, quanto tempo se passou na verdade?

— Cinco meses desde que deixamos o Isaías.

— Obrigado por sempre estar ao meu lado, Justina. Sei que a decisão do anjo Haroldo tem a ver com a sua decisão a meu favor.

— Ele não é anjo e também não é Haroldo.

— Quem é ele?

— Arcanjo Baraquiel.

— Meu Deus! Fui digno da decisão de um arcanjo...

— Não está ficando apenas prepotente... Está ficando vaidoso também, Miro — disse Justina, sorrindo — Acredite em mim: nem anjos, nem arcanjos decidem sozinhos, e há coisas tão complexas envolvidas nos planejamentos que não adianta supor, pois você não entenderia... Não neste momento.

Capítulo 41

No dia marcado para a exumação dos restos mortais de Ruth, Guilherme passou na casa de Cristiana e eles seguiram para o cemitério.

Após a entrega dos documentos na administração, chegaram os dois coveiros que realizariam o procedimento, e o casal os seguiu até a campa. Quando os coveiros iniciaram a remoção dos tijolos que fixavam a tampa, Guilherme perguntou a Cristiana:

— Querida, tem certeza de que quer testemunhar a abertura do caixão? Se preferir, posso ficar aqui enquanto você espera na administração.

— De jeito nenhum, amor! Sonhei com este momento e quero ver tudo, inclusive o vestido de noiva da minha tia.

Cristiana girou rapidamente ao avistar um vulto que passou por ela.

— O que foi, querida? — perguntou Guilherme, observando que a namorada havia dado alguns passos e olhava o vazio.

— Minha tia está de frente para mim. Estamos nos olhando.

Incrédulo, Guilherme supôs que Cristiana imaginava coisas e, para não a contrariar, perguntou:

— Como sua tia está, querida?

— Ela só me olha fixamente.

Cristiana se concentrou e disse mentalmente:

— Tia, o que estamos tirando desta campa não é você, são apenas seus restos mortais, pois sei que sua alma não está ali.

A projeção fluídica de Ruth se esvaiu e Cristiana retornoou a atenção à exumação. Os coveiros removeram com cuidado a caixa funerária, que estava deteriorada, e a colocaram no chão. Quando retiraram a tampa de madeira apodrecida aos pedaços, Cristiana pediu:

— Agora, com licença, por favor. Quero observar o cadáver de perto.

Cristiana se ajoelhou e Guilherme alertou, tirando um par de luvas descartáveis do bolso:

— Prevendo que isso fosse acontecer, eu lhe trouxe luvas. Não mexa em nada sem elas, pois é enorme a quantidade de fungos e bactérias alojadas em restos mortais.

Cristiana vestiu as luvas e observou com atenção os restos de tecido do vestido de noiva de Ruth, notando um objeto sobre os ossos do peito:

— O que é isso? — Cristiana retirou o osso do braço para alcançar o objeto e o mostrou com entusiasmo a Guilherme: — Olhe, amor, é o broche que vejo no sonho! Minha mãe disse que não lembrava como ele era, mas... tem a foto de um bebê nele. Deve ser o Diego. Mas amor... os cabelos dela não deveriam ter desaparecido?

— Não, querida. Os cabelos são constituídos de células mortas, então, ficam preservados por muitos anos.

Cristiana acariciou os cabelos que se desprenderam do crânio de Ruth e disse com carinho:

— Nunca tive chance de acariciar seus cabelos e faço isso agora, tia... Como queria ter feito ant...

De repente, Cristiana teve um lampejo de memórias que não eram suas, da época do suicídio, e viu Ruth se sentar em frente à cômoda, colar um envelope no espelho, observar através dele uma criança dormindo em um berço, apontar a arma ao ouvido e, então, apertar o gatilho.

Uma vertigem fez com que Cristiana perdesse o equilíbrio e caísse para trás, separando os ossos do ombro que estavam presos ao resto do esqueleto de Ruth. Guilherme a segurou antes que ela atingisse o chão e disse:

— Ficar de joelhos dobrados deve ter comprometido sua circulação sanguínea e faltou oxigênio no cérebro. Mas agora chega, não é, amor? Deixe os coveiros terminarem o serviço deles.

Os homens se aproximaram depressa, mas Cristiana agachou novamente e pediu:

— Só um minuto, por favor.

Cristiana remexeu nos ossos e tirou um envelope entre o fundo do caixão e o vestido. Um dos coveiros alertou:

— Moça, não me leve a mal, mas, se algum funcionário da administração souber que a senhora remexeu o caixão, seremos punidos.

Cristiana se levantou com o envelope na mão:

— Desculpe... Podem terminar o serviço de vocês.

Enquanto os coveiros colocavam os ossos em um saco plástico apropriado, Cristiana se afastou e Guilherme perguntou:

— O que é este envelope, amor?

— Está meio apagado por causa da umidade, mas identifiquei o nome da minha mãe: "Para Hermelinda". Amor, olhe essas manchas desbotadas que parecem ter sido feitas com tinta spray... Podem ser sangue?

— Sim, Cristiana, podem ser.

— Posso lhe pedir um favor? Fique com os homens, pois quero ver o que tem dentro do envelope.

— Não estou gostando disso...

Cristiana se afastou, sentou em um banco distante, abriu o envelope com cuidado e retirou um papel dobrado e manchado.

Ao desdobrar o papel, que se rompeu devido às fibras ressecadas, observou que se tratavam de duas páginas de uma carta escrita à mão. Cristiana tirou as luvas para manipular com cuidado, unindo as partes das folhas para ler o que estava escrito:

Mê, peço perdão a você pelo que acabei de fazer, pois sei que Deus não me perdoará.

Não suporto mais ouvir o pai dizer que manchamos sua honra e ver a mãe triste com medo de ele cumprir a ameaça de nos colocar no olho da rua.

Mas o maior motivo de partir sem dizer adeus é a decepção por Isaías ter feito o que fez.

Nosso plano de trocar os bebês não adiantou e me arrependo de ter feito isso, porque eu não tinha o direito de negar meu amor pela Cristiana, minha filha que tanto amo, apenas para vislumbrar uma chance daquele canalha do Isaías ficar comigo. Se ele me amasse de verdade, não importaria o fato de parir uma meninao em vez de um menino...

Levarei esse segredo para o túmulo e peço que você faça o mesmo, porque o Diego e a Cristiana não têm culpa de nossos desvarios.

Cristiana teve outra vertigem ao ler esse parágrafo e com muito custo tentou controlar as lágrimas que surgiam com a velocidade de sua emoção, mas encontrou forças para continuar lendo:

Reconheço a covardia de deixá-la com um fardo que eu mesma não conseguiria carregar pelo tempo que me restaria nesta droga de vida. Mas esta será minha vingança contra o destino que eu mesma cultivei, amaldiçoando o Isaías por cada lágrima que chorei.

Imploro que não fique ressentida comigo por deixá-la sozinha para criar minha filha e seu filho, frutos daquele canalha. Mesmo sendo canalha, minha maldição foi de amá-lo até estes últimos instantes, por isso, vou amaldiçoá-lo por cada segundo que me dignificar ao inferno.

O Isaías me deu dinheiro quando eu estava grávida de seis meses e juntei com o que eu tinha para comprar uma campa no cemitério. O telefone e o endereço estão anotados na carteirinha dentro deste envelope e o contrato está na minha gaveta da cômoda do quarto. Esperei dar o prazo que pedem no contrato para não dizerem que agi premeditadamente.

Comprei a campa porque não quero representar vergonha para nosso pai, mesmo depois de morta, então, é de minha vontade não querer ser enterrada no túmulo da família e delego a você o meu penúltimo desejo antes de partir. O último é de ser enterrada com o vestido de noiva que comprei com tanto sacrifício, acreditando no canalha do Isaías.

Quero ser enterrada com este vestido lindo e este broche com a foto da minha filhinha, para celebrar no inferno todos os sonhos e desejos que não pude viver, na esperança de um dia levar o Isaías comigo e fazê-lo pagar por todas as promessas que me fez e não cumpriu.

Desculpe-me por todas as vezes que critiquei, humilhei e desprezei você por ser lésbica. Agora, reconheço que você é mais mulher que eu.

Sei que não tenho direito de fazer tantos pedidos, assim como sei que não precisaria pedir, mas cuide do pai e da mãe, já que, nem como filha, nem como mãe fui capaz de cumprir o que seria minha obrigação.

Agora, pouco antes de abraçar esta sina eterna, amamentei a Cristiana pela última vez. Não precisa revelar a ela que é a pessoa que mais amo nesta vida, porque estou acabando com a minha e só não atirei no meu coração porque a Cristiana estará nele por toda a eternidade.

Cristiana chorava desesperadamente, preocupando Guilherme, que se aproximou enquanto ela dobrava e guardava novamente a carta.

— Amor, o que aconteceu? Por que você está assim? — perguntou o namorado. Levantando-se com dificuldade e ainda chorando muito, Cristiana não conseguia falar e Guilherme a abraçou. — Eu disse que não estava gostando disso... O que aconteceu, Cristiana?

— Guilherme... Eu...

— Calma, meu amor...

— Nós exumamos minha mãe... Tia Ruth não é tia coisa nenhuma! Tia Ruth era minha mãe!

Guilherme demorou a conseguir acalmar Cristiana, que seguiu apática ao lado dele, enquanto o namorado tentava consolá-la.

Depois de devolver os restos mortais de Ruth para serem recolocados na campa, Guilherme parou o carro a caminho da casa da namorada e perguntou:

— Amor, antes de chegarmos à sua casa, quero saber o que você vai fazer com o que descobriu hoje.

— Não sei... Qual sua sugestão?

— Será preciso digerir essas informações antes de decidir o que quer fazer. Sugiro por enquanto guardá-las para si até ter condições emocionais para conversar sobre isso com sua mãe... Quero dizer, com sua tia, que você descobriu não ser sua mãe...

— Vou fazer isso, mesmo, porque sinceramente não sei como proceder, Guilherme... Sinto como se tivesse levado uma surra.

— Foram muitas emoções, ainda mais com todas essas revelações. Você vai conseguir se manter em silêncio, por enquanto? Promete que não vai discutir e vai continuar chamando a dona Hermelinda de mãe?

— Fique tranquilo, amor. O que passei hoje com essas revelações com certeza não chega a um terço do que a Hermelinda passou quando leu a carta. Aliás, preciso esconder mais do que ela escondeu a verdade de mim. Não estou magoada com ela, apenas estou chocada pelo que descobri.

— Não teria sido melhor deixar o broche no túmulo?

— Não. Tenho destino certo para este broche.

— O que vai fazer com ele?

— Ainda não sei, por enquanto, vou guardá-lo em segredo. Se um dia conversarmos sobre isso com minha mãe, por favor, não diga nada sobre o broche.

Capítulo 42

Fabiana estava na casa de Cristiana:

— A Selma está eufórica com a reviravolta da Aninha com os gatos.

— Ela me telefonou para contar a boa-nova e agradecer a sugestão que lhe dei de soltar os gatos. Disse que a Aninha não quer outra coisa senão ficar com eles.

— Que sacada, a sua! Quem imaginaria que os animais presos deixam de emitir energias que interferem na interação da natureza deles com a nossa...

— Pois é, tudo é energia. Nós somos energia, até depois que morremos.

— Hoje em dia, acredito nisso por sua causa. Cristiana, que tipo de energia será que sua tia Ruth se tornou?

— Minha "tia" Ruth...

— Por que a ênfase? Ela não é sua tia, por acaso? Falei alguma besteira?

— Não, Fabiana... Só pensei alto — disfarçou Cristiana.

— Preciso que me ajude a decidir o que fazer. A Selma disse que quer conhecer sua mãe e nos convidou para almoçar no sítio, passar o dia na casa dela, e acrescentou que será ótimo nossas mães se conhecerem.

— Mas que coisa! A Selma nem suspeita que nossas mães já se conhecem de longa data... Imagine se soubesse o que aconteceu entre elas. Mas desculpe, não tenho sugestão sobre o que fazer.

— Vai ser constrangedor para nossas mães se encontrarem sem serem avisadas. Avise sua mãe que eu aviso a minha.

— Boa ideia!

Depois de Fabiana contar para Andressa, a mãe exclamou:

— De jeito algum! Diga para a Cristiana embromar a Selma, invente quantas desculpas forem necessárias, porque não estou a fim de encontrar a Hermelinda.

— Mãe, não seria melhor contar logo de uma vez a verdade para a Selma?

— Depende. Até onde essa verdade seria contada?

— Não precisamos entrar em detalhes, apenas que o pai engravidou a Hermelinda já seria suficiente.

— Quanta naturalidade, né? "Olhe, Selma, não é por nada, não, mas a Cristiana é sua irmã porque seu pai pulou a cerca." É isso o que propõe, Fabiana? Já imaginou o que vai passar na cabeça da Selma depois de saber disso? Sem contar que, se conheço bem a Selma, ela vai querer se aprofundar na questão e interrogar a Hermelinda até descobrir tudo, inclusive que ela é lésbica.

— Por isso, acho melhor a senhora mesma contar para a Selma, pois vai saber até onde avançar na verdade.

— Muito conveniente! Não vou passar por isso porque não preciso. Você e a Cristiana que se virem e não quero mais saber desse assunto.

— Então, vamos combinar de levar a Hermelinda, e, quando vocês se encontrarem, fingirão que não se conhecem.

— Está surda, Fabiana? Eu disse que não quero saber desse assunto.

Quando Cristiana conversou com sua mãe, Hermelinda exclamou:

— Eu tenho que contar para a Selma que vocês são meia-irmãs? Mas nem que a vaca tussa e a galinha fale miau! Não preciso passar por isso. Diga à Selma que sou antissocial, que detesto sítio, invente o que quiser, mas não me meta nessa encrenca, Cristiana!

— A dona Andressa também não quer saber de contar para a Selma nem quer fazer de conta que não conhece a senhora, mãe! O que fazer com a Selma?

— A Andressa é mãe dela, então, ela que se vire para saber o que fazer. Minha filha é você, não tenho nada a ver com isso.

Cristiana deixou escapar:

— É verdade mesmo, "Mê"?

Hermelinda virou-se de repente:

— O que você disse?

Arrependida do vacilo, Cristiana tentou disfarçar:

— Eu disse: "É verdade mesmo, mãe?". Por quê? O que você entendeu?

— Não foi isso que disse. Você me chamou de "Mê"! Só uma pessoa me chamava assim.

— Quem?

— Cristiana, você me chamou de "Mê". Por que me chamou assim?

— Está ficando louca, mãe! Falei rápido, então, o "mãe" deve ter saído "Mê". Qual o problema? Quero saber quem a chamava assim.

— Não lhe interessa.

— Uma de suas namoradas?

— Cristiana, não me provoque...

— Por que ficou tão contrariada, mãe?

— Nada... Esqueça isso.

— Voltando ao assunto, concorda em fazer de conta que não conhece a dona Andressa, caso esteja diante dela?

— A Fabiana sugeriu isso para a Andressa?

— Sim, por quê?

— Porque tenho certeza de que ela não aceitou, assim como eu também não quero saber desse assunto e ponto final!

Novamente, Cristiana e Fabiana estavam juntas trocando informações das conversas que tiveram:

— Cristiana, você poderia contar à Selma?

— Por que eu e não você?

— Só recentemente demos trégua depois daquele dia aqui na sua casa. Você tem mais afinidade com ela. Desde crianças, não conseguimos trocar uma palavra sem querermos uma dar na cara da outra.

— Engraçado... Como pode uma pessoa dentro da própria casa esconder coisas da gente a vida inteira?

— Por que está falando assim? Eu, por exemplo, jamais saberia como você foi concebida se não tivesse me contado!

— Se algumas revelações sobre nós mesmos e os que convivem conosco chocam, já imaginou se soubéssemos as verdades sobre o que fomos em outras vidas?

— Não tenho esse problema, pois tenho absoluta certeza de que na última vida fui uma rainha que abusou do poder, tive oitocentos amantes e nesta encarnação encontrei o escravo predileto que hoje reencarnou como Lucão. Sou sortuda mesmo!

— E eu devo ter sido a mulher que assassinou você porque não aguentava as besteiras que falava, né? Sem brincadeira, Fabiana. Convivemos com mães que nos omitiram tantas coisas... Já pensou se descobríssemos que, na verdade, não são nossas mães?

— Já que está falando sério, me diga que diferença isso faria.

— Você diz isso porque não aconteceu com você, mas é sempre assim, só nos doemos com o que nos acontece.

— Desculpe discordar, Cristiana, mas me admira uma mulher como você pensar assim, sabendo que os problemas têm a importância que damos a eles. O grande problema dos problemas é quando não conseguimos medi-los mesmo se quisermos.

— Daria, por gentileza, para a "filósofa" descer do trono dos querubins e fazer a caridade de falar a língua dos meros mortais como eu?

— Está bem, mortal. O que me diz do problema do nosso pai? Ele podia medir o tamanho .do problema, se não tinha condições nem de mexer um dedo naquela cama? Isso, sim, é um problemão. Se eu descobrisse que não era filha da Andressa, sei que de alguma mãe seria, e nem por isso deixaria de continuar vivendo e valorizaria mais a mãe que me assumiu do que a que desconheço, independentemente dos motivos que a tivessem levado a mentir para mim.

— E a mentira, onde entraria nisso? É legal alguém saber que viveu a vida inteira numa mentira?

— Se a mentira não me matasse, que mal teria? Cristiana, sinceramente, acho que muitas dessas meninas que fazem drama quando descobrem alguma coisa procuram pretexto para serem problemáticas, pois, quando somos seguras de nós mesmas, não importa de onde viemos, o que importa é para onde vamos. A maior bênção da vida é poder vivê-la, você não acha?

— Faz sentido...

— Você é o maior exemplo disso. Descobriu que foi concebida num momento esquisitíssimo, quando meu pai pegou a sua mãe de surpresa, e olhe você aí conversando comigo! Qual é a mais importante: a forma como eu fui concebida, com meus pais supostamente fazendo sexo como Romeu e Julieta, ou a forma como você foi?

— É que todo mundo quer ter a impressão de normalidade, que a vida é como comercial de margarina...

— Responda uma coisa, Cristiana: o que você faria se fosse obrigada a deixar de usar as roupas de que gosta e tivesse que usar roupas de grife só para satisfazer convencionalismos da sociedade?

— Simplesmente, não usaria, porque eu não seria eu mesma usando o que não gosto.

— Lembra que eu não tirava a roupa que você me emprestou quando fomos ao encontro de góticos?

— Sim, mas o que tem a ver com o que estamos falando?

— Eu vivia "normalzinha" e me senti plena quando assumi o que sou, não é verdade? Então, o que é melhor: viver de mentiras ou descobrir a verdade? Quem sofre mais: quem omite a verdade sobre os outros e a si mesmo ou quem descobre a verdade?

— Nossa! Não é que a minha meia-irmã se apossou do cajado da sabedoria e está esbanjando metáforas gregas?

— Pois é, querida! Como na outra encarnação, quando fui rainha, maltratei muito meus súditos, hoje, esbanjo atenção e até aceito elogios deles, está vendo?

— Ai, Fabiana... Então, aceite os confetes desta súdita que homenageia vossa alteza de outras eras... — disse Cristiana, curvando-se e rindo.

— Mas voltando ao assunto, o que faremos com a Selma?

— Vou arrumar um jeito de convidá-la a vir sozinha e direi a verdade a ela.

— Só quero ver no que isso vai dar...

— Como na outra encarnação fomos súditas amigas, este será nosso "reencontro de almas que se amam" e deixaremos a "rainha má" chupando o dedo, se mordendo de ciúmes da nossa união e fraternidade.

— Mas fique tranquila que vou continuar aceitando de bom grado os confetes de vocês.

Capítulo 43

— O que deseja fazer, Miro? — perguntou Justina do lado de fora do bar onde Diego vampirizava alcoólatras na companhia de Pacheco e Nébias.

— Primeiro, pretendo conversar para convencê-lo, depois, quero tentar uma coisa com a mãe dele...

— Seu neto não está disposto a ser convencido.

— O Isaías também não estava disposto e, com paciência, conseguimos.

— No caso do Diego não é paciência que conta... Mas, se você quer tentar, fique à vontade. Vou permanecer invisível, em comunicação com você.

Miro entrou no bar em que se Diego deleitava vampirizando um homem no balcão quando outra entidade se aproximou. Miro ficou estarrecido com a reação do neto, que imobilizou e torturou cruelmente a entidade, enquanto Pacheco e Nébias riam.

— Pare com isso, meu filho... Deixe o homem em paz.

Diego aproximou-se de Miro:

— Por que deveria, vovozinho?

— Sou seu avô mesmo, Diego.

— O que faz aqui?

— Vim conversar com você.

— O que teria para conversar comigo? Tem algo a me oferecer?

— Para começar: a chance de deixar de ser escravo do vício.

Pacheco e Nébias ouviram e se aproximaram fazendo graça:

— Nébias, até que enfim o "salvador" do Diego chegou!

— Por favor, moço... Tem três passagens para o paraíso ou veio "libertar" somente seu neto?

Miro questionou Diego:

— Vai deixar esses sujeitos zombarem de mim?

— Deixe-me ver... — Diego aproximou-se e farejou Miro. — Ia ofertá-lo como brinde para eles, mas não senti que tenha algo a nos oferecer. Caia fora daqui!

— Me respeite! Sou seu avô. Não tem o mínimo de consideração?

— Ah, sim, claro. Desculpe. Aquele avô que eu nem conheci porque morreu quando eu era bebê? — caçoou Diego.

— O avô que lhe proporcionou uma casa para morar durante a vida que você desperdiçou.

Novamente, Pacheco e Nébias zombaram de Miro:

— Está vendo por que digo que é uma geração perdida, Pacheco? O Diego não respeita o saco de estrume do avô dele.

— Mas você queria o que, Nébias? O homem está usando o perfume dos anjinhos do Senhor!

— Sei, não, acho que o velhote está no lugar errado, você não acha, Diego?

Diego ameaçou:

— O que está esperando para sair daqui?

— Estou esperando que venha conversar comigo. Não quer saber sobre sua mãe?

— Não! Tenho coisas mais importantes para fazer — respondeu secamente e continuou vampirizando um homem no balcão.

Miro perguntou a sua protetora, em pensamento:

— Justina, o que faço para conseguir a atenção do Diego?

— A única coisa que interessa a ele é o que está fazendo.

— Não existe mais nada em que possa se interessar além disso?

— Infelizmente, não.

Miro saiu do bar e perguntou a Justina:

— Você está com má vontade?

Justina respondeu serenamente:

— Não é má vontade minha... É falta de entendimento sua.

Miro entrou outra vez e disse aos berros para Diego:

— Não percebeu que seus companheiros fizeram o mesmo com você quando era vivo?

Nébias e Pacheco ironizaram:

— Vixe! O velhote está revoltado, Pacheco! Acho melhor tomarmos cuidado para não apanhar!

— Estou morrendo de medo! Não sei se corro, se fico ou se morro...

— Saia daqui, velho idiota! — emendou Diego.

— Não saio enquanto não conversar comigo! — insistiu Miro.

Diego ignorou, mas, quando se aproximou outra vez do homem para vampirizá-lo, Miro o empurrou.

— Velhote... Estou avisando...

Pacheco e Nébias riam e zombavam sem parar, provocando ainda mais Diego, que novamente tentou se aproximar do homem no balcão. Miro repetiu o mesmo gesto, empurrando-o.

Diego e Miro começaram a trocar socos, mas nenhum deles sentia dor.

— Deixe-me em paz, chega, velhote!

— Não vou embora enquanto não conversarmos!

Percebendo que ele não desistiria, Diego saiu correndo para outro bar e a dupla sarcástica o seguiu aos risos. Miro foi atrás e repetiu a cena, impedindo que o neto continuasse. Então, Diego pediu ajuda:

— Pacheco e Nébias, preciso me livrar deste velho maluco! Me ajudem!

A dupla cercou Miro e os três começaram a brigar, porém nenhum deles sentia nada ao ser atingido. Quando Miro percebeu, Diego não estava mais lá.

— Pensam que se livraram de mim? Pois vou seguir vocês até encontrar o Diego.

— Só digo onde ele está se vier conosco — disse Pacheco.

— Venha. Vamos levar você até seu neto desobediente — sugeriu Nébias.

Justina instruiu Miro em pensamento:

— Não vá. Eles vão levá-lo para um beco sem saída.

— E você vai permitir que isso aconteça, Justina?

— Miro, você não está sendo castigado. Neste lugar, só entra quem quer e não vou poder intervir. Está avisado.

Miro se retirou contrariado. A dupla se revezava na tentativa de convencê-lo a segui-los:

— Onde pensa que vai? Eu disse que o levaríamos até o Diego. Venha, seu velho covarde!

— Olhe só, Nébias, ele está com medo! Está com medo! Está com medo! Está com medo!

Ainda sendo seguido do lado de fora, Miro foi orientado por Justina:

— Dobre a esquina correndo para que não percebam o que vou fazer.

Miro correu e, quando dobrou a esquina Justina o tornou invisível.

— Fique em silêncio para pensarem que fugiu — orientou.

Depois de alguns minutos, Miro disse a sua protetora:

— Isso foi humilhante! Resguardado por meu anjo da guarda e não consegui revidar.

— Você tem razão, Miro. Eu deveria surgir à sua frente, puxar a espada e atravessar o coração dos vampiros para que virassem cinzas que se esvaem ao vento, como nos filmes de terror, não é? — ironizou Justina. — Desculpe, protegido. Sou seu anjo da guarda, não um cão de guarda, e sou regida pelas mesmas leis que você.

Miro caiu em si pela inconveniência:

— Desculpe, Justina. Fiquei nervoso e não só fiz como falei besteira também. Perdoe-me, por favor.

— Não estou sentindo sinceridade em suas palavras, Miro.

— Droga! Não tenho nem o direito de pensar secretamente!

— Pensar secretamente para mim seria como querer esconder algo de si mesmo.

— Desculpe de qualquer forma, Justina. Estou perdendo a noção das coisas. Você tem razão, estou ficando prepotente...

— Agora, foi sincero.

— Por que não consigo usar esses choques como já vi alguns espíritos usarem?

— Pelo mesmo motivo que os vampiros não conseguem usar contra você. Ataques de vampiros atingem somente os que possuem vibrações com as deles, e até entre eles existe hierarquia.

— Ficaríamos horas nos socando em vão. Por que não me ajudou tirar o Diego daquele lugar? Desculpe, mas não consigo me conformar.

— Seu neto fez a escolha dele. Você sabe muito bem que não posso intervir neste caso.

— Mesmo sabendo das circunstâncias que o levaram ao vício e, consequentemente, à morte?

— Miro, não vamos perder tempo com discussões inúteis. Se os fins justificassem os meios, os vícios teriam o mesmo peso das virtudes.

— Com o Isaías, tivemos um plano bem delineado. Foi só usar a paciência e deu tudo tão certo... — Mirou começou a dizer e Justina lançou um olhar misericordioso que o fez cair em si. — Está bem... O Isaías estava sem memória, era vivo pensando estar morto. Mas o que faremos no caso do Diego, Justina? O que está reservado para ele?

— Em vez de se lamentar, você poderia utilizar essa frustração para o aprendizado. Aprendeu que a bênção da reencarnação na maioria dos casos é um planejamento feito pelas próprias pessoas para fins de ajustes visando subir degraus, mas nada podemos fazer quando elas utilizam a encarnação para fins de entretenimento ou quando se deixam cegar pela falta de fé e desistem dos propósitos estabelecidos por elas mesmas.

— Estou decepcionado comigo, frustrado e sem saber o que fazer...

— Sou solidária a você, mas o que pretende fazer daqui por diante?

— Sei que deveria responder que vou me preocupar apenas comigo, mas não consigo, Justina. Eu gostaria de fazer algo para despertar a razão no Diego, pelo menos. Podemos ir à casa em que eu morava quando estava aqui?

— Não estamos a passeio, Miro. Você conhece o objetivo desde o começo e lhe demos a oportunidade de confirmar o que o arcanjo Baraquiel disse que aconteceria. A Terra não é mais lugar para você.

— Pode me levar até o Diego de novo?

— Posso, mas, se você se envolver em outra briga com os vampiros, deve me prometer que retornaremos à colônia.

— Quero observar o Diego para refletir e prometo que vou desistir se perder a cabeça novamente.

Capítulo 44

À noite, a tribo de góticos estava reunida no cemitério e Cristiana anunciava aos amigos:

— Atenção para a novidade do mês! Ozzi agora tem dois empregos, trabalhando com o que mais gosta: enfermagem!

Todos parabenizaram Ozzi, que fez questão de contar:

— O responsável por conseguir emprego para mim nos dois hospitais é o nosso querido doutor Guilherme, que hoje não pôde vir por causa do plantão.

— O doutor ralando e você aqui numa boa, Ozzi? — brincou Lucão.

— Trabalhamos em setores diferentes, pode ser que em alguns encontros eu também não consiga vir com vocês, mas faz parte.

Pouco depois, Fabiana e Lucão conversavam pelo cemitério quando o rapaz ouviu um estrondo em um túmulo próximo e pediu para a namorada abaixar-se:

— Olhe ali daquele lado.

— O que aquele cara está fazendo, Lucão?

— Está arrombando o túmulo.

— Será que é o mesmo cara que estava violando os túmulos para praticar necrofilia?

— Vamos dar a volta por trás. Você fica com o pessoal e eu aviso o Azeitona para chamar a polícia. Peça-os para baixar o volume para não levantar suspeitas.

Quando Lucão retornou junto aos amigos, disse:

— Dei a localização do túmulo que estava sendo violado e o Azeitona já chamou a polícia, mas aconselhou que a tribo saia do cemitério para não pensarem que estamos envolvidos, senão, todos nós teremos que ir à delegacia.

Cristiana se comprometeu a ir ao cemitério no dia seguinte para saber o que tinha acontecido e avisar aos demais, e todos foram embora.

Quando ela entrou em casa, Hermelinda estranhou:

— Ué! Os defuntos dormiram antes das onze? Por que voltou mais cedo?

— O Lucão e a Fabiana viram um cara violando um túmulo, avisamos o vigia do cemitério, que chamou a polícia, e saímos para não precisarmos servir de testemunhas.

— O que tem na cabeça de um indivíduo que viola túmulos?

— Pode ser roubo de dentes de ouro, de obras de arte ou de peças de bronze para vender, mas, neste caso, suspeitamos que seja necrofilia, porque recentemente encontraram cadáveres violados fora dos túmulos.

— Necro o quê?

— Necrofilia, mãe... É quando alguém faz sexo com defuntos.

— Meu Deus! E como alguém pode querer fazer sexo com defuntos?

— Não sei, mãe... Ainda não experimentei, mas quem sabe um dia?

— Nem brinque com isso. A pessoa precisa ser louca!

— É uma das loucuras do ser humano. Há mães que esperam as filhas chegarem do cemitério para irem dormir...

— Não adianta me criticar, Cristiana. Ainda bem que não são todas as semanas, porque fico preocupada, fazer o quê?

— A vó está dormindo?

— Ela sempre vai dormir antes das dez.

— Já que estamos a sós, eu queria conversar com a senhora.

— Já não está conversando?

— É sobre algo delicado, mãe.

— Entre nós não tem essa de delicado, Cristiana. Pode falar.

— Não sei por onde começar...

— Pelo começo.

— Mãe, agora sei de tudo o que aconteceu com a tia Ruth.

— Sei disso, pois lhe contei depois do enterro do Diego. E daí?

— Mas sei também o que você e a vó não me contaram.

— Então, você sabe de coisas que eu também não sei, porque lhe contei tudo.

Cristiana suspirou fundo:

— Sei que a senhora e a Ruth trocaram os bebês, o Diego e eu.

Diante da reação assombrada de Hermelinda, Cristiana apaziguou:

— Fique tranquila, porque você sempre será minha mãe. Não precisa ficar apavorada desse jeito... Sem crise.

— Está blefando, Cristiana. Não poderia saber isso a menos que...

— A menos que encontrasse a carta que a tia Ruth lhe deixou antes de morrer e que foi para o caixão junto com ela.

— Enlouqueceu, Cristiana? Voltou do cemitério porque violaram túmulos e teve coragem de fazer isso no túmulo da Ruth?

— Não, mãe. Vou explicar o que aconteceu.

Depois de Cristiana contar toda a história da exumação, exceto sobre o broche que guardou com ela, Hermelinda exclamou:

— Estou chocada! Como você teve coragem de fazer isso sem autorização minha e de sua avó?

— Não vai brigar comigo agora por causa disso, vai, mãe?

Hermelinda começou a chorar.

— Passaram-se anos do prazo para exumação, e por sorte é campa particular, senão, já teriam juntado os ossos em uma cova comunitária — explicou Cristiana.

— Não estou nem aí que mandou exumar a Ruth. Foi um favor, porque eu mesma só ia lá para pagar a renovação a cada cinco anos.

— Foi o que pensei, mas por que está chorando?

— Deixe para lá.

— Não deixo. Falta descobrir alguma coisa que você não me contou?

Hermelinda desabou a chorar e disse com dificuldade:

— Estou chorando, pois... seria a morte para mim se você não me chamasse mais de mãe porque descobriu que a Ruth é sua mãe verdadeira.

— Ah, mãe... — Cristiana sentou-se ao lado de Hermelinda e acariciou-lhe os cabelos. — Por que eu deixaria de chamá-la de mãe, se sempre tive você como uma mãe heroína?

— Sei lá! Você é tão durona, igualzinha à Ruth. Desde que se tornou adolescente, tive medo de você por causa disso.

— Nossa! Ela era tão severa assim com a senhora?

— Não vou criticar a Ruth, porque ela não está aqui para se defender, mas ela me tiranizava de tal forma que você nem imagina.

— E por que fazia isso com você, mãe?

— Porque sou lésbica. Mas não quero falar sobre isso, porque sofri demais quando era jovem. A Ruth só me desprezava, e nosso pai também.

— Imagino a barra que foi para vocês superarem tudo o que aconteceu. Você realmente deve ter sofrido muito quando engravidou do Diego.

— A barra pesou mais para o lado da Ruth. Não sofri nada perto do que ela sofreu. Tudo o que eu e sua avó lhe dissemos sobre tentar abortar aconteceu com a Ruth. Eu não me importei e aceitei, mas a Ruth...

— Mãe, você assumiu até a história dela para encobrir a verdade e não a desonrar... Por isso, a considero uma heroína.

— Doía muito ver minha irmã daquele jeito... Queria que ela não tivesse sofrido tanto.

— As duas sofreram. Li toda a carta que ela deixou para a senhora.

— Pode ter lido, mas só compreenderia se soubesse como era seu avô Miro. Sempre fui a maior decepção, mas a Ruth ter engravidado foi muito mais grave, pois ele nunca imaginou que algo assim acontecesse com ela.

— Sei que dói se lembrar disso, mas, se puder, me conte como foi essa decisão de vocês trocarem de filhos.

— Foi assim: chamei a Ruth para conversar...

Hermelinda narrou os acontecimentos do passado:

— Não estou a fim de conversa, Mê.

— Tive uma ideia que talvez a ajude.

— A única coisa que me ajudaria é se eu pudesse morrer hoje! Não me atormente mais do que já estou atormentada!

— Ainda não fiz o registro de nascimento do Diego, nem você o da Cristiana.

— E daí?

— Nem Isaías, nem nosso pai sabem o sexo dos nossos bebês.

— Está sugerindo que...

— Se falsificarmos o documento da maternidade, podemos registrar o Diego como seu filho e a Cristiana como minha filha. Você sabe que o Isaías sempre desejou um menino.

Ruth ficou pensativa, foi até o berço, beijou Cristiana e se voltou para Hermelinda:

— Amo minha filha. Como posso negá-la só para chamar a atenção do Isaías?

Hermelinda se aproximou de Ruth com Diego no colo:

— Também amo sua filha. Sei que você não ama tanto o Diego, porque é meu filho, mas isso não importa, porque amo os dois do mesmo jeito, e não precisa ficar constrangida por isso.

— Não diga bobagens! Me dê o Diego.

Ruth tomou Diego nos braços e acariciou sua cabeça:

— Mê, será que um dia Deus vai nos castigar se fizermos essa troca?

— Você não amaria menos a Cristiana nem eu amaria menos o Diego. Deus não nos castigaria, porque criamos uma situação para ao menos um deles ter o pai presente, ainda mais sabendo que você e o Isaías se amam. Além disso, sei que você faria o mesmo por mim se estivesse no meu lugar. Portanto, não estamos fazendo nada errado.

— Mas e as filhas do Isaías com a Andressa?

— Tenho certeza de que você não deixará faltar nada a elas.

Depois de as irmãs revelarem o plano a Madalena, ela disse:

— Não sei mais o que pensar. Como se já não bastasse suportar o peso de ver seu pai desgostoso como está, terei que carregar o peso desse segredo pelo resto da vida.

— Um peso que poderá ser diminuído se nosso pai se sentir menos desonrado e se a Ruth puder ser feliz com o homem que ama — argumentou Hermelinda.

— O problema é saber se esse sujeito ama a Ruth como ela o ama. Não é, Ruth?

Sentindo-se acuada, a filha respondeu:

— Não posso estar tão enganada sobre os sentimentos do Isaías por mim...

Madalena concordou:

— Pior do que está não pode ficar. O pai de vocês não quis ver nem saber o nome dos bebês, então, façam o que acharem melhor.

Assim que Hermelinda terminou seu relato, Cristiana comentou:

— A tirania corria solta por aqui, hein, mãe? Não sabia que o vô Miro era tão duro assim e, apesar de vocês terem me contado, não imaginava que o seu Isaías fosse tão machista a ponto de largar a esposa e as filhas porque a amante teve um filho homem.

— O Isaías e a Ruth se gostavam muito, mas quanto a seu avô... Se quer saber, seu avô era falso com ele mesmo, isso, sim.

— Pelo que a vó fala batendo no peito, o vô era um homem honesto e de extremo caráter.

— Não estou falando de honestidade e caráter, porque isso realmente era inquestionável. Mas ele não admitia os próprios sentimentos.

— Sentia, mas fingia que não sentia. É isso?

— Sim, e a consequência disso foi que, um mês após o suicídio da Ruth, ele passou a babar sobre você e o Diego todos os dias, mas era tarde, porque acabou não suportando o peso dos sentimentos que fingia não ter e faleceu sete meses depois da filha! Pa-pum! Eu e sua avó testemunhamos outra desgraça, vimos seu avô morrer em nossos braços.

— Sinto orgulho de você, mãe... Quanto sofrimento, quanta coisa de uma vez só.

— E ainda tive que encontrar forças para trabalhar, pois, com a morte da Ruth, seu avô entrou em depressão e não queria saber de mais nada.

— Isso sem contar que permaneceu incógnita como mãe enquanto durou a vida do filho. Agora, entendo por que você era tão condescendente com ele.

— Não era condescendente e chamei a atenção dele quando foi necessário. O pior de tudo foi depois que ele morreu e sua avó soube que ele era gay. Ela me disse que achava que fosse por herança genética. Acredita nisso?

— Que absurdo! Se fosse assim, qual dos dois era gay, a vó ou o vô? E você continua aguentando, né, mãe?

— Pois é! Devo ter jogado pedra na cruz... Mas tudo bem, seguimos vivendo.

— Não precisa contar para a vó sobre essas revelações, está bem?

— Claro que vou contar! Você não imagina o peso que tirei das costas! Ela também vai ficar aliviada quando souber que você descobriu a verdade.

— Isso pesava para você?

— Apesar de tê-la como filha legítima, omitir uma verdade pesa na consciência de qualquer um. Tive medo até de você me odiar quando descobrisse a verdade depois que eu morresse.

— Caramba, mãe! Pensou até no que eu pensaria quando você estivesse morta?

— Nem me fale! Sobre o Diego, então, fico pensando se um dia ele não vai me encontrar do outro lado e me ignorar pensando que o neguei como filho.

— Isso não vai acontecer porque ele era muito próximo a você e ninguém poderia se dedicar mais a ele do que você.

— Minha filha... Tem coisas que fiz pelo Diego que você nem imagina.

— O que, por exemplo?

— Cheguei a ir para a cama com o chefe dele para ele não ser demitido por trabalhar embriagado. Sabe aquele velho rusguento que lhe apresentei no enterro, o Tenório?

— Não posso acreditar que foi capaz de... Mãe, a senhora não é só uma heroína. Para ter se deitado com um carrapicho daqueles, só pode ter "cheirado" heroína! — Cristiana fez graça.

— Ria à vontade... Só eu sei o que passei.

Capítulo 45

Cristiana e Luana se encontraram no cemitério à tarde para saber o resultado do incidente ocorrido na noite anterior.

— O vagabundo realmente violou o túmulo e o pegamos com a boca na botija, fazendo sexo com o cadáver — revelou Azeitona.

— Graças a Deus! — disse Luana — Tomara que esses malucos não apareçam mais por aqui.

Azeitona pegou o aparelho celular e mostrou:

— Tirei fotos. O barulho que o amigo de vocês escutou foi porque o sujeito deixou cair sem querer a pedra de granito que cobria o túmulo. Vejam.

Ambas torceram o nariz e Cristiana disse:

— Não queremos ver essas coisas horríveis. Céus... Como tem coragem de... Espere... Este é o sujeito?

Luana também ficou embasbacada e perguntou:

— Azeitona, foi este o maluco que fez esta barbaridade?

— Sim, ele mesmo! Lembro-me de ter visto a cara deste infeliz em algum lugar, mas não lembro onde...

Cristiana cutucou Luana para permanecer em silêncio e logo saíram.

Do lado de fora, Luana disse inconformada:

— Foi o Edgar! Ele mora na rua atrás da minha, conheço a mãe dele... Como pode?

— Fico arrepiada só de lembrar que ele já se insinuou para mim aqui mesmo no cemitério. Vivia revoltado e arrumando confusão com a gente... mas praticar necrofilia? Nunca imaginei que fosse capaz de uma coisa como essa.

— Será que ele pode nos comprometer, Cristiana?

— Não estava mais conosco, e não tivemos nada a ver com isso. Como poderia nos comprometer?

— Pode ser que ele diga que fazia parte do nosso grupo, daí, por causa de um maluco, nós que não temos nada a ver com isso podemos ser discriminados.

— É uma possibilidade, mas, como o Azeitona não disse nada, vamos nos ocupar somente de avisar nosso pessoal. Tomara que isso não aconteça.

As amigas retornaram para suas casas. Quando Cristiana chegou, deparou-se com a mãe de Guilherme, Mirela, que conversava com Madalena. Após os cumprimentos, a avó as deixou a sós para conversarem, a pedido de Mirela.

— Que surpresa encontrar a senhora na nossa casa a esta hora — disse Cristiana.

— Espero que não esteja sendo inconveniente.

— De maneira alguma, dona Mirela. Sente-se.

— O assunto que me traz aqui não poderia ser outro: o Guilherme.

— Aconteceu algo a ele?

— Não. Vim conversar com você porque acho que a relação de vocês está indo longe demais.

— A senhora veio à minha casa para dizer que o prazo de validade da minha relação com o Guilherme venceu? — perguntou Cristiana sem conter a indignação.

— O Guilherme lhe contou sobre o que aconteceu no último relacionamento dele, com a Célia?

— Não, mas isso é irrelevante, porque só me importo com a nossa relação que, aliás, vai muito bem.

— Não precisa ficar na defensiva, se acalme, por favor. Quando vocês começaram a se relacionar, ele e a Célia tinham rompido havia cinco meses. A Célia cometeu um pequeno deslize com uma pessoa do nosso círculo de amizades e por isso eles se separaram, mas foi algo que aconteceu num momento de crise, pois ela e o Guilherme namoravam desde o começo da faculdade e estavam noivos havia um ano...

— Está bem, o Guilherme me contou sobre a tal Célia, mas não entendi aonde a senhora quer chegar.

— Como mãe, sei que ele ainda sofre pelo rompimento, como também sei que começou a namorar com você por carência.

— Como namorada, digo que a senhora está enganada. Estamos muito felizes e, se o Guilherme estivesse mentindo, eu saberia.

— Cristiana... As diferenças sociais e profissionais são gigantescas entre vocês, e você sabe tanto quanto eu que isso não tem nada para dar certo.

— O que seria "certo" para a senhora? Se eu fosse médica ou se o Guilherme fosse gótico? A senhora pode pensar que não faço nada da minha vida, que apenas vivo enfiada em cemitérios, mas não é bem assim... Levo muito a sério meu site de vendas e, embora não tenha feito faculdade, sou uma pessoa bem informada. Dona Mirela, desculpe lhe dizer, mas a senhora está equivocada com relação a mim se julga que minhas roupas determinam meu caráter. Para nosso bem, peço que reavalie seus conceitos para evitarmos que o Guilherme se desgaste pelos nossos desentendimentos.

— Imagine, Cristiana! Nunca fui preconceituosa e respeito sua maneira de pensar, porém lamento que você não tenha entendido o que vim fazer. Apenas alertei para evitar sofrimentos futuros tanto para você quanto para meu filho, mas, se prefere insistir no relacionamento, fiz minha parte e peço apenas que não comente com ele, pois, como você mesma disse, o Guilherme não precisa se desgastar. Espero poder confiar em você.

— Fique tranquila, não vou dizer nada. Sei que ele ficaria muito chateado com a senhora.

Logo que saiu da casa de Cristiana, Mirela ligou para a ex-noiva de Guilherme:

— Oi, Célia. Já falei com a fulana e, pelo visto, será mais difícil do que imaginávamos, porque ela não quer largar a boquinha.

— A senhora não disse que ela era simples e submissa?

— Sabe como são essas pessoas. Elas se acham virtuosas, idealistas só porque são diferentes, mas, a partir de agora, você dará início o nosso plano B.

— Se o Guilherme se considera feliz com essa gótica, não pense que será fácil convencê-lo.

— Ora, Célia! Foi fácil para você quando escorregou no tomate, não foi? Pois agora se vire. Converse com os amigos do Guilherme, induza-o a ir aos mesmos encontros, frequente os mesmos lugares, enfim, cruze o caminho dele.

— Não gosto quando a senhora usa esses termos chulos para se referir ao que aconteceu, pois já conversamos sobre isso e a senhora sabe que foi algo intempestivo, um momento que me custou caro. Todo mundo erra, dona Mirela.

— Em vez de se ofender por isso, lute pelo que é seu de direito. Você não quer perder o Guilherme de vez e eu não quero saber da minha casa cheia de netos góticos e gatos, então, estou do seu lado.

Ao lado de Justina, Miro observava, lamentoso, Diego conversar animadamente com Pacheco e Nébias.

— Ainda pensando em como atrair seu neto... Miro, não há mais nada a fazer, homem.

— Vou tentar atraí-lo para o túmulo da Ruth, pois quem sabe ela não aparece e isso faz com que ele se sinta motivado a mudar seus objetivos?

— Poderia dar resultado quando estava encarnado, mas agora o Diego tem objetivos bem definidos.

— Se eu conseguir convencê-lo, você poderia nos conduzir ao cemitério em que minha filha foi enterrada? Não sei onde é.

— Está bem, Miro, vá. Vou levar você e pedir para o Gilmar franquear a entrada do Diego junto aos guardiões daquele cemitério, mas duvido que seja uma boa ideia, porque com as energias que seu neto está dificilmente vai conseguir autorização de alguém.

Miro entrou no bar e Diego fechou a cara.

— Essa, não! Você de novo, velhote?

— Diego, me deixe levá-lo para onde está sua mãe... Sei que você sempre quis conhecê-la.

— Está bem, eu vou, mas você tem que me prometer que vai me deixar em paz depois.

Pacheco contrariou-se:

— E quem garante que não é uma cilada para prendê-lo? Se você for com ele, não conseguiremos resgatá-lo.

— É verdade o que o Pacheco está dizendo? — perguntou Diego.

— Dou minha palavra de que não vou fazer isso — respondeu Miro imediatamente.

— Então, eu vou.

Apesar dos protestos dos comparsas, Diego seguiu Miro, que estava sob a orientação de Justina.

Entrando no cemitério, ambos se assustaram ao encontrar Exu Caveira, e Miro tranquilizou o neto:

— Calma, Diego. É uma entidade guardiã deste ambiente e com certeza está aqui para nos ajudar, não é, senhor...

— Pode me chamar de Caveira, mas este pudim de pinga que veio com você é como um quitute para alguns colegas. Seu protetor me disse o que veio fazer, mas serei claro: vocês têm menos de uma hora para espirrarem daqui, senão, vou deixá-los entregues à própria sorte.

Amedrontado pela situação, Diego seguiu próximo de Miro, conduzido por Justina, que se manteve invisível. Quando chegaram em frente à campa de Ruth, observaram que ela não estava.

Miro pediu a Justina em pensamento:

— Poderia invocar a alma da Ruth?

— Não é possível invocar as trevas, mas, se quiser tentar, faça você mesmo.

Miro gritou várias vezes por Ruth. Notando que ela não aparecia, resolveu entrar na campa, mas foi alertado por Justina:

— Não faça isso! Este é o caminho que sua filha cultivou para as trevas e, se entrar aí, não sabe com o que vai lidar.

— Se eu não tentar, nunca vou saber.

— Estou dizendo para não entrar.

Miro insistiu e entrou com Diego.

Ambos estranharam a imensa escada que levava para baixo; à medida que desciam, ouviam gritos e viam vultos. Conforme avançavam, a escuridão se intensificava, até que a projeção de Ruth pairou em frente a eles, deixando Miro esperançoso.

— Filha, sou eu, Miro, seu pai, e este é seu filho, Diego. Chegue mais perto, por favor.

O cenário se tornou aterrorizante, com Ruth se transfigurando em uma criatura disforme que partiu para cima deles, junto com outras criaturas que subiram a tropel.

Avô e neto correram desesperadamente, mas, quando chegaram à superfície, outras entidades acotovelavam-se para tentar alcançá-los, até que os dois conseguiram ultrapassar os muros do cemitério. Mesmo assim, foram perseguidos por alguns quarteirões, até que se viram. Ali, Justina disse para Miro:

— Eu disse que não daria certo.

Diego esbravejou:

— Velhote, você é louco? Não sabia o que estava fazendo nem o que podia ter-nos acontecido!

— Diego, me deixe explicar por que sua mãe estava vestida de noiva.

— E para que quero saber? Quero apenas ficar longe de você, porque, se aquilo era minha mãe, muito obrigado, fique com ela!

Diego retornou ao bar e Miro virou-se para Justina:

— Se a Ruth não foi atingida pelas vibrações do próprio filho, não poderá ser atingida pelas vibrações do Isaías para tomar o fio de lembranças...

— Quem falou que o Diego é filho da Ruth?

— Desculpe, Justina. Não entendi o que disse.

— Foi isso mesmo que ouviu. O Diego não é filho da Ruth.

— Então, perdi a memória?

— Sua memória está perfeita.

— Mas cheguei a ver o registro de nascimento, vi a gravidez da Ruth, vi minha filha segurando o Diego quando era bebê.

— Miro, quando um desencarnado está no plano que lhe é próprio, as únicas coisas que lhe são permitidas saber são as que vivenciou até o momento da morte, e você não sabia de alguns detalhes.

— Existe alguma implicação negativa se você revelar a verdade para mim?

— Teve muito mais do que exceções até o momento, não acha, Miro? De qualquer forma, não vai implicar em nada negativamente se eu lhe disser que suas filhas trocaram os bebês visando favorecer a Ruth. Fizeram isso pensando que o Isaías se casaria com ela, o que realmente quase aconteceu, mas não deu certo.

Após Miro refletir por longos minutos, Justina alertou:

— O que está querendo fazer constitui infração às leis que nos regem, e seria muita ingratidão de sua parte querer colocar tudo a perder neste momento, apenas porque as coisas não correram conforme queria. Peço que pondere se vale a pena perder tantos anos de trabalho.

— Mas eu não sou nada além de um infrator desde o início. Além disso, o que representam estes anos diante dos séculos ou milênios que minha filha ficará nas trevas por minha culpa?

— Não foi você que a colocou nas trevas. Já falamos sobre isso, Miro. Muitas pessoas queriam ter a oportunidade que você tem de reencarnar. Além disso, não importa o tempo que leve para a Ruth sair das trevas, o que importa é saber que um dia vocês estarão novamente juntos.

— Pois então deixe que eu mesmo lamente sobre isso, Justina... Obrigado por tudo. — Miro retirou-se.

Capítulo 46

Num encontro íntimo, Hermelinda revelou a Nilce:

— Imagine que a filha da Andressa quer marcar de nos encontrarmos.

— É mesmo?

— Ficou tão feliz pelo que aconteceu com a filha que agora quer promover um encontro com as mães.

— A filha dela não sabe de nada do que aconteceu entre vocês?

— Nem imagina.

— E o que você vai fazer a respeito?

— Nada. Apenas falei à Cristiana que não quero saber disso e tenho certeza de que a Andressa também não quer.

— A Cristiana está firme no namoro com o médico?

— Está, mas ela me contou que a mãe dele não aprova o relacionamento de jeito nenhum. Disse que outro dia a mulher foi à nossa casa e pediu para ela desistir do namoro.

— Quanta ousadia dessa mulher! E a Cristiana a botou para correr?

— Não, mas a colocou no seu devido lugar.

— O seu Tenório não lhe procurou mais?

— Estou cortando um dobrado com aquele velho caduco. Agora, está dizendo que se apaixonou e quer se encontrar comigo de novo.

Depois de uma longa risada, Nilce brincou:

— Coitadinho do homem, Hermelinda... Para segurar o emprego do Diego, você acabou aprisionando o coração do pobre velhinho?

— Nem brinque com isso, senão, vou dar seu telefone para ele procurá-la.

— Ué, pagando bem, que mal tem?

— Que nada! Não quero mais saber desse sujeito e minha dívida com ele está muito bem paga. Mas Nilce, você não está cansada dessa vida de prostituta?

— Se você conseguisse para mim um emprego na tecelagem em que trabalha, eu não pensaria duas vezes, porque, apesar de pagar carnê de Previdência, ainda faltam dois anos para me aposentar.

— Podemos tentar, mas quanto está ganhando por mês?

— Com a disposição em que ando, garanto que equivale ao mesmo que ganharia na tecelagem.

— Vou tentar alguma coisa e dizer que você cuidava de seus pais, mas não posso garantir, porque hoje em dia estão exigindo experiência em carteira.

— E você não está para aposentar?

— Faltam três anos para completar o tempo exigido pela Previdência, mas pelo visto terei que continuar trabalhando. A Cristiana não ganha o suficiente para sustentar a casa, e o dinheiro de aposentadoria certamente será menor que meu salário.

— Mas se a Cristiana se casar com o médico...

— Não quero depender de filha.

— Por falar nisso, ainda bem que ela aceitou numa boa a descoberta que fez, né?

— Nem me fale! Como disse a ela, tirei um peso enorme da consciência. Pensei que fosse levar para o túmulo esse segredo.

— A Cristiana é muito esperta, Hermelinda!

— Ela é igualzinha à Ruth. Às vezes, converso com ela pensando que é com a minha irmã, mas ainda bem que ela não herdou o preconceito. Lembra-se de como eu sofria por causa disso?

— Claro que lembro! A Ruth era tirana como o pai de vocês, até a Madalena sofria por isso.

— Minha mãe sofria por ver como me tratavam. Meu pai dizia que ela era culpada por eu ser lésbica, mas era a única cobrança que ele fazia para ela.

— Que coisa, né, Hermelinda? Às vezes, penso que o que aconteceu teve a ver com a Providência Divina, que agiu para tirá-los da sua vida. E o que dizer do Diego, Deus do céu?

— Não concordo. Acho mesmo é que o orgulho matou os três. Analise: tanto a Ruth como meu pai se consideravam o suprassumo da moral e dos bons costumes, sempre batendo no peito e se achando os reis da cocada preta. E no final podemos dizer que a Ruth se matou por não suportar as cobranças e ameaças de nosso pai, e ele, por sua vez, ficou tão desgostoso que acabou morrendo. Quanto ao Diego, se entregou aos convencionalismos, nunca saiu do armário e se enfiou na bebida para afogar a frustração de não se assumir, e olhe no que deu...

— Qual será o destino do outro lado para as pessoas que morrem assim?

— Não sei nem quero saber. Fico quietinha na minha, apenas torcendo para que quando chegar minha hora eu possa seguir meu caminho em paz, sem ter do que me arrepender.

Após alguns dias andando sem rumo, Miro foi ao cemitério onde estava enterrado seu corpo e, chegando lá, deparou-se com um grupo de vampiros que o hostilizaram:

— O que um inútil como você faz aqui?

— Pior que nem sequer serve para nos dar alguma coisa, porque tem proteção!

Exu Sete Catacumbas e dona Rosa Caveira aproximaram-se e as entidades debandaram em retirada.

— Veio matar saudades dos despojos, vivo-morto? — perguntou Rosa Caveira.

— Lembra-se de mim? Sou Miro, o homem que acompanhou o Isaías...

Sete Catacumbas interrompeu:

— Sim, e deixou o morto-vivo pensar que a foto do seu túmulo era dele e blá-blá-blá, mas o que faz aqui novamente? Não vejo nenhuma nuvenzinha com anjos tocando harpa, onde o senhor deveria estar.

— Retornei para a colônia, mas não quis ficar lá. Queria ser assim como vocês, que decidiram permanecer na Terra para praticar o bem.

Enquanto Rosa Caveira demonstrou-se compadecida, Sete Catacumbas soltou longa gargalhada e falou:

— Não consegue nem se proteger e acha que pode servir para alguma coisa?

— Como disseram aqueles sujeitos há pouco, pelo menos não conseguem fazer nada contra mim.

Enquanto Sete Catacumbas ria, Rosa Caveira esclareceu:

— Não conseguem porque você tem proteção do seu anjo da guarda! Ou pensa que está sozinho?

Com Miro caindo em si sobre sua situação, Justina se tornou visível, dizendo para os guardiões do cemitério:

— Miro permanece na ilusão de que ainda pode mudar o destino dos entes.

Sete Catacumbas ironizou:

— Não seja por isso! Se o senhor quiser, podemos arrumar uma cama para esperar algumas encarnações se passarem, pois, já que não serve para ser um orixá, um guia nem um mensageiro para atuar nas linhas de força, pode assumir o cargo de assistente de anjo da guarda! Daí, quando os seus entes reencarnarem, poderá servir de encosto para fazer... nada! — Novamente, Sete Catacumbas soltou uma gargalhada, enquanto Rosa Caveira orientou:

— Reconheça suas limitações e siga seu anjo de luz.

— Não! Ninguém pode nos obrigar a ir para onde não quereremos — disse Miro com firmeza e irritou-se com as risadas de Sete Catacumbas: — O senhor parece achar muito engraçada a minha desgraça!

O exu respondeu:

— Atitudes infantis são dignas de risadas, Miro! Vou lhe dizer o que é desgraça: sujeitos que morrem e não sabe que morreram, indivíduos que acreditam ter morrido, mas não morreram e vagam por aí como zumbis desmemoriados, a exemplo daquele seu amigo a cujas perguntas o senhor não cansou de responder durante anos, alguns loucos por vários motivos, viciados de toda espécie que não são mordidos pelo Drácula dos filmes, mas que se transformam em vampiros... E o senhor se encaixa em qual dessas desgraças para se considerar um desgraçado?

Miro foi embora desnorteado e Rosa Caveira disse para Justina:

— Sete Catacumbas só não disse que também há aqueles que teimam em permanecer na Terra acreditando que agora podem fazer o certo que não fizeram quando eram vivos. Esse deve ser o caso de seu protegido.

Justina respondeu com serenidade:

— Não podemos esquecer as entidades que, por terem atributos intelectuais avançados na manipulação de energias, permanecem na Terra julgando por si mesmas ter encerrado o ciclo das reencarnações para ajustes com a Lei, quando isso não é verdade.

Diante da explanação da protetora, Sete Catacumbas e Rosa Caveira sumiram, e Gilmar, anjo da guarda de Diego, se comunicou com Justina:

— Vamos adotar as novas deliberações dos arcanjos. Sentiremos muito pelo que pode acontecer com o Miro.

— Pode ser que o Miro não fique nas trevas. As intenções dele são incompatíveis com sua permanência.

— Sim, porém, apesar das intenções, Miro acredita ser intocável e talvez seja preciso aprender da forma mais difícil que temos de nos resignar, em vez de enfrentar o que não conhecemos.

Capítulo 47

Um mês após Mirela conversar com Cristiana, Guilherme encontrou-se com Célia, sua ex-noiva. Depois, procurou a namorada, sem revelar sobre o encontro. Notando o comportamento esquivo de Guilherme, Cristiana reclamou, carinhosamente:

— Por que meu médico particular está tão distante?

— Tenho algo para lhe contar, mas estou ressentido comigo mesmo.

— Amor, não estou gostando nada desse seu jeito de falar... — Cristiana tentou abraçá-lo, mas ele se afastou. — Está bem, Guilherme. Diga logo o que aconteceu para ficar longe dessa forma.

— Estive pensando que não posso lhe dar futuro.

— A que futuro se refere? O que prometeu ou o que acreditei?

— Sei que é difícil acreditar em mim e deve achar que enjoei do namoro, mas não é isso. O problema é que sei que não posso ser futuro para você.

— O futuro só a Deus pertence, Guilherme. Existe uma grande diferença entre poder e querer. Está dizendo que não pode, mas não pode por quê? Descobriu que não me ama, ou diz que não é futuro para mim quando na realidade pensa que eu não sou futuro para você?

Guilherme riu:

— Você é terrível, amor...

— Sou, mesmo! E sei que me ama, porque sinto. Diga logo a verdade. O que aconteceu? Está querendo me deixar?

— Amor, eu...

— Pare de me enrolar, Guilherme! Diga logo!

Guilherme tomou postura firme:

— Acho que nossa relação não vai dar certo, é isso!

Inconformada, Cristiana começou a chorar.

— Não sinto firmeza no que está me dizendo, Guilherme. Não posso acreditar que você chegou com uma decisão tomada, sem ter motivos para rompermos. Se não me disser a verdade, não vou deixá-lo ir embora.

— Cristiana, não complique as coisas.

— Vou dizer uma vez só: se passar por aquela porta com essa conversa mole, não vou querer mais saber de você!

Guilherme dirigiu-se à porta e Cristiana o puxou, segurando-lhe pelo colarinho, e gritou:

— Não vou deixá-lo ir embora enquanto não me disser a verdade. O que aconteceu, Guilherme?

O rapaz permaneceu em silêncio e Cristiana chorou ainda mais, abrindo o portão para ele, mas, antes que ele saísse, falou:

— Eu amo você... Não vá embora...

Quando Guilherme entrou no carro e saiu, Cristiana voltou correndo para casa e Madalena, que ouviu a conversa da cozinha, foi abraçar a neta:

— Ah, minha filha... Não fique assim...

— Vó, não tem motivo para ele sair da minha vida assim. — Cristiana foi tomada pela raiva e fechou o punho. — Só pode ter sido a mãe dele, aquela maldita preconceituosa cheia de pompas! Mas se foi ela que o convenceu, vai ter o que merece, porque jamais haverá alguém que ame o filho dela mais do que eu! — Cristiana entregou-se novamente ao abraço da avó. — Nunca senti por alguém o que sinto pelo Guilherme.

— Ai, meu Deus. Vê-la passar por isso me deixa mais triste que você, Cristiana...

— Eu não mereço isso, vó.

— Chore, querida, chore agora porque amanhã será outro dia.

Miro vagava pela rua quando viu o atropelamento de uma idosa e se aproximou, observando que uma multidão de curiosos olhava aterrorizada a situação do corpo sobre o asfalto. A equipe de desencarnados operava o desligamento da alma enquanto o anjo da guarda da mulher se dirigiu a Miro, que reagiu com indiferença.

— O senhor é conhecido da vítima?

— Por acaso, o senhor é protetor da senhora que sofreu o acidente?

— Sim.

— Então, por que pergunta quem sou se sabe muito bem?

— Não sei quem é o senhor, apenas estranhei o fato de estar só.

— Pena que estar só não é um fato. Nunca estamos sós. Estou farto de vocês.

— Não entendi... Fiz algo de que não gostou?

— Fez. Fingiu que não sabia.

Miro estava indo embora quando o protetor surgiu em frente a ele.

— Desculpe se não o reconheci. Só agora Justina me informou sobre você.

— Está bem. Faça de conta de que acredito.

Miro continuou andando e diversas entidades passavam por ele hostilizando-o, mas ele ignorou as ofensas. Tentando ficar só, buscou refúgio no topo de um morro e, observando que lá havia grande número de desencarnados, gritou:

— Alguém me leve para o inferno!

Uma entidade se aproximou, perguntando com ironia:

— O senhor deseja um inferno flamejante de labaredas com churrasco ou um em que o capeta fique espetando seu traseiro com fritas e hambúrguer?

— Me deixe em paz!

Miro correu em desvario cruzando a rua através dos carros, até que passou por dentro de uma casa de espetáculos e topou com um desencarnado. O choque foi tão violento que Miro demorou a se levantar:

— Está maluco, infeliz? Por que entrou desse jeito? — perguntou o estranho.

— Desculpe... Mas como pude bater em você?

— Talvez porque estejamos mortos, não acha, idiota? Agora, fique quieto pois quero assistir à peça.

Miro olhou ao redor e percebeu que aquele espírito era o único que assistia ao espetáculo, mas não se atreveu a fazer perguntas, até que a peça terminou e ele aplaudiu.

O homem permaneceu no local e Miro perguntou:

— Posso ficar aqui com você?

— Não.

Miro se afastou e observou de longe o que ele faria.

Depois de esperar por mais de duas horas, as luzes do teatro se apagaram e o homem continuou imóvel, até que Miro não resistiu, aproximando-se com cuidado para comentar:

— Depois que morri, uma das coisas que acho mais estranha é que o escuro não existe para nós. — O homem não respondeu e Miro perguntou: — O que você espera?

— Que pergunta idiota! Minha esposa, é claro!

— Desculpe, mas... eu deveria saber?

O homem olhou em volta como se procurasse alguém e sentou-se decepcionado.

Miro pensou bastante e, depois de planejar, disse ao homem:

— Não sei se estou certo, mas acho que vi sua esposa do lado de fora...

O homem se levantou afoito, permanecendo na expectativa, e Miro instigou:

— Por que não vai até ela?

— Não posso. Combinei de esperá-la aqui e, se sair, podemos nos desencontrar.

Miro ficou penalizado e lamentou para si mesmo:

— Meu Deus... Deve ser outro caso como o de Isaías...

— O que disse?

— Não disse nada... — Miro saiu desapontado, e o protetor do homem surgiu para ele:

— Quer fazer com meu protegido o mesmo que fez com o seu amigo Isaías?

— Não, obrigado. Não tenho mais disposição para isso. Ultimamente, não tenho dado conta de cuidar de mim mesmo. Seu protegido está em estado vegetativo como estava o Isaías?

— Não. O Rafael morreu aqui no mês de inauguração deste teatro e a única coisa que desejava era que sua esposa, que o traiu, retornasse.

— Por que não diz a ele que ela não vai voltar?

— Porque mentalmente ele reproduz a mesma cena do dia em que assassinou a esposa e se suicidou em seguida, duas horas antes da tragédia acontecer. Rafael está nas trevas.

— Minha filha é que está nas trevas! Não consigo tocá-la e o lugar é realmente só escuridão. Mas este homem eu consigo tocar e, desculpe a ironia, mas ele assistiu a uma peça de teatro.

— É mesmo, Miro? Que peça de teatro?

— Eu vi... Quero dizer... Não aconteceu uma peça de teatro?

— Está com paciência para assistir outra vez? Quer fazer um teste?

— Que teste?

— Vá até ele e lhe dê um toque no ombro, diga que estou chamando.

Miro foi até o homem e fez o que o protetor orientou.

Logo que tocou o ombro do homem, Miro, assombrado, testemunhou as luzes se acenderem e o homem se virar para ele:

— O que você quer?

— Tem um homem ali querendo falar com você — disse Miro, receoso.

— Diga a ele que morri! Agora, fique quieto pois quero assistir à peça.

Miro afastou-se embasbacado e o protetor disse ao seu ouvido:

— Antes, não prestou atenção na peça. Agora, preste.

Logo que a peça acabou, a mesma situação anterior se repetiu. Passaram-se duas horas até que o funcionário apagou a luz e novamente o anjo protetor do homem perguntou a Miro:

— Entendeu a peça?

— Estou abismado! Era a representação do que aconteceu na vida dele antes de se suicidar.

— Vamos para fora? — convidou o anjo.

Miro o seguiu e levou mãos à cabeça:

— Meu Deus! O teatro não existe e aqui é uma avenida por onde passam carros... Mas ele criou mentalmente o teatro também?

— Há pouco mais de um século, existia um teatro exatamente aqui.

— Como pude ver o teatro inteiro e agora não consigo mais?

— Porque seu contato perispiritual foi maior quando trombou com ele.

— Quer dizer que entrei nas trevas dele! Então, se...

— Isso mesmo, se mantivesse o contato perispiritual, poderia permanecer nas trevas dele indefinidamente.

Miro ficou pensativo. O anjo sabia o que ele estava pensando e alertou-o:

— A passagem de sua filha para as trevas é, sim, o túmulo, e o que pensou está correto: quando entrou com seu neto, se tivessem contato com os seres que lá habitam, poderiam permanecer indefinidamente. Percebe o risco que correu?

— Anjo...

— Pode me chamar de Estênio.

— Anjo Estênio, obrigado por suas instruções. Posso perguntar se seria possível eu, que não convivi com este homem, tirá-lo das trevas?

— Não, porque você não tem relação com a memória espiritual-intelectual nem perispiritual-orgânica dele.

— Algum parente dele tentou tirá-lo daí?

— Sim, mas a única que pode é a esposa que ele matou naquela encarnação, porém ela está reencarnada agora e só terá uma chance quando desencarnar novamente; isso é, se tiver perdoado o marido assassino.

— A esposa assassinada não o perdoou?

— Não.

— Então, o anjo Simeão não mentiu para mim quando disse que o protegido dele, Isaías, era a única chance de tirar minha filha das trevas?

— Isso é antes uma possibilidade que uma certeza.

— Minha filha deu à luz Cristiana, minha neta, que deve ter sentido demasiadamente o abandono. Talvez ela seja a chave para ligar a memória perispiritual-orgânica de minha filha.

— Não estamos autorizados conjecturar esta possibilidade com você, Miro.

— Por que não? Vocês não têm misericórdia por meu arrependimento?

— Sim, temos, mas não podemos tratar de planejamentos de ordem superior com você.

— E o que devo fazer para me tornar digno de saber?

— Você já deu a resposta para o arcanjo Baraquiel: se resignar.

— Deus do céu! Como posso me resignar sem expectativas?

— Confiando, fazendo sua fé maior que um grão de mostarda.

— Neste caso, acho que prefiro permanecer nas trevas com minha filha Ruth.

— Você é quem sabe. Não vamos interferir na sua decisão.

Capítulo 48

Um mês depois do rompimento com Guilherme, Cristiana estava na casa de Fabiana, conversando com a irmã e Andressa.

— Menina, nenhum homem vale tanto sofrimento. Você deveria esquecê-lo — disse Andressa, que logo foi contrariada por Fabiana:

— Não diga isso, mamãe! Já não basta toda essa tristeza e ainda vem a senhora para dar conselhos, como se fosse fácil esquecer um amor tão lindo?

— Deixe sua mãe, Fabiana. A dona Andressa tem razão, nenhum homem vale tanto sofrimento, mas Deus é grande e essa dor vai passar — afirmou Cristiana.

Andressa perguntou:

— Não entendi até agora. A Fabiana me contou que vocês dois eram a tampa e a panela e de repente o rapaz quis ir embora?

Cristiana explicou:

— Aí é que está o problema, dona Andressa. O que mais me dói é que não teve motivos para o Guilherme querer ir embora de uma hora para outra. Sem briga, sem indícios que levassem ao rompimento. Pelo contrário, éramos unha e carne. Ele dizia que quando tivéssemos filhos seriam urubuzinhos... — Cristiana começou a chorar.

— Melhor mudarmos de assunto, falemos de outra coisa! — interrompeu Fabiana.

— Não, filha! — objetou Andressa. — Deixe a Cristiana falar nisso até esgotar, porque ouvi dizer na rádio outro dia que quando estamos em depressão precisamos pôr para fora o que sentimos para não piorar. Não tenho certeza se o termo que usaram foi esse...

— É para não somatizar, mãe! Não deixar refletir no corpo para não se transformar em doenças, foi isso o que a senhora ouviu. Mas Cristiana... será que o Guilherme não foi influenciado pela mãe? Desde o início, você disse que ela media você dos pés à cabeça.

— Pode ter sido, porque ela foi à minha casa pouco antes do rompimento para me dizer que eu e o Guilherme não daríamos certo. Mas até aí, se ele se influenciou pela opinião dela, não passa de um filhinho da mamãe e um cara assim para mim não serve! Se bem que o Guilherme era um fofinho, de qualquer forma.

— Caramba, Cristiana! Não pensei que você fosse tão mole.

— Queria ver se fosse com você e o Lucão sumisse da sua vida...

— Não está mais aqui quem falou... Desculpe, Cristiana. É que detesto vê-la sofrendo desse jeito.

Mirela e Célia encontraram-se para conversar:

— Eu me rebaixei indo à casa daquela fulaninha, dei sugestões a você e até fiz contato com os seus amigos em comum para você vir agora me dizer que desistiu, Célia?

— Mirela, naquele encontro que tive com o Guilherme, ele já deixou claro que não queria nada comigo. Não adianta tentar jogar a culpa para mim.

— Estou decepcionada com você, Célia. Seu entusiasmo inicial de reatar o relacionamento tinha a ver apenas com o despeito por saber que o Guilherme estava com outra pessoa e sei que desistiu agora porque soube que meu filho está doente.

— Em primeiro lugar, não devo satisfação da minha vida a você e, para ser sincera, me sinto incomodada com sua forma de agir, como se as coisas tivessem que acontecer do jeito que você quer. Gostaria de não ser mais incomodada por sua imperiosidade e, caso aconteça outra vez, vou contar tudo ao Guilherme.

— É muita ousadia de sua parte, sua médica de araque! Foi você que me ligou lamentando ter feito o que fez com meu filho, e me prontifiquei a ajudá-la a ficar com ele de novo para ouvir um disparate desses de você, que não consegue assumir que meu filho só lhe serviria se estivesse com saúde?

Célia se levantou e disse antes de sair:

— Não vou discutir com você, Mirela, mas vamos fazer o seguinte: não me nivele por baixo, que, da minha parte, não vou mostrar seu verdadeiro lugar, está bem? Adeus!

A tribo estava no cemitério e o assunto principal era a prisão em flagrante de Edgar:

— Soube que depois de a mãe dele pagar fiança, o Edgar sumiu — disse Luana.

— Ainda bem que o Azeitona deu a dica de sairmos do cemitério naquele dia, senãos seriamos impedidos de fazer nossos encontros — disse Lucão.

Ozzi se aproximou de Cristiana e a chamou para uma conversa em particular. Afastados do resto do grupo foi Cristiana quem deu início:

— Não me conformo com seu cabelo...

— É... Antes eu podia usá-lo no comprimento que quisesse, mas trabalhando em hospital, não dá. Fazer o quê? Lá, fico fantasiado de branco e aqui fora, estou de preto.

— Mas diga, por que me chamou?

— É sobre o doutor Guilherme.

— Nem precisa dizer que já viu ele para cima e para baixo com a ex-noiva...

— Quanto pessimismo, Cristiana! Não é nada disso.

— Então, não me deixe aflita e diga logo.

— Quando lhe perguntei da última vez, você disse que ele terminou o namoro sem motivos, não é?

— Sim, e daí?

— Daí que de repente ele sumiu. Perguntei nos dois hospitais em que trabalho, mas senti que os médicos respondiam rápido demais que ele tirou uns dias de férias, como se estivessem se esquivando. Como não sou de perguntar duas vezes, fui atrás da informação pesquisando nos arquivos.

— Parou por que, Ozzi? Convivi com mistérios a vida toda e agora essa? Diga logo!

— Descobri o prontuário dele e vi que está internado por causa de um linfoma não Hodgkin, um tipo de câncer que acomete o sistema linfático e compromete as defesas do organismo.

Cristiana se recostou num túmulo:

— Ozzi... Não estou legal...

— Viu por que demorei a falar? Este tipo de notícia é preciso dar com muito cuidado.

— Agora que sobrevivi, termine de contar.

— Acredito que o Guilherme, ou a família dele, tenha pedido para não divulgar, senão, teriam contado logo que perguntei. Cristiana, acho que o doutor lhe deu um fora porque não queria passar esse fardo a você.

— Se foi por isso, vou matar o Guilherme, caso ele não morra antes. Ai, meu Deus, estou falando besteira! Como fazemos para visitá-lo?

— Foi justamente isso que me deixou desconfiado, pois há uma observação de que só são permitidas visitas da família, ou seja, nem os amigos do Guilherme devem ter sido avisados.

— Ozzi, pelo amor de Deus, preciso ver o Guilherme.

— Calma, filhota... E se não for isso que estou pensando? E se ele não rompeu com você por causa da doença?

— Não importa! Apenas quero vê-lo para curá-lo.

Ozzi riu com gosto, irritando Cristiana.

— Está rindo de quê?

— Estou rindo da minha demissão sumária! Vou entrar secretamente no hospital com você vestida assim e dizer o que para os seguranças e a enfermagem? Que levei a pombagira para fazer vodu?

— Ozzi, não estou para brincadeiras! O que podemos fazer?

— Já pensei nisso e tem um jeito de não me meter em encrencas.

— Vou entrar pela janela? Não faz assim comigo, Ozzi, diga logo como faço para ver o Guilherme.

— Deixe-me ver... — Ozzi colocou-se ao lado de Cristiana comparando sua altura com a dela e continuou: — Vou emprestar uma roupa branca minha e um avental sem inscrição de nome para você, vou fazer um crachá falso e você vai entrar com uma prancheta no quarto dele.

— E se alguém da família estiver no quarto?

— Quando eu souber que ele está sozinho no quarto, vou ligar para avisá-la.

— Mas você não trabalha no setor, como vai saber?

— Querida, já planejei tudo, porque, sabendo como é você, se não planejasse, tenho certeza de que entraria lá como uma louca varrida atropelando todo mundo. Já combinei com meus informantes.

— Ozzi, eu te amo!

Cristiana puxou o amigo e beijou repetidamente seu rosto, e ele brincou:

— Sai fora, Cristiana! Meu rosto vai ficar todo manchado de batom preto!

— Pode ser amanhã?

— Amanhã, estarei de folga. Você vai ter que se segurar até depois de amanhã, mas não se importa de ir fantasiada de branco?

— Querido, para ver o Guilherme, vou pelada, se precisar.

No dia seguinte, após Cristiana revelar seu plano a Fabiana, ela comentou:

— Sei, não... Se não for o que está pensando, vai pagar um mico gigante.

— E se for verdade que o Guilherme rompeu comigo porque não queria que eu participasse de seu sofrimento?

— Você realmente é uma pessoa do bem, Cristiana. Não sei se é legal esperar só o bem das pessoas.

— Se o Guilherme me expulsar do quarto, pelo menos, tentei.

— Pior é se topar com a digníssima mãe dele.

— Não estou nem aí para aquela jararaca! Quero saber do meu querido.

— O que a gente não faz por amor, não é?

Capítulo 49

Colocando o plano em prática, Ozzi telefonou para Cristiana:

— A mãe do Guilherme disse à enfermeira que sairia para resolver uns problemas e em duas horas estaria de volta. Já deu tempo de ela sair do hospital, mas, a caminho do sexto andar, preste atenção para ver se não cruza com ela.

Cristiana subiu disfarçada de enfermeira e, quando chegou à porta do quarto onde Guilherme estava, deparou-se com uma funcionária da limpeza saindo:

— Quem é você?

— Sou a enfermeira.

A funcionária conferiu o crachá que Cristiana usava e disse:

— Deve ser a Cristiana, né? Fique sossegada, sou amiga do Raimundo.

— Sim, eu mesma. Mas quem é Raimundo?

— Ah, sim! Desculpe... Do Ozzi. Ele me falou que é assim que você o conhece.

— O nome verdadeiro do Ozzi é Raimundo?

— Sim, mas vá depressa. Acabei de limpar o quarto e o doutor Guilherme estava dormindo. Não demore, pois a mãe dele deve chegar em duas horas, mas o horário da próxima medicação é daqui a quarenta minutos. Então, se ficar uma meia hora, não terá problema.

Cristiana entrou no quarto e se assustou ao ver Guilherme no leito com acessos venosos e sem cabelos. Como ele dormia, a jovem se aproximou devagar, acariciando-lhe o braço.

Depois de dez minutos, Guilherme abriu os olhos lentamente e viu Cristiana com o rosto próximo ao dele:

— Cristiana?

— Sim, Guilherme, sou eu. — Os olhos de Cristiana marejaram. Guilherme acariciou seus cabelos e ela virou o rosto para beijar a mão dele. — Espero que não se zangue por eu ter vindo vê-lo.

— Por que está vestida desse jeito?

— Foi a maneira que encontrei para conseguir entrar aqui sem ser notada, porque existe uma ordem para que você não receba visitas que não sejam da família.

— Isso é coisa do Ozzi, não é?

— Vai brigar com ele por causa disso?

— Não, vou agradecê-lo, porque estava sentindo muito a sua falta, querida.

Cristiana não conteve o choro.

— Foi por isso que disse que não poderia ser futuro para mim?

— Sim. E não sei se posso, mesmo.

— Você não podia ter feito isso... Pensa que meu amor por você é só quando estiver com a saúde perfeita?

— Não me condene por isso, amor... Olhe só para mim: careca, sem forças e...

— E precisando de mim! Guilherme, não amo seu corpo, amo sua alma, querido. Não poderia ter escolhido por mim, mas, agora, lhe pergunto: você me ama?

— Com essa roupa apagada e sem graça, não.

Ambos riram e Cristiana disse:

— Como faremos para contornar sua mãe?

— Não entendi. Você acha que minha mãe é contra o fato de ficarmos juntos?

— Guilherme, a dona Mirela me procurou um mês antes de terminarmos e tentou me convencer de que não daríamos certo juntos. Não queria revelar isso a você para não desgastá-lo, mas estou com medo de que ela me proíba de vir vê-lo, e eu não existo sem você...

— Fique tranquila que vou falar com ela, mas, Cristiana, não sei se vou sair desta situação.

— Eu sei que vai. Deixe-me cuidar de você. Explique o que está acontecendo e qual seu tratamento.

Após revelar a Cristiana os detalhes sobre o linfoma não Hodgkin, Guilherme finalizou:

— Há duas semanas, iniciei um tratamento de quimioterapia pesado. É por minha imunidade estar muito baixa que ainda não dei um beijo nessa sua boca linda.

— Comporte-se, doutor Guilherme. Já comecei o tratamento que a "doutora" Cristiana fará em você.

— Do que está falando, amor?

— Você não vê e é muito incrédulo para o meu gosto, mas estou irradiando fluidos de cura para seu corpo, que, somados ao meu amor por você, vão arrasar com essa doença.

A enfermeira entrou com o médico e Guilherme apresentou Cristiana. Eles saíram depois de administrarem a medicação, e Cristiana perguntou ao namorado:

— Não acha que vai dar problema se sua mãe chegar? Não queria deixá-lo agora. O que faço, amor?

— Pode ficar, que, se ela chegar, conversaremos juntos.

— Por favor, não diga que revelei a você que sua mãe me procurou, senão, ela vai ficar com raiva de mim.

— Não vou dizer nada, querida, fique tranquila. Apenas vou pedir para ela liberar sua entrada.

Quando Mirela entrou, cumprimentou a jovem com educação e recebeu a orientação de Guilherme autorizando as visitas de Cristiana, que se ofereceu para revezar a permanência no hospital.

Era quase noite quando Cristiana se despediu de Guilherme e Mirela, dizendo:

— Será muito difícil não beijar meu doutorzinho, mas, assim que tudo isso passar, o senhor me paga.

— Vou pagar, com certeza, querida. Até amanhã.

— Podemos tomar um café na lanchonete do hospital, Cristiana? — pediu Mirela.

— Claro que sim, dona Mirela.

Na lanchonete, depois de expor a Cristiana sua preocupação com a saúde do filho, Mirela disse:

— Queria pedir desculpas pelas coisas que eu falei a você na conversa que tivemos em sua casa.

— Está desculpada, dona Mirela. Claro que me incomodou bastante, mas compreendi sua preocupação.

— Você é uma moça inteligente, autêntica; e, embora sejamos diferentes em várias coisas, sua atitude de hoje representou uma grande lição para mim, Cristiana. A propósito, creio que a roupa que está vestindo seja um disfarce. Estou certa? Como soube da doença do Guilherme e como conseguiu entrar no hospital?

— Investiguei, dona Mirela. E a roupa certamente é um disfarce, porque é incompatível com meu estilo. Fico feliz que a senhora tenha mudado de opinião a meu respeito.

— Vou lhe confessar uma coisa que fiz e espero que me perdoe. Procurei a Célia, ex-noiva do Guilherme, e me propus a ajudá-la a reconquistá-lo.

— Nossa! A senhora fez isso com seu filho e comigo, dona Mirela?

— Pois é, Cristiana, mas isso só serviu para valorizar a mulher que você é, porque, quando a Célia soube da doença do Guilherme, se desinteressou completamente.

— Nesse caso fico mais feliz ainda, pois foi bom para a senhora ver que existem pessoas que vivem de aparência. Prezo o fato de meu namorado ser o Guilherme antes de ser médico, pois de nada adiantaria ter status se não tivéssemos o sentimento que temos um pelo outro.

— É difícil aceitarmos mudanças. Vivemos num mundo de aparências e deixamos de valorizar o que é diferente de nós. Pena que seja necessário a vida nos trazer revezes para aprendermos as lições.

— Já que o Guilherme não está aqui, a senhora poderia me contar mais sobre essa doença? Ele já me falou de sintomas, tratamentos, prognósticos, mas eu queria saber da senhora se tem algo que ele não me falou.

— É grave mesmo, mas os médicos que cuidam dele nos animaram. Ele é jovem e sem vícios, o que vai facilitar sua recuperação, mas precisa ser forte para suportar as sessões de quimioterapia, e ainda estão em dúvida se vai precisar de radioterapia.

— Então, ele me falou tudo mesmo.

Mirela segurou as mãos de Cristiana sobre a mesa:

— Obrigada por ter vindo, porque eu mesma não teria coragem de procurá-la depois do circo que armei. Obrigada também por me perdoar.

— Imagine, dona Mirela. Ainda bem que a senhora percebeu que não importa a roupa ou a maquiagem que eu use, mas, sim, o que sou.

Cristiana avisou Ozzi pelo telefone que tudo tinha corrido como planejado e retornou à sua casa, onde Madalena e Hermelinda a aguardavam desesperadas.

— O Café entrou em casa agora há pouco, e reparei que estava cambaleante. Dê uma olhada no estado do pobrezinho — revelou Madalena, fazendo Cristiana correr para o quintal e ver a cena deprimente.

— Mãe, pelo visto, o Café foi envenenado e precisamos levá-lo veterinário. Tire o carro da garagem. Precisamos correr!

No caminho para a clínica veterinária, Cristiana lamentava e acariciava Café enquanto Hermelinda dirigia.

— Aguente firme, querido... Não vá abandonar a mamãe agora.

— Quem teria coragem de fazer uma coisa dessas, Cristiana?

— Qualquer um que não tenha coração, mãe! Tenho quase certeza de que foi aquele sujeito que mora na esquina da rua, porque já vi o Café entrando lá numa de suas escapadas.

— Se for ele mesmo, quanta maldade!

— Estou lamentando por mim, mãe... Já devia ter castrado o Café, assim, ele pararia de sair para procurar as gatas. Se ele morrer, vou me culpar pelo resto da vida.

Chegando à clínica, a veterinária atendeu Café prontamente, e Cristiana permaneceu na sala de espera, sendo consolada por Hermelinda.

Gilmar, o anjo da guarda de Diego, e Enzo, o protetor dos animais, conversavam:

— O Café estará em desdobramento quase completo por cerca de uma hora. Podemos aproveitar este momento com seu protegido — disse Enzo.

— O Miro, protegido da Justina, poderia ser útil agora.

Justina surgiu e concordou:

— Vou passar as instruções para ele.

Capítulo 50

Depois de conversar com Miro, Justina o conduziu para próximo de onde estava Diego e, enquanto esperavam Enzo trazer Café, Miro comentou com Gilmar, já no local:

— Lembro que certa vez ameacei dar veneno para o gato de um de meus vizinhos porque ele estava perturbando minha casa, então, não sou ninguém para julgar o que fizeram para o gato da minha neta.

— Ainda bem que sua filha e sua neta correram para o veterinário, ainda há chances de ele sobreviver.

— Mas como assim, há chances de sobreviver? Vocês, anjos, sabem de tudo!

Gilmar ficou olhando para Miro sem entender e Justina interveio, explicando:

— É que Miro acredita que saibamos, por antecipação, de tudo que ocorre com os que vivem na Terra. Ultimamente, Miro anda um tanto...

— Revoltado! — antecipou-se o protegido. — É assim mesmo que ando, porque, desculpe a sinceridade, vocês fazem acontecer o que está planejado, mesmo que precisem manipular o destino das pessoas.

Com serenidade e um sorriso no rosto, Gilmar perguntou a Miro:

— Então, acredita que induzimos o envenenamento do gato de sua neta apenas para propiciar o que vai acontecer daqui a instantes com seu neto? — Diante da resposta silenciosa demonstrada pela expressão de Miro, Gilmar continuou: — Se é isso o que pensa, deve acreditar também que induzimos seu neto ao alcoolismo para hoje ser um vampiro, assim como nos omitimos quando sua filha atentou contra a própria vida.

Visivelmente constrangido, mesmo diante da expressão pacífica de Gilmar, Miro retratou-se:

— Desculpe. Falei sem pensar.

Justina interveio:

— Tudo bem, Miro. Compreendemos você, mas como sabemos que, apesar de seu pedido de desculpas, pensa estar certo, esclarecemos que para cumprirmos planejamentos não utilizamos de artifícios escusos, mas de recursos disponíveis com propósitos benéficos de âmbitos individuais e coletivos.

Sabendo da impossibilidade de omitir os pensamentos dos anjos, Miro mudou de assunto:

— Nos próximos momentos, em que poderei ser útil?

— Diego vai ficar ressentido de não poder abraçar o gato que tanto ama. Deixamos por sua conta a argumentação de que é possível mudar essa situação — disse Gilmar.

— De momento, não tenho nada em mente que possa fazê-lo desistir dessa vida de vampiro. Vocês têm alguma sugestão?

— Sim, temos. Fale com o coração — respondeu Justina.

Todos ficaram em silêncio por alguns instantes, até que Miro olhou para os anjos e disse:

— Ultimamente, estou com medo até de pensar perto de vocês, pois nada é oculto.

Gilmar tranquilizou-o:

— Não, Miro... Ultimamente, seu coração é que está como pedra. É só uma fase pela qual está passando.

Enzo, o protetor dos animais, chegou conduzindo Café em espírito nos braços e, diante do sorriso de Miro, disse:

— Pegue, Miro. Faça as honras de entrar no bar e mostrar o Café para seu neto.

Depois de pegar Café no colo, Miro disse, contente:

— Mas quem diria que eu seguraria um animal no colo! Que sensação é essa, Justina?

— É a energia dos animais. A que os gatos emitem é realmente muito prazerosa.

— Vamos lá, Miro — disse Enzo. — Preciso levar o Café de volta o mais breve possível. Vamos ao que interessa.

Miro dirigiu-se para a entrada do bar, mas Justina o chamou:

— Espere, Miro! Apenas uma orientação: algumas entidades poderão ter reação adversa quando sentirem que há um gato com você. Não se assuste.

Miro entrou e procurou por Diego, que estava a certa distância. Enquanto se dirigia a ele, observou que vampiros saíam em disparada para fora, até que ficou a alguns metros do neto e anunciou:

— Diego, olhe quem eu trouxe para ver você.

Sem que Miro esperasse, Café pulou de seu colo ao reconhecer Diego, que abriu os braços sorrindo. Quando o gato chegou perto, porém, Diego caiu em convulsões e o gato continuou roçando em seu corpo no chão, sem saber o que estava acontecendo.

O vampiro Pacheco gritou, antes de correr para fora:

— Você caiu numa armadilha, idiota! Saia daí se puder!

— O que faço, Justina? — perguntou Miro em pensamento.

— Espere alguns segundos.

— Mas Diego parece se desmanchar no chão...

Enzo disse para Miro em pensamento:

— Pode pegar o Café no seu colo, mas simule que não sabia o que aconteceria a Diego na presença do gato. Vamos permanecer invisíveis. Vá e converse com seu neto.

Miro apanhou Café no colo e Diego disse com dificuldade, sem conseguir levantar:

— Então, conseguiu o que queria, né, velhote?

— Quis lhe trazer o gato de que mais gostava, Diego. Por que aconteceu isso com você?

— Você sabe muito bem que na minha situação não posso com as vibrações dos gatos.

— E por acaso agora detesta gatos, Diego? — dissimulou Miro.

— Não posso chegar perto deles.

— Diga por quê!

— Sou um vampiro, seu velho idiota!

Miro gritou energicamente:

— Pare de me chamar de idiota, porque idiota é você! Mais respeito com seu avô, moleque! Não consegue chegar perto dos que mais amou na vida e acha que está certo?

— Não pedi para nascer, para morrer, nem para você vir aqui!

— Deixe de ser revoltado e perceba que esses sujeitos com quem se juntou estão aliciando você por algum motivo e, quando menos esperar, vão escravizá-lo através do vício!

— Não deu para notar que já sou escravo?

— Tem orgulho em dizer isso, Diego? Deveria ficar feliz se pudesse abraçar seu gato, mas veja que é tão frágil que nem sequer consegue se levantar do chão! Assuma, Diego!

Miro largou Café, que foi conduzido de volta por Enzo, e inesperadamente começou a chutar e socar Diego estirado no chão.

— Você não sabia, mas Hermelinda era sua mãe verdadeira! Você não sabia, mas ela se deitou com seu chefe só para manter seu emprego, seu fraco, infeliz e ingrato! Em vida, foi um bêbado e agora não passa de um objeto vil, fazendo o mesmo que esses infelizes vampiros faziam com você!

Com firmeza, Gilmar chamou a atenção de Miro por pensamento:

— Enlouqueceu, Miro? Não é assim que vai convencê-lo. Pare com isso!

Observando que seu protegido não parava de chutar Diego, Justina alertou em pensamento:

— Miro, não podemos permitir que faça isso. Se não parar, teremos que impedi-lo.

Ele parou ofegante e estendeu a mão para ajudar Diego a se levantar:

— Levante daí e mostre que apesar de tudo você é um ser humano antes de ser vampiro!

Diego não aceitou a ajuda e Miro virou-lhe as costas, dirigindo-se à saída:

— Isso não era uma armadilha, como disse seu amigo, mas se quer ficar eternamente como um parasita, que fique! Desisto de você!

Para a surpresa de todos, Diego retrucou:

— E você pensa que é fácil deixar um vício? Veja o que sou sem energia.

Miro virou-se para o neto e respondeu:

— Adquirir vícios é muito fácil, difícil é se livrar deles. Mas se não se esforçar, acha que vai conseguir ser mais forte? Fará companhia para a Ruth nas trevas, isso, sim!

— Acha mesmo que seria possível viver de modo diferente do que sou? Explique, se puder!

— Explico. É como a casa que eu construí e em que você morou enquanto viveu. Ela já existia, mas precisei demolir tudo para torná-la habitável. Foi um transtorno, vi entrar água para todos os lados, baratas, ratos... Tive que reprimir e aturar meu próprio mau humor, mas depois de alguns anos, que glória foi viver dentro dela! Precisei desconstruir para construir e assim são seu corpo e sua mente, Diego. Já que não conseguiu fazer em vida o que deveria, por que não fazer agora? Você é o que escolhe! Escolhe surrupiar energia dos outros para viver como um parasita ou viver como morto para reviver! Escolha sofrer de abstinência para se recuperar, ao invés de continuar sofrendo os milênios que virão com você imaginando que está tudo bem. O que você escolhe? Diga logo porque não tenho tempo a perder!

Diego pensou longamente e respondeu:

— Quero fazer um teste de ir com você. Para onde vai me levar?

Pacheco e Nébias entraram para atacar Miro e disseram a Diego:

— Não caia na conversa deste idiota! Se for com ele, não vai voltar mais.

Miro se afastou e retrucou:

— Prometo que, se quiser, poderá retornar. Pelo menos, terá a chance de avaliar qual é a real liberdade e onde está a mentira. Mantém sua decisão ou quer continuar com eles, Diego?

— Eu disse que quero fazer um teste de ir com você, mas nem consigo me levantar.

Ao ouvir a confirmação do neto, Miro dirigiu-se a ele e recebeu uma investida da dupla. Mas Justina e Gilmar tornaram-se visíveis, e a protetora perguntou:

— Ninguém que participe com vocês tem direito de decidir, Pacheco e Nébias?

A dupla de vampiros retirou-se.

Miro passou o braço de Diego pelo seu ombro e perguntou mentalmente a Justina:

— E agora?

— Siga-nos. Vamos para um pronto-socorro localizado na Terra.

— Para onde estão me levando? — perguntou Diego.

Miro respondeu:

— Para onde vai receber os primeiros cuidados. Não tema. Se você não conseguir deixar a vida de vampiro, vou ser o primeiro a concordar que volte para ela, independentemente do que lhe aconteça. Respeitaremos sua decisão.

Capítulo 51

Após deixar Diego no pronto-socorro, Miro conversou com Justina:

— Queria agradecer pela oportunidade.

— Nós também agradecemos pela sua participação, Miro.

— O Diego vai demorar a se recuperar, não vai?

— O que é o tempo, senão a possibilidade que criamos para existir? Quando o Diego estiver recuperado, vai achar que passou pouco tempo, mas, para você, vai parecer interminável.

— Para onde vão levá-lo?

— Ele vai permanecer na Terra por um período até se restabelecer para poder seguir a uma das colônias. Como notou, o Diego está muito afetado e sem energia. A exemplo de um dependente químico, terá que passar por diversas fases de tratamento, até chegar ao estágio em que estava quando desencarnou.

— Então, o estado dele é pior do que a situação que o levou à morte do corpo físico?

— Aquela foi uma situação antes de ser vampiro. No momento, o Diego não está atinando porque ficou sem energia, mas quando começar a se recuperar vai sentir sensações incômodas que vão fazê-lo passar por provações muito mais severas do que quando estava encarnado.

— Será como travar uma batalha contra os vícios?

— No caso do Diego, a recuperação em nossa dimensão funciona diferente, Miro. A abstenção na extração de energia dos encarnados vai fazê-lo mudar radicalmente de comportamento e talvez até perder a memória temporariamente, se persistir no esforço da mudança.

— Então, é possível ter uma recaída...

— O Diego não sabe, mas estava sendo utilizado pela dupla de vampiros que o seguia como fonte para um dos Senhores das Trevas que se apropriava de suas energias. Eles o levavam até ele, que o hipnotizava para continuar vampirizando, o que significa dizer que está em conexão energética com um desses Senhores das Trevas. Em casos como o dele, a reclusão é autorizada para nós, mas mesmo depois ainda é possível querer retornar à extração de energia dos vícios alheios. A recuperação é realmente demorada e demanda intenso sacrifício.

— Se o caso do Diego é grave assim, imagino o da minha filha Ruth... O estado dela é muito semelhante ao daquele senhor que revive as mesmas cenas do teatro antes de assassinar a esposa e se suicidar.

— O caso da Ruth é diferente do caso do Diego, pois ela está quase totalmente sem identidade.

— Como está sem identidade se ainda se projeta vestida de noiva e mantém conexão com a casa em que morávamos?

— Por isso que eu disse "quase" sem identidade. Ainda se vê com o vestido de noiva, mas não compreende por quê. A conexão energética dela não é com a casa; é com a Cristiana.

— Então, a chave para recobrar a individualidade é a Cristiana e não o Isaías, como me disse o anjo Simeão!

— Miro, não se recobra a individualidade de um dia para outro, como você está pensando. Existe uma remota possibilidade através de Isaías, porque ele desencarnou, mas com a Cristiana é mais difícil, porque ela permanece sem a memória do passado, já que está encarnada.

— O Isaías ainda não está em condições de ajudar?

— Ele só estará em condições de ajudar quando a memória dele abranger a história que viveu com a Ruth.

— Desencarnei há mais de 27 anos e já consigo me lembrar de quatro encarnações atrás. Quando foi a história dele com a Ruth em vidas passadas?

— Há seis encarnações.

Miro levou as mãos à cabeça:

— Essa, não! Preciso me juntar à Ruth.

— Se refletir, verá que não faz sentido realizar o que pretende, pois, apesar de querer se prestar como herói voluntariamente, isso só adiaria suas oportunidades de evolução.

— Pelo menos, eu estaria quite com minha filha, já que terei desprezado minha vida, assim como ela fez.

— Pouco inteligente sua comparação, considerando que já não está mais na vida material. A diferença é que a Ruth não se lembra de nada porque afetou o organismo perispiritual ao cometer suicídio. Quanto a você, se adentrasse voluntariamente nas trevas, veria cada segundo passar à sua frente, consciente de que poderia ter evitado.

— Por que tenho impressão de que está blefando, Justina? Não tem lógica entrar nas trevas e permanecer consciente.

— É a ilusão que seu neto Diego tinha enquanto se embriagava na vida material. Depois, na vida espiritual, teve a mesma ilusão de poder satisfazer às necessidades do vício, sem noção de que tivesse se suicidado indiretamente e até agora não sabe que servia a um Senhor das Trevas.

— O Diego não corre o risco de o Senhor das Trevas que se servia de suas energias invadir este pronto-socorro montado na Terra para levá-lo de vocês?

— Assim como outros postos de socorro, este está imune a ataques, pois. além do magnetismo antagônico às trevas, também temos a vigilância de sentinelas.

— Posso me despedir do Diego?

— O Diego não está consciente por enquanto, mas, se quiser ir até seu leito, fique à vontade. Você vai continuar vagando na Terra mesmo depois de saber das consequências?

— Eu me sinto perdido, sem saber que decisão tomar, Justina.

— Sei que anda rondando o caminho das trevas da Ruth e, se decidir entrar, vamos lamentar por você. Lembre-se de que se entrar não será desperdício de vida, mas de tempo, e de que não teremos como resgatá-lo antes de dois milênios e meio, tempo previsto para alguém de sua relação estar habilitado para tal.

— Precisava ver minha família, porque estou com saudades.

— Não lhe demos autorização para isso, mas, como sabemos que também já pensou em ir, aviso que, pelo fato de a Cristiana ser sensitiva, isso poderá prejudicá-la, pois você ainda não sabe controlar o pensamento e vai influenciá-la sem querer.

— Definitivamente, não passo de um inútil na Terra. É isso o que quer dizer?

— Pelo contrário: a Terra que não é mais útil para você, pois este não é mais seu lugar. Só será quando reencarnar.

A veterinária orientava Cristiana:

— A sorte foi seu gatinho ter vomitado, mas ele deverá ficar em observação até amanhã. Você pode ir para casa.

No caminho, Hermelinda dirigia enquanto conversava com Cristiana:

— Gato tinhoso, esse Café! Não morre nem envenenado...

— Graças a Deus, mãe. Se o Café morresse, eu nunca me perdoaria por não tê-lo castrado. Pelo que a veterinária disse, precisaremos aguardar um mês para fazer a castração, pois ele precisa se recuperar completamente.

— Ainda bem que vai dar tempo de dormir um pouco antes de sair para o trabalho, porque gatos não são justificativas para faltar no serviço.

— Diga que teve que me levar ao médico.

— A situação está delicada na tecelagem, com muitos cortes de funcionários. Não posso vacilar, Cristiana.

— O site vendeu bem neste mês e vou poder pagar todas as despesas da casa.

— Parabéns, querida! Mesmo assim, é melhor dividirmos as contas. Afinal, você está bem arranjada com gato envenenado, namorado em fase de quimioterapia...

Era final de tarde e Selma voltava do mercado com Andressa e Aninha.

— Este não é o caminho de casa. Para onde estamos indo, Selma? — Andressa estranhou.

— Devo uma visita à Cristiana. É para lá que vamos e vou aproveitar para lhe apresentar a dona Madalena, a avó, e a dona Hermelinda, a mãe.

— Por acaso me perguntou se quero ir?

— Será uma visita rápida, mãe.

— Selma, eu não quero ir! — disse Andressa com agressividade.

— Não vou mudar o caminho agora, mãe. Prometo que será muito rápido — insistiu Selma.

— Pare o carro agora mesmo. Estou mandando!

— Parar o carro para quê, mãe?

— Vou para casa a pé e você pode ir aonde quiser.

— Posso saber por que tanta agressividade?

— Selma, não estou brincando. Eu disse para parar o carro!

— Paro depois que me disser por que não quer ir à casa da Cristiana.

Andressa gritou:

— Não sou obrigada a ir onde você quer e, se não parar agora mesmo, vou sair com o carro andando. — Andressa abriu a porta com o carro em movimento, assustando Selma, que freou de repente, fazendo com que o carro logo atrás quase batesse.

— Enlouqueceu, mãe? Para onde a senhora vai?

— Eu disse que iria a pé para casa e vou.

Andressa desceu do carro. Selma a acompanhou, dizendo de dentro do veículo:

— Mãe, entre agora mesmo no carro! Estamos longe de casa e a senhora não sabe o caminho.

— Cale a boca! — exclamou Andressa, caminhando pela calçada.

— Está bem, mãe. Não vou à casa da Cristiana.

— Ficará em silêncio e não fará perguntas?

— Tudo bem, não vou perguntar nada.

Andressa voltou ao carro e Selma insinuou querer tocar no assunto, mas a mãe a interrompeu:

— Fique quieta, Selma!

— Por que está gritando comigo, mãe? Eu só ia perguntar se quer passar na farmácia para comprar seu remédio.

— Hoje, não quero ir a parte alguma! Não fale comigo!

Capítulo 52

Dois dias após o ocorrido com Andressa, Selma foi até a casa de Cristiana.

— Olá, dona Madalena, bom-dia.

— Que surpresa você em nossa casa, Selma! Mas onde estão a Aninha e o Ricardo?

— Os dois estão na escola. A Aninha agora frequenta uma escola para crianças especiais.

— Entre, a Cristiana está pajeando o Café, que foi envenenado recentemente.

— Que coisa horrível! Quem fez essa maldade?

— Não sabemos. O Café entrou em casa quase morto, mas felizmente minha filha e a Cristiana o levaram à clínica veterinária a tempo de salvá-lo.

Selma foi até o quintal e cumprimentou Cristiana, que alimentava os gatos. Ela pegou Café no colo e fez carinho nele. Assim que Madalena foi à cozinha, Cristiana disse:

— Sem seus chaveirinhos Aninha e Ricardo, você não veio aqui só para me ver.

— Não mesmo, Cristiana. Antes de ontem minha mãe quase pulou do carro porque não quis vir conhecer sua mãe, e por isso vim conversar com você.

— Pegou a dona Andressa num mau dia e talvez ela não estivesse disposta a visitas.

— Vejo que foi bom ter vindo aqui para conversar com você.

— Por que, Selma?

— Porque você não consegue fingir. Obrigada por isso, mas podia me dizer o que não sei, por favor?

Cristiana baixou a cabeça. Selma estranhou e aproximou-se, passando a mão no cabelo dela.

— Sei que começamos mal, você teve uma má impressão a meu respeito, mas desconfiei que minha mãe escondesse algo desde que a convidei para vir à sua casa pela primeira vez. Por favor, Cristiana, me conte. Não tenha receio.

— Não tenho nada para dizer a você, Selma.

— Então, por que ficou tão amuada quando perguntei?

— Antes de lhe responder, quero saber por que justo para mim veio perguntar?

— Porque sinto que você não tem medo de nada e admiro isso; também sei que não mentiria para mim. Agora, responda à minha pergunta: por que ficou amuada?

— Porque ocultaram verdades de mim a vida toda. Quando véus fazem parte de nossa vida, aprendemos o que fazer com as verdades que descobrimos, mas não sabemos como contá-las aos outros.

— Então, eu estava certa... Conte para mim, Cristiana. O que minha mãe tem a ver com a sua?

— Selma, você é tão soberba, parece tão preconceituosa... Sinceramente, não sei se posso lhe contar algumas coisas.

— Obrigada pela parte que me toca, mas não sou nada disso que falou. Está me irritando, Cristiana... O que faço para você me contar o que sabe?

— O que diria se eu revelasse que você é minha irmã mais nova?

— Está bem, confesso que sinto carinho e afinidade inesperados por você. Também gosto de me sentir sua irmã mais nova, mas vou pedir de novo: me conte o que sabe sobre minha mãe e a sua.

— Se eu lhe contar a verdade, você deverá guardar segredo, mas, se não conseguir, não poderá machucar ninguém com as verdades que lhe contarei.

— Por que eu machucaria alguém por descobrir que minha mãe conhecia a sua?

— Cale a boca e escute, Selma! Preste atenção, porque agora é você que está me irritando. — Cristiana percebeu a agressividade de suas palavras. — Desculpe... Vamos conversar no meu quarto.

Depois de se sentarem no quarto de Cristiana, Selma perguntou:

— Vou apanhar antes ou depois de me contar?

Cristiana acariciou o rosto de Selma e disse sorrindo:

— A primeira verdade é que somos meio-irmãs.

— Cristiana... Você está insistindo nisso e...

— O meu pai é o mesmo que o seu, Selma!

Selma se calou por longos segundos diante da exclamação, olhando fixamente para Cristiana.

— Minha mãe não esconderia uma coisa assim...

— Então, acho melhor perguntar a ela, porque não estou aqui para ser questionada. Sério, Selma, se for dar uma de revoltada, por favor, vá embora.

— Calma, Cristiana! Começou me dizendo que somos meio-irmãs e queria que eu reagisse como?

— Então, quando eu lhe disser tudo, você vai se jogar pela janela?

— Realmente, você só pode ser minha irmã mais velha mesmo! Pode me tratar como gente ou vai contar me dando coices?

Cristiana sorriu:

— Gostou de saber que sou sua irmã?

— Adorei! — Selma correspondeu o sorriso. — Mas desabe toda a verdade que não sei!

Depois de ouvir as revelações em detalhes, Selma ficou embasbacada.

— Se eu fosse soberba e preconceituosa, depois de saber de tudo isso, a sua janela não serviria aos meus propósitos, mas não sei se rio ou se choro... A Fabiana sabia de tudo?

— Ela testemunhou grande parte dos fatos, embora fosse criança, mas ficou sabendo de tudo quando fui pela primeira vez à sua casa.

— Por que ela também não me contou?

— Do jeito que vocês se relacionavam, com você a humilhando, acha mesmo que tinha liberdade para conversar sobre isso?

— Cristiana, estou me sentindo traída!

— Sinta-se consolada, queridinha, porque me senti assim durante 27 anos e só fiquei sabendo de quase tudo quando nosso meio-irmão faleceu.

— Tem certeza de que me contou tudo? Não faltou nada?

— Tem coisas que não precisa saber, porque só dizem respeito a mim — respondeu Cristiana, referindo-se ao fato de Ruth ser sua mãe, e não Hermelinda.

— Compartilhe comigo, por favor.

— Melhor não, Selma. Confie em mim.

— Estou tão feliz de saber que somos irmãs e, depois de tudo o que me contou, confio em você mais do que em qualquer pessoa nesta vida.

— Como se sente com as revelações?

— Estou me sentindo plena e feliz, mas, se minha mãe pudesse saber que sei, acredito que seria bom para ela também.

— Depende da maneira como for dizer a ela. Pode ser que se sinta aliviada, como minha mãe se sentiu quando me contou, pois, se a mentira representa um peso para as pessoas, a omissão pode ser uma tortura.

— É estranho como estou me sentindo uma nova pessoa. Posso dar um abraço em você?

— Claro que sim, irmãzinha.

Depois de se abraçarem com alegria, Selma agradeceu a Cristiana, despediu-se dela e de Madalena e retornou para casa.

Incógnito às duas, Miro ouviu tudo desde o início e, mesmo depois de Cristiana voltar a seus afazeres, permaneceu sentado, refletindo cabisbaixo.

— Sei que está aqui, Justina... Também sei que sabe o que estou pensando.

A protetora apareceu e se sentou ao lado dele:

— Não monitoro seus pensamentos a todo instante, Miro.

— Não monitora, apenas sabe tudo o que penso.

— Isso é uma tortura para você, não é?

— Não, Justina. Você saber o que penso faz com que eu não me sinta tão só. Mas e quanto a você, não sente a individualidade afetada?

— Só porque não preciso mais aprender o que está aprendendo, não significa que me sinta insatisfeita.

— Lembra-se de todas as suas existências até chegar a ser um anjo?

— Claro que me lembro, assim como de tantas passagens em tantos mundos.

— Não sente falta das pessoas que fizeram parte de suas incontáveis vidas?

— Quando nos integramos plenamente ao universo, os sentimentos se tornam purificados. Para entender melhor o que digo: não sentimos saudade triste nem vaidade, não temos necessidades ilusórias.

— Vocês nunca se referem a si mesmos na primeira pessoa do singular... Onde está a individualidade?

— Está bem, vou falar da maneira que você quer ouvir. Não sou primeira pessoa, sou entre todas, conectada ao todo, e descobri o prazer de viver para todos, mas sou para você.

— Vai ficar satisfeita quando eu me tornar um anjo também.

— Desejo muito isso, porque vou vê-lo desfrutar da felicidade plena e, quando você for o anjo da guarda de alguém, não só vou saber o que pensa como seremos o pensamento um do outro, junto com os outros anjos.

— Não me entenda mal, Justina, mas qual a graça de não ter surpresas, aliás, qual a graça de viver assim?

— A graça está em suas surpresas boas. É gratificante cada vez que contemplo seus passos ascendentes, cada vez mais próximos do Criador.

— Muito poético, mas desculpe... Quero que demore bastante para chegar esse dia.

— Para você pode demorar porque ainda é suscetível ao tempo, mas, para nós, o tempo não existe.

— Enquanto esse tempo não chega, agradeço por sua companhia agradável, por seus conselhos, que na maioria das vezes não ouço, e por fazer parte de "minhas vidas".

— "Eu" que agradeço, querido Miro. Cada vez que agradece de coração, você se ilumina.

Miro notou que seu tórax começou a emitir uma luminosidade que atraiu os gatos, e eles sentaram-se à sua frente.

— Estes gatos conseguem me ver por causa da luz?

Justina respondeu:

— A luz atrai vida.

Capítulo 53

Após alguns meses, Guilherme terminou o bem-sucedido tratamento contra o câncer.

Cristiana conversava com Hermelinda quando parou de repente:

— Mãe, vi outra vez o vulto da... Ruth.

— Não tenha receio de dizer que foi o vulto de sua mãe, Cristiana. Então, de nada adiantou exumar o corpo.

— Parece que não...

Em sono profundo, Cristiana entrou em desdobramento com Café e seguiu Ruth, porém desta vez Miro se aventurou a acompanhá-la, ouvindo o que a neta dizia para o gato.

— Sempre que sigo minha mãe, você está junto. Por que será, meu pretinho lindo?

Enzo, o protetor dos animais, advertiu Miro:

— Não vá. Não será fácil se o Café se desvencilhar da Cristiana e eu tiver que trazer vocês de volta.

— Justina cuidará de mim.

— Precisamos focar a atenção nos acontecimentos e você poderá prejudicar os trabalhos, Miro. Compreenda que aqui não é seu lugar, por favor — afirmou Dante, o protetor de Cristiana.

Miro ignorou a recomendação, mas, ao atravessar a porta do cemitério, foi impedido por Exu Caveira:

— Onde o senhor pensa que vai?

— Com licença, guardião. Preciso acompanhar minha neta, que vai ao encontro de minha filha.

Miro tentou forçar a passagem e novamente foi barrado por Caveira:

— Aqui não é lugar para encontros familiares! Disseram que você não pode entrar. Está surdo?

— Amigo, estou por minha conta e risco. Deixe-,e passar! — irritou-se Miro.

— Com quem pensa que está falando?

— Vim outro dia com meu neto, mas não conseguimos permanecer por muito tempo, lembra?

— Quem está com amnésia não sou eu, é você, que finge não escutar. Aqui não é seu lugar.

— Saia da minha frente, seu esqueleto! Tenho a proteção do meu anjo!

Miro despertou deitado no leito com Justina ao seu lado:

— Onde estou? Por que não consigo me levantar?

— Uma pergunta por vez. Está no pronto-socorro. Ainda está sob o efeito do choque energético, mas tenha um pouco de paciência que logo passa — respondeu Justina.

— Choque energético? Aquele exu me deu um choque?

— Vários. Só parou porque o impedi, senão, você ficaria inconsciente por mais tempo.

— E por que não impediu antes?

— Porque você estava no lugar errado, querendo fazer algo que o prejudicaria ainda mais do que os choques do guardião.

— Mas você é meu anjo protetor, Justina. Como permitiu que ele fizesse aquilo comigo?

— Não permiti. Você que procurou forçar a entrada e confrontou o exu.

— Aquele cara pensa que é dono do cemitério? Nunca tive problemas com a dona Rosa Caveira nem com os guardiões do cemitério em que fiquei por anos.

— A situação naquele cemitério era diferente e a dona Rosa Caveira sabia dos motivos de sua permanência.

— Quer dizer que o tal Exu Caveira é o delegado justiceiro que libera a entrada? Ele se julga tão bom que eu e o Diego fugimos de dezenas de vampiros quando estivemos lá!

— Vampiros sabem se esconder. Às vezes, entram despercebidos pelos guardiões. Você ainda não consegue.

Gilmar apareceu:

— Olá, Miro! Como se sente?

— Sinto-me pesado como se estivesse chumbado há dois dias nesta cama.

— Se pensa que está há dois dias, então, está bem melhor do que quando chegou — disse Gilmar sorrindo, causando a desconfiança de Miro.

— Há quantos dias estou aqui?

— Há 43 dias.

— Impossível... Nunca fiquei inconsciente por tanto tempo!

— Não foi tanto tempo assim — respondeu Justina. — É que não se lembra, mas houvr encarnações em que ficou inconsciente por anos. O Diego, por exemplo, continua inconsciente, mas, no caso dele, induzido por causa do tratamento.

— Vocês sabem por quanto tempo o Diego permanecerá inconsciente?

— Meu protegido está se recuperando rápido. Acredito que daqui a uns seis anos da Terra ele consiga despertar e, pelo quadro que apresenta, alegre-se: não deverá ter recaída! — informou Gilmar.

— Meu Deus... Tudo em nossa dimensão parece uma eternidade!

— É só impressão — disse Justina. — Na nossa dimensão, o tempo não existe.

— Não consigo aceitar isso...

— Fique tranquilo. Sabemos que é difícil para você — disse Gilmar.

— Enquanto um mero mortal permanece inconsciente durante anos, vocês, anjos, esperam a gente se recuperar?

— Você não é mortal, Miro, é imortal, mas não ficamos como pajens, pois o que não nos falta é trabalho — respondeu Justina.

Gilmar riu e completou:

— Ao contrário do que está pensando, não agimos como cães de guarda ao pé do dono.

— Minha filha nas trevas, a Cristiana indo ao encontro dela... Tem algo acontecendo que vocês não querem me contar.

Justina tentou explicar:

— Não entenda mal, Miro, mas, apesar de nossa solicitude, não nos compete prestar relatórios a você sobre o que acontece. Para começar, você deveria estar se preparando para encarnar em vez de tentar agir como protetor.

— Reconheço que estou obcecado com a ideia de poder tirar minha filha das trevas, mas bem que eu gostaria de saber o que está acontecendo com ela...

— Se soubesse, seguiria seu caminho? — indagou Gilmar.

— Se tivesse pelo menos um sinal de que ela se livraria, eu me sentiria motivado a pensar num futuro diferente para mim.

Uma mulher surgiu dizendo para Miro:

— Então, quer dizer que também é possível você retomar o caminho que lhe é próprio?

— Desculpe, senhora, não entendi.

— Permita-me que eu me apresente. Sou a Kiara, a protetora da Ruth. Perguntei se o que você disse significa que vai retornar à colônia com a Justina, no caso de saber o que se passa com a minha protegida.

Miro ficou pensativo e respondeu:

— Sim.

— Neste caso, então, lhe digo que na última permissão dada à Cristiana para estar na presença da Ruth, tivemos significativo sucesso.

— Minha filha recobrou a consciência de si? — questionou Miro, afoito.

— A Ruth deu indícios de que está se lembrando da Cristiana.

Miro não conteve a emoção:

— Seria ousadia de minha parte perguntar o que aconteceu para chegarem a essa conclusão?

— Como a Cristiana descobriu que a Ruth era sua mãe... — Kiara revelou o ocorrido na incursão de Cristiana e narrou os acontecimentos:

— Mãe... Sei que você é minha mãe... Por que me segura como um bebê se estou aqui na sua frente?

Ruth transfigurou-se:

— Como se atreve a me dizer tamanho absurdo? Este é meu bebê e não tenho mais leite para dar a ele.

— Não adianta a senhora ficar feia desse jeito, pois não me assusta mais. Fique linda como você é, por favor. Sou eu, a Cristiana, sua filha, e eu a amo muito, apesar de não termos convivido.

Ruth olhou para o bebê em seu colo, olhou outra vez para Cristiana, recobrando a feição original, e disse:

— Então, quem é este bebê no meu colo?

— Você pensa que sou eu, mas estou aqui na sua frente... O tempo passou e cresci, mãe. Olhe seu vestido de noiva, você pediu para ser sepultada com ele, lembra? Agora, troque de roupa e venha me dar um abraço.

— Não me chame de mãe, porque você não pode ser minha filha... Minha filha está aqui!

— O tempo passou. Quer que eu lhe prove? A senhora me visita porque somos ligadas uma a outra. Mãe, não tenha receio e não duvide de mim.

O bebê esvaeceu à vista de Ruth. Ela se viu de mãos vazias e levou a mão direita ao ouvido, observando que sangrava muito. Cristiana aproveitou o momento e disse:

— Não se culpe mais por isso, mãe. Sim, você desistiu de viver, mas me deu a vida, então, volte à vida.

Novamente, Ruth assumiu uma face assustadora e gritou antes de desaparecer da frente de Cristiana:

— Eu não quero! Não posso ter feito isso comigo e com você!

— Eu a perdoo, mãe...

Diante do choro de felicidade de Miro, que era abraçado por Justina, Kiara concluiu:

— Considere que a eternidade de trevas que imaginou para sua filha será de alguns instantes diante da possibilidade de se reencontrar com ela no futuro e que este será seu presente um dia...

— É certeza que a Ruth sairá das trevas? — indagou Miro aos soluços.

— As trevas não duram para sempre... A luz da verdade para a Cristiana acendeu a vela da esperança para a Ruth. Siga seu caminho, Miro. Sua contribuição será recompensada — respondeu Kiara.

Após dois dias, Miro conseguiu se reerguer-se do leito e seguiu com Justina rumo à nova vida.

Capítulo 54

Cristiana estava a caminho da igreja com Fabiana:

— Acho que estou arrependida por ter resolvido casar na igreja.

— Não diga bobagem, Cristiana! Apesar de saber que não é só por isso, onde mais teria a oportunidade de usar esse vestido preto maravilhoso? Nunca vi nada igual.

Ao chegarem, Cristiana desceu do carro e Hermelinda aproximou-se:

— Deus do céu! Você está simplesmente maravilhosa, minha filha.

— Maravilhosamente nervosa, mãe.

— Preciso prepará-la para não desmaiar. Nunca vi um noivo tão lindo como o Guilherme está hoje.

— Obrigada por avisar. Está difícil controlar a emoção.

— Os padrinhos já estão em fila, só esperando a ordem para entrar. Vou com eles.

— Mãe, espere! Agora é minha vez de prepará-la para não desmaiar. Tome.

Cristiana entregou o broche e Hermelinda emocionou-se.

— O broche da Ruth...

— Sim. Foi a maneira que encontrei de homenageá-la, mas isso vai ficar somente entre a senhora e eu. Talvez o Guilherme se lembre, porque estava junto quando resgatei o broche.

— Sua avó vai surtar quando vir, porque foi ela que colocou na Ruth antes de ser enterrada.

— Arrume um jeito de avisá-la antes de eu chegar ao altar. Coloque logo, porque estão chamando a senhora para entrar.

Fabiana se aproximou de Hermelinda e disse rapidamente:

— Dona Hermelinda, eu fiquei na dúvida se minha mãe viria, porque a Selma estava tentando convencê-la, mas acabei de ver que ela está na igreja. Espero que a senhora não se importe.

— Claro que não me importo! Estou vendo que este casamento será mesmo cheio de emoções.

Hermelinda colocou o broche no peito de Cristiana e a música de entrada dos padrinhos começou a tocar.

Acompanhados dos seus protetores, Isaías e Miro contemplavam a cena abraçados na entrada.

— Nunca vi ninguém se casar de preto e eu acharia estranho se me contassem, mas ficou lindo na Cristiana... — comentou Isaías.

— Sim. Teremos a eternidade para agradecer aos anjos a oportunidade de estarmos presentes num momento como este. Reparou que foram trazidas diversas entidades que ouviram as declamações da Cristiana no cemitério?

Isaías lançou um olhar pela igreja e ficou impressionado:

— Quem diria? Fez uma legião de fãs...

Quando chegou a vez de Cristiana se dirigir ao altar, ela olhou para o céu e pensou:

— Mãe, esteja onde estiver, eu lhe agradeço por poder estar aqui e desejo que a senhora possa ser feliz como eu estou agora. E desejo o mesmo para vocês, Diego, meu irmão, Isaías, meu pai, e Miro, meu avô.

No mesmo instante, Ruth comentou com Kiara na colônia espiritual em que estava:

— Que sensação agradável senti por me lembrar de minha filha... É como se ela estivesse aqui comigo.

A protetora respondeu:

— A Cristiana desejou que você recebesse esses eflúvios porque está muito feliz pelo casamento. Para homenageá-la, está usando o broche que continha uma foto dela quando bebê.

— Ainda estou fora do tempo, porque tenho que ela ainda é um bebê.

— Isso é normal, Ruth. Você está se situando.

— Que bênção minha filha estar realizando um sonho que tive...

Na colônia em que estava, Diego disse a Gilmar:

— Tive um lampejo e vi Cristiana deslumbrante segurando um buquê de antúrios negros! Que visão maravilhosa foi essa?

— Cristiana está casando e desejou que você compartilhasse a felicidade deste momento — respondeu o anjo da guarda.

— Oh! Que linda! Queria tanto poder estar com ela...

— Lembrando, estamos, Diego.

— Não dá para falar de casamento sem me lembrar do Bertinho, meu amor.

— Ele é um dos padrinhos da parte da Cristiana.

— O quê? Então minha família soube de nós... Como?

— Sim. No dia em que não apareceu no pet shop, o Bertinho foi perguntar na empresa onde você trabalhava e descobriu que havia partido. Ele foi ao seu sepultamento e contou a Cristiana sobre vocês.

Ao som de música gótica, Cristiana caminhou esplendorosa ao altar.

Suzana, integrando o lado dos padrinhos da noiva, comentou com Alan:

— Querido, estou extasiada vendo do nosso lado todos de preto, sem nenhum detalhe de outra cor, e do outro lado os padrinhos todos de branco. Este casamento ficará para sempre na memória de todos!

— É realmente impressionante. O que achou do vestido da Cristiana?

— Seria despeito de minha parte dizer que achei estranho, porque ela está linda e cheia de luz. E você, o que achou da roupa do noivo? Achei um deslumbre o contraste de branco.

— Parece um almirante da marinha... — brincou Alan.

— Pare de rir, senão todo mundo vai ouvir!

Quando os noivos trocaram as alianças, Guilherme reparou no broche no vestido de Cristiana e disse:

— Então, era este o destino que daria para o broche de sua mãe...

— Gostou, querido?

— Tudo o que vem de você, eu adoro.

Nos cumprimentos dos padrinhos aos noivos, Madalena tocou o broche de Cristiana e disse:

— Ainda bem que a Hermelinda me avisou antes, senão, eu cairia de costas quando visse. Só você mesmo, não é, minha filha?

— Pois é, vó, tudo tem um significado, mas o melhor deles é o que damos à vida, e sua filha estará sempre em nossas melhores memórias.

— Como a Ruth ficaria orgulhosa de você...

No bufê onde acontecia a festa, Andressa chamou Hermelinda de canto:

— Não quis ir à sua casa quando a Selma me chamou porque fiquei com medo da minha reação quando a visse, mas agora estou tranquila, pois amadureci bastante para compreender que as paixões não duram para sempre.

— Sempre penso em você, Andressa. Outro dia, estava pensando em como nossa vida foi conturbada. Daquele único momento nosso, surgiu a mulher em cujo casamento estamos hoje. Isso é maravilhoso.

— Não vai me levar a mal se lhe perguntar uma coisa sobre a qual estou em dúvida desde que vi a Cristiana pela primeira vez?

— Pode perguntar, Andressa.

— Não tenha receio de responder, porque ficará entre nós. Você e a Ruth trocaram os filhos?

— Por que acha isso?

— Já vi casos de sobrinhos que se parecem com os tios, mas a Cristiana é idêntica à Ruth, até no jeito de falar.

— Isso não vai fazer diferença agora, vai, Andressa?

— Não.

— Então, que fique entre nós: trocamos os filhos, sim, porque na época imaginamos que o Isaías iria querer ficar com a Ruth se soubesse que ela teve um filho homem. Só eu, a Cristiana, o marido dela, minha mãe e agora você sabemos disso.

— Eu era muito insegura...

— Como disse?

— Pensei alto. É que me arrependi tanto de não ter deixado que o Isaías ficasse com a Ruth que não consegui cuidar dele nos anos que ficou acamado. Por isso, deixei a Fabiana cumprindo o que seria minha obrigação.

— Por que se arrependeu de não tê-lo deixado ficar com a Ruth?

— Porque não o amava mais e naquela época só quis que ele ficasse comigo porque tinha as filhas pequenas para criar. Eu era muito insegura.

— Sem mágoas, Andressa. Qualquer pessoa na sua situação teria agido da mesma forma. Além disso, imagino como deve ter sido para você passar por tudo o que passou.

— Talvez você, por se preocupar com os outros, tenha tido melhor destino.

— Pense no que acabou de dizer, Andressa... Conviver com o suicídio da Ruth, com a morte do meu pai e, por fim, com a morte do meu filho que nunca soube que era meu filho... Tive melhor destino?

— Desculpe, Hermelinda, você tem razão. Sinto muito pelo seu filho.

— Não tem problema. Sempre tratei o Diego como filho, portanto, não sinto remorso, apesar de que ele morreu alcoólatra e fiquei achando que fosse pelo fato de não saber o que aconteceu com a suposta mãe, que para ele era a Ruth. Mas depois descobrimos que era porque não conseguia assumir a homossexualidade.

— Inacreditável! Não sabia que ele era homossexual.

— Ninguém sabia. Só descobrimos porque seu namorado foi ao enterro e contou à Cristiana.

— Definitivamente, precisamos assumir o que somos, para não morrermos como o que não somos. Sei o que é passar por isso, porque eu mesma sufoquei minha sexualidade e você sabe.

— Enfim, minha cara, todos carregamos nossas cruzes para um dia sermos sei lá o quê... Passe em casa qualquer dia para conversarmos mais, pois, pelo visto, temos muito a falar.

— Com certeza, vamos nos visitar daqui para a frente, pois, além de filhas em comum, teremos mais netos por aí, se Deus quiser! — confirmou Andressa. — Tem notícias da Nilce?

— Há algum tempo, nos encontramos por acaso e agora nos vemos de vez em quando. Espero que tenha passado aquele ciúme que você tinha dela, Andressa.

— Isso é o que veremos.

Capítulo 55

Seis anos depois, Miro conversava com Justina enquanto aguardava na sala anexa à da reencarnação quando entrou um jovem com trajes exóticos e de aparência estranha:

— Olá, seu Miro. Com licença, meu nome é Koluri e eu vim lhe passar algumas informações úteis antes de você entrar no processo de miniaturização para ingressar no útero da Fabiana.

Neste momento, Justina saiu da sala e Miro disse:

— Desculpe, qual é o seu nome?

— Koluri.

— Koluri, você confundiu os nomes. Vou ingressar no corpo da Cristiana, não da Fabiana.

O jovem olhou a prancheta e disse:

— O senhor se oporia se tivesse que aceitar uma mudança nos planos traçados?

— É estranho, porque a sugestão veio dos anjos, mas, se foram eles que determinaram, deve haver um propósito edificante.

O jovem se aproximou, fixando o olhar nos olhos de Miro:

— Novamente, está simulando condescendência para conquistar o que quer.

— Não há nenhum mal nisso, considerando que, mesmo não simulando, seria feita a vontade da espiritualidade, não é, arcanjo Baraquiel?

— Não é bem assim... Você concordou, mas existem casos em que nós escolhemos para o espírito e outros casos impositivos, mas fique tranquilo, sua mãe será a Cristiana, mesmo.

— A aparência do Haroldo era comum, mas por que assumiu esta diferente, arcanjo?

— Da última vez em que conversamos, eu lhe disse que me fez lembrar de mim mesmo em idos tempos. Achei que apreciaria conhecer minha aparência de quando eu era o Koluri. Aliás, não é assim que se pronuncia o nome, mas adaptei para você poder entender.

— Gostei, mesmo! As pessoas da sua época eram bastante diferentes de nós homens. Na Terra, diríamos que sua aparência é de um extraterrestre.

— É que já havíamos alcançado a evolução física que os humanos alcançarão daqui a aproximadamente dez milhões de anos.

— Seria muita ousadia se pedisse para o arcanjo assumir sua forma verdadeira do presente?

— Acho que não se sentirá muito à vontade, mas, se é o que deseja...

Miro viu restar apenas uma flama à sua frente e arcanjo Baraquiel disse:

— Esta é minha forma, porém consegue me ouvir somente assim, mentalmente, já que prescindi dos recursos que permitem a fala.

— Você tem razão. Não me sinto à vontade conversando com um ponto de luz.

O arcanjo retomou a forma anterior.

— Pronto. Agora, tenho recursos vocais para dizer que delegaremos a você uma importante tarefa de âmbito coletivo no reingresso à vida material. Importa-se?

— Antes de me preocupar, digo que será uma honra. Qual é a tarefa?

— Promover uma descoberta na medicina que beneficiará bilhões de pessoas.

— Lembro que fui médico em algumas vidas. Então, serei novamente. Obrigado por me confiarem isso, não sei se mereço tal honra.

— Vai enfrentar dificuldades que serão úteis para sua evolução, e acreditamos que o potencial alcançado até o presente momento lhe dará condições para superar com sucesso a vaidade, o orgulho e a soberba.

— Se não soubesse que os níveis de provas aumentam conforme as habilidades morais, diria que este seria um presente de grego, mas como sei que nunca nos é dado fardo maior do que podemos carregar, agradeço de coração.

Arcanjo Baraquiel tomou as mãos de Miro:

— Estejamos sempre juntos, irmão. Na sua linguagem, lhe desejo boa sorte.

— E eu desejo me fazer digno da sorte de ter vocês nas minhas vidas. Obrigado, arcanjo Baraquiel.

O arcanjo deu lugar a Justina, que surgiu novamente, e Miro perguntou:

— Terá trabalho dobrado comigo nesta próxima vida, não é, Justina?

— Inspirá-lo não será trabalho. Trabalho é quando não me ouve.

— Espero que a cada vida estejamos cada vez mais próximos, até o momento de sermos um.

— Enquanto esse dia não chega, melhor irmos para a sala de reencarnação, mas, antes, quero saber se vai controlar suas emoções, caso realize algo que tanto deseja.

— Não acredito! Vou poder me despedir da Ruth?

— A Ruth ainda não se lembra de você e está alheia a muitos fatos.

— Fique tranquila, vou me comportar adequadamente.

Ruth entrou acompanhada de Kiara, e Miro conteve a emoção:

— Que bênção vê-la, minha filha...

— Kiara me falou que o senhor foi meu pai. Peço desculpas, mas ainda não consigo me lembrar do senhor...

— Fique tranquila, querida. Consegue imaginar a felicidade de poder ouvir sua voz? Este é meu maior presente antes de reencarnar.

Ruth teve um lampejo de memória e perguntou:

— Desapontei o senhor quando vivemos juntos?

Compreendendo a situação, Miro respondeu:

— Pelo contrário! Você e sua irmã, que está encarnada, foram os maiores motivos de felicidade para mim e sua mãe, que está em outra colônia. Deus permita que um dia possamos estar juntos novamente para continuarmos a viver como família.

— Fico contente de saber. Foi bom conhecê-lo, ou melhor, revê-lo. Boa sorte em sua nova vida.

— Obrigado, querida. Obrigado por vir.

Quando Ruth saiu, perguntou a Kiara:

— Se Miro foi meu pai e me tratou com tanto carinho, por que senti repulsa?

— Porque houve algumas desavenças que ficaram arraigadas em você.

— Estranho... Senti medo quando ele disse que desejava que pudéssemos estar juntos novamente como família.

— Não se preocupe com isso, Ruth. Com o tempo, você vai entender muitas coisas, mas, por hora, preocupe-se apenas com o presente.

— Estou curiosa para conhecer meu passado, principalmente. os sentimentos nobres por minha filha, a única da qual me lembro. Como desencarnei?

— Em breve, vai se lembrar.

— Por que não pode me dizer?

— Porque existem situações que devemos permitir que as pessoas descubram por si próprias para não haver choques.

— Então, deve ter sido de maneira trágica. Sofri algum acidente?

— Tudo tem seu tempo, Ruth. Tenha paciência e viva o presente.

Cristiana conversava com Hermelinda e Guilherme à mesa do jantar, quando parou de falar e ficou pensativa. A mãe perguntou:

— O que foi, Cristiana? Viu o vulto da Ruth de novo?

— Não... De repente, pensei no meu avô.

— Então, trocou de assombração!

— Mãe, não fale assim do vô Miro. Eu só me lembrei dele.

— Lembrou do que, se nem o conheceu?

— Não posso ter só lembrado?

— Sinto saudade da minha mãe...

— E quem não sente saudade da vó?

Guilherme riu:

— As duas vão disputar para ver quem sente mais saudade? Amor, me passe o café, por favor.

Depois de servir o café para o marido, Cristiana disse, com tristeza:

— Ai, meu gatinho Café... Quanta saudade...

— Com quase cem gatos, ainda fala no Café, Cristiana? — disse Hermelinda. — Tem onze gatos pretos como ele e ainda reclama?

— Mas o Café foi o primeiro, e o primeiro a gente nunca esquece.

— Epa! Agora, já é demais, estou ficando com ciúmes — brincou Guilherme.

— Café era meu gato de bruxa — completou Cristiana.

— Para ter vivido com a gente por dezesseis anos, deve ser de bruxa mesmo, porque nunca vi nenhum gato viver tanto! — disse Hermelinda.

Guilherme perguntou:

— Amor, desse negócio de reencarnação, o que acha que acontece com os animais?

— Eles também reencarnam como a gente. Pode até ser que ele esteja conosco e nem saibamos. Por quê?

— Então, seu problema está resolvido. Com onze gatos pretos, um deles deve ser o Café.

— É possível, amor, mas não necessariamente reencarnam com a mesma pelagem. O que tem a personalidade mais parecida com o Café é o Angu, que é amarelo.

— Se fizermos uma terapia de regressão, é capaz de descobrirmos se ele é o Café — brincou Guilherme.

— Você não acredita de jeito nenhum em espiritualidade, né?

— Não é isso, Cristiana... É que só acredito no que pode ser comprovado.

— Pois lhe garanto que se casou comigo porque nos prometemos um para o outro em outra encarnação!

Hermelinda brincou:

— Ou será que o Guilherme foi matador de gatos e nesta encarnação veio para pagar os pecados casando com você?

— Muito engraçadinha, mãe.

Capítulo 56

Vinte e três anos depois, Cristiana e seu filho Nicolas foram ao cemitério e pararam em frente ao túmulo da família.

— Mamãe, por que fez tanta questão que eu viesse com você?

— Faz tempo que não conversamos. Estou sentindo sua falta, filho...

Nicolas abraçou Cristiana e beijou seu rosto:

— Ando ausente porque a tese do sexto período está me consumindo, mamãe, mas, quando isso tudo terminar, verá que valeu a pena, pois tenho certeza de que ganharei um prêmio por uma descoberta que vai salvar muita gente.

— Eu sei, querido, mas alguns momentos de paz com a mamãe não vão condenar a humanidade. Lembra-se de quantas vezes viemos aqui quando você era pequeno?

— Como esquecer, mamãe? Eu adorava desbravar os corredores e quando achava algum túmulo interessante fazia questão de levá-la para ver minha nova descoberta. E o que dizer do tio Azeitona me contando aqueles casos de fantasmas que me deixavam extasiado de medo?

— Ah, o Azeitona... Ninguém da nossa tribo imaginaria que seus últimos momentos seriam em meus braços... Seu pai cuidou dele e da sua internação.

— Mas o tio Azeitona bebia demais e por isso teve o mesmo fim que o tio Diego, que não cheguei a conhecer.

— O danado do Ozzi sempre diz que o Azeitona foi para um céu de alambiques.

— Adoro o tio Ozzi, mas minha mãezinha anda muito nostálgica, ultimamente. Está com algum daqueles pressentimentos que o papai diz serem coisa de bruxa?

— Para dizer a verdade, sim. Sua vó Hermelinda não anda bem e estou pressentindo que não falta muito para trazê-la para cá.

— A vó já disse que não quer ser enterrada, mas, sim, cremada.

— Não importa. Vou trazer as cinzas dela para cá, assim como fiz com as da sua vó Ruth.

— Se você sempre diz que o cemitério não é nossa última morada, por que se importa tanto com isso?

— O respeito pelos despojos dos entes queridos serve para lembrarmos nossos antecessores. Olho as fotos e viajo no tempo... Fico imaginando por onde andará minha vovozinha querida que tanto me apoiou e fez companhia... O vô Miro que sofreu tanto que morreu de arrependimento pelo suicídio da minha mãe... Você pode ser a reencarnação dele, sabia?

Nicolas riu e disse:

— Desculpe, mãe, mas sabe que não acredito nessas coisas.

— Eu sei, Nicolas, mas mesmo não acreditando, não menospreze, filho...

Nicolas foi inspirado por Justina, sua protetora, a ouvir o que Cristiana diria, inspirada por Dante, seu protetor.

— Preste atenção e não esqueça a recomendação que vou fazer porque o amo muito. Mesmo que suas descobertas na medicina o elevem na carreira, não deixe que isso afete você, porque a prepotência e a arrogância produzem efeitos devastadores em nossa alma. O que vem depois da morte é incerto, a única certeza é que a foto de todos nós estará num túmulo como este e o que fazemos na vida dos outros produzirá efeitos em nossa vida pelas lembranças boas ou más que se transformam no prazer de sermos lembrados ou no desejo de sermos esquecidos.

Após alguns instantes de silenciosa reflexão, Nicolas disse:

— Por não saber o que está por trás das mortes que tentarei evitar é que jamais vou julgar o que não conheço, mamãe. Fique tranquila: toda vez que as conquistas me subirem à cabeça, vou me lembrar de cada uma dessas fotos neste túmulo, para me alertar de que vim depois destes e que certamente me juntarei a eles.

— Até me lembrei de quando eu fazia as declamações aqui de madrugada.

— Então, como dizem, tenho a quem puxar!

Talita procurou sua mãe, Suzana, para conversar:

— Mamãe, estou em dúvida sobre uma decisão e queria perguntar sua opinião.

— Pode perguntar, filha.

— Não aguento mais trabalhar na mesma empresa que o papai, não gosto do que faço. A mãe do Nicolas está precisando de uma vendedora e pensei em trabalhar com ela no shopping. O que acha?

— Cursou Economia e vai deixar o mercado financeiro para trabalhar em loja de artigos esotéricos, Talita?

— Preciso mudar minha vida; estou insatisfeita com minha profissão.

— Já falou sobre isso com o seu namorado?

— O Nicolas disse que, para ele, tudo bem. Até sugeriu que depois que se formar e estiver trabalhando, podemos abrir um comércio juntos, talvez um pet shop, mas eu que vou administrar tudo, pois ele não terá tempo para isso.

— Vamos conversar com seu pai a respeito. Por mim, tudo bem. Apenas admiro as voltas que a vida dá. Ontem levantei um muro para evitar a passagem dos gatos da vizinha e agora minha filha namora o filho dela, e ainda quer trabalhar com ela.

— Pois é, mamãe, está na hora de eu ter histórias para contar.

— Faz muito bem, filha! Devemos fazer o que manda o coração.

Arcanjo Baraquiel conversava com Justina ao lado de Nicolas, que sonhava.

— O nosso médico trabalha até sonhando — disse arcanjo Baraquiel.

— Ficou estabelecido que a Ruth voltaria como filha dele? — indagou Justina.

— Ainda não sabemos. Só agora a Ruth tomou posse integral da consciência e, se quiser retornar a Terra como filha do Nicolas e da Talita, deverá acontecer daqui a treze anos.

Num dos intervalos da colônia, Diego conversa com um amigo:

— Perguntei ao Gilmar sobre o meu amado Bertinho e ele me disse que está no terceiro relacionamento depois de mim.

— Por isso que está chateado?

— Sei lá se é chateação por causa de ciúme ou de saudade. Queria estar com ele, mas só uma visitinha mixuruca foi possível em todo esse tempo que passou.

— É... É preciso mesmo fazer como certo anjo falou: não olhar o tempo que passou, mas almejar o tempo que virá, enquanto ainda estivermos submetidos ao tempo.

— Difícil...

— Já pensou onde e com quem quer reencarnar, Diego?

— Gilmar me falou que preciso refletir sobre isso, pensando no que ficou faltando ajustar, mas me sinto em falta com um monte de gente.

— Mas sempre tem onde "pega mais", aquele lugarzinho com aquela pessoazinha que doeu fundo, que sentimos aquela vontade louca de ser perdoado, de perdoar, ou então aquela por quem sentimos uma sede de vingança que dá vontade de reencarnar só para matar a pessoa.

— Afe, Haroldo! Não tenho ninguém assim. Podia até pensar no seu Tenório, mas sei que ele estava certo de me pressionar, porque eu que estava errado de beber em serviço.

— Outro dia, teve um amigo muito doido que fez uma combinação esquisita e pediu para reencarnar filho daquela que foi sua neta, prevendo que se casaria com a filha da vizinha dela, uma mulher que ele assassinou há cinco encarnações, e que, juntos, teriam uma filha dele que se suicidou por sua causa. Pior é que, junto, ainda aceitou uma tarefa de ser médico e fazer uma descoberta que seria inspirada pelos anjos! São umas histórias malucas que vou lhe contar...

— Você faz parecer engraçado, Haroldo, mas não tem nada de engraçado em precisar reencontrar pessoas a quem fizemos mal ou em aceitar reencontrar as que nos fizeram mal. O melhor mesmo seria não precisarmos de nada disso e ficar na paz do espírito. Pensei apenas em pedir para reencarnar em alguma função para lidar com o que adoro, os animais! Visitei diversas vezes colônias transitórias de animais e quase pirei de emoção.

— Então, vira arcanjo, cara! Se virar arcanjo, ficará só na boa tocando harpinha numa nuvem sem precisar fazer nada!

— Até parece, Haroldo! Dizem que quanto mais alto na hierarquia, mais temos que nos rebaixar e trabalhar duro! Lembra-se do "a quem muito foi dado, muito será cobrado"? Penso que arcanjo não seria uma boa. Além disso deve ser muito chato ter uma responsabilidade dessas.

— Sei lá... De que adianta ser um arcanjo e ter que "descer do banquinho"? Eu, por enquanto, só quero ficar de boa.

— Já lhe contei muitas histórias minhas. Teria alguma sugestão para mim?

— Que tal ser irmão da filha que se suicidou daquele meu amigo?

Ambos gargalharam e Diego respondeu:

— Só você mesmo, Haroldo... Mas e você, já pensou onde e com quem quer reencarnar?

— Eu que lhe pergunto. Depois de ouvir minhas histórias, tem alguma sugestão?

— Sei lá... Talvez com alguém daquelas vezes em que você disse ter sido teimoso e começado a discutir com os anjos.

— Nossa! Sei, não, Diego. Acho que, quanto a isso vou me fazer de desentendido, e tomara que os anjos tenham se esquecido, porque, além de eu parecer um ET naquela época, tantas coisas rolaram que parece que foi há milhões de anos.

— Só você mesmo para achar que anjos esquecem alguma coisa... Anjos são terríveis, têm relatório de tudo desde que fomos uma formiga.

— Não sei, Diego... Só sei que fico olhando este céu de tantas estrelas e gostaria de estar em todas elas ao mesmo tempo, mas, como sabemos que o tempo não existe aqui, gostaria de poder ser apenas um pontinho de luz que iluminasse o caminho de tantos que precisam.

— Cara... Isso que você disse foi lindo demais!

— É... De vez em quando, tenho umas inspirações "da hora".

— Posso dizer que ter você como amigo é muito bom, Haroldo. Que tal reencarnarmos juntos?

— Hum... Sei, não; se o Bertinho ouvisse isso da maneira que você falou, acho que teríamos uma briga muito séria no astral quando ele estivesse entre nós.

Este livro foi composto em Fairfield LH 45 e impresso pela RR Donnelley para a
Editora Planeta do Brasil em abril de 2018